À PROPOS DE L'AUTRICE

Léna Forestier a commencé à écrire à dix ans, fascinée par Jo March, l'héroïne des *Quatre filles du docteur March*, qui écrit le soir, cachée dans son grenier. Des années plus tard, une séance de lecture à voix haute de ses « romans » de l'époque, un soir d'été en famille, a été source d'un fou rire général et mémorable... Il n'empêche, le virus était attrapé. Depuis, Léna mène une existence d'autrice deux en une : côté pile, romance contemporaine et historique ; côté face, littérature générale et livres pour la jeunesse, sous un autre nom. Comme Jo, elle a le goût du secret.

NOTE DE L'AUTRICE

J'ai toujours aimé la « petite » histoire dans la « grande », la manière dont les individus, les destins personnels, sont impactés par les grands mouvements politiques ou sociétaux, les soubresauts spectaculaires de l'Histoire. La manière dont ils se positionnent, réagissent, évoluent. La manière dont ils impriment leur marque, aussi, et sont acteurs à leur tour d'une évolution. Côté tête, ça me passionne. Côté cœur, ça m'émeut.

C'est pourquoi j'ai souhaité, pour ma première incursion dans la romance historique, choisir une période de l'histoire de France particulièrement troublée : celle qui a suivi la Révolution de 1789. C'est une période qui ne pouvait laisser aucun de mes personnages inactif ni indifférent. Je les malmène, les place face à des situations et des choix impossibles. Je les oblige à se remettre en question, à puiser au plus profond d'eux le courage d'être eux-mêmes, d'assumer et de se battre pour ce en quoi ils croient et ceux qu'ils aiment. Toute la fragilité, mais aussi la beauté et la grandeur de l'humain, est dans cette confrontation, il me semble.

LÉNA FORESTIER

Les demoiselles du Cap Fréhel

- Indomptable Anne -

Collection : ALIÉNOR

HARPERCOLLINS FRANCE
83-85, boulevard Vincent-Auriol, 75646 PARIS CEDEX 13
Service Lectrices — Tél. : 01 45 82 47 47

www.harlequin.fr

ISBN 978-2-2804-2272-7

LÉNA FORESTIER

Les demoiselles du Cap Fréhel

- Indomptable Anne -

Aliénor

HARLEQUIN

Prologue

C'était un territoire de rêve, autrefois. Un territoire de légendes… Un lieu préservé qu'humains et petit peuple des bois, des eaux et des airs se partageaient fraternellement. Un bout de paradis arraché, un jour, il y avait de cela très longtemps, au poing serré d'un dieu. Un paradis de landes et de falaises plongeant dans le bleu sans fond de la mer…

Son paradis.

Elle y venait souvent avec son père. Sa petite main dans la sienne. Ses pas d'enfant dans les siens. Le cap regorgeait de beautés naturelles – plantes, fleurs, insectes, oiseaux – qu'avec patience il lui faisait découvrir, en naturaliste amateur et passionné qu'il était.

Elle le suivait, petite ombre familière, habillée en garçon, chaussée de bottes solides. Elle buvait ses paroles. Adorait rentrer, le soir, crottée de leur escapade, et s'installer dans la cuisine du manoir, près du feu, dans la bonne odeur du pain encore chaud et du souper qui cuisait. Aesa ronchonnait dans ses gamelles que ce n'était pas une éducation pour une demoiselle et que ce n'était pas en courant la lande qu'elle apprendrait les bonnes manières.

Elle, elle pensait que les bonnes manières ne valaient

pas le vent dans ses cheveux dénoués, le chatoiement – tantôt azur, tantôt émeraude – des flots vus de la pointe du Jas ou de la Teignouse, la silhouette effilée d'un bateau, ses voiles bruissant de rumeurs de pays lointains.

Elle rapportait toujours de ces promenades un trésor. Un éclat de rocher, la plume argentée d'un goéland. Des narcisses, des jacinthes, des sceaux-de-Salomon, de la bruyère cendrée. Le cap ne s'était jamais montré avare de ses richesses avec elle.

« Anne, lui avait dit un jour son père, tandis qu'ils observaient, face à l'horizon, un vol de cormorans huppés, quoi qu'il puisse se passer, quelles que soient tes blessures, n'oublie jamais que cet endroit est un refuge. Sur ce promontoire, façonné par les vagues, le vent et les courants, circulent les forces secrètes de la terre. Elles sont partout, dans l'herbe ou la tourbe, l'air, les anfractuosités des rochers. Peu importe le nom qu'on leur donne, ou la liturgie qu'on leur invente. Si tu sais les appeler, si tu te montres patiente, si tu acceptes de croire en elles, elles t'insuffleront l'énergie d'aller de l'avant, le courage de vaincre. Toujours. »

Elle y venait seule, à présent, en ces heures sombres où tout ce qu'elle avait cru immuable s'échappait de sa main fébrile, comme une poignée de sable trop fin. Son père avait raison. Elle trouvait dans la contemplation de la houle se brisant sur le grès rose et rouge des rochers, dans les embruns qui lui fouettaient le visage et le vent charriant la puissante odeur iodée d'un ailleurs ou d'un lendemain à conquérir, une énergie, une détermination qu'elle n'imaginait pas posséder.

C'était un territoire de rêve ; elle n'y voyait plus désormais qu'un lieu dévasté par la folie des hommes, déserté par ses légendes, sa magie…

La République avait divisé le pays, chassé les prêtres

des églises, enrôlé de force bien des jeunes gens de la région dans une armée qui les obligeait à combattre leurs frères… Les villages, les greniers à grains étaient pillés par les soldats. La population partagée, tandis qu'une poignée d'hommes attisait les haines pour leur bénéfice personnel.

La Bretagne était entrée dans une époque où chacun devait choisir son camp, se résigner, ou bien se révolter sous le commandement de quelques chefs, aristocrates ou paysans, unis par un amour indéfectible des terres de leurs ancêtres.

Comme en Vendée ou dans le Maine, ces combattants de l'ombre avaient un nom, les Chouans, et un cri de ralliement, celui de la chouette.

PREMIÈRE PARTIE

Et, après tout, qu'est-ce qu'un mensonge ? La vérité sous le masque…

LORD BYRON

Chapitre 1

An II (1794)
15 floréal (4 mai), matinée
Manoir de Keroual, près de Plévenon

— Ça, on l'emballe aussi ?

Anne s'extirpa la tête du bas du placard mural qu'elle était en train de vider de tous ses dossiers, et se releva dans un petit nuage de poussière. À l'autre bout de la pièce, Urielle tenait entre le pouce et l'index une longue mèche d'un roux terni, reliée à une masse compacte et poilue du même roux passé. Elle affichait un air de si profond dégoût qu'Anne estima inutile de lui apprendre qu'il s'agissait là de la peau du crâne d'un orang-outan. L'une des multiples incongruités du cabinet de son père : ce n'était pas pour rien que ce genre d'endroit se nommait un « cabinet de curiosités ».

— Oui, on l'emballe. On emballe tout, ou presque, Urielle. M. d'Aubenton achète l'ensemble. Il décidera lui-même de l'intérêt scientifique de chaque chose.

— Qui c'est, au juste ? Un ami de ton père ? demanda Urielle en enveloppant dans un vieux linge le « scalp ».

Car tel était le mot, si l'on en croyait l'un des ouvrages

de la bibliothèque du manoir sur les Indiens d'Amérique. À cette différence que ces derniers, selon les propos de l'auteur, prélevaient des scalps humains comme trophées de combat. Mais, cela non plus, il n'était pas utile de le préciser à sa sœur de lait.

— Louis d'Aubenton est le directeur du Muséum national d'histoire naturelle de Paris. Mon père et lui correspondaient depuis plusieurs années. Ils avaient été mis en relation par M. Buffon, le célèbre naturaliste.

Urielle plaça l'objet dans l'une des trois grandes caisses entreposées au milieu du cabinet, déjà bien remplies, et poursuivit sa tâche.

— Je ne te demande pas ce que c'était…

— Et je ne te le dirai pas, répondit Anne. Je suis sûre que tu n'aimerais pas le savoir.

Elle n'avait jamais partagé l'amour de son père pour les oiseaux et petits animaux empaillés qu'il exposait dans cette pièce. Elle admirait cependant son très grand savoir et son insatiable curiosité pour les choses de la nature. Et elle adorait lorsqu'ils couraient la lande, tous les deux, pour surprendre les pingouins torda – bien vivants – dans les falaises, les goélands ou les fulmars boréals. Même si, ces deux dernières années, il avait considérablement réduit ses sorties d'observation.

— Pauvre papa ! reprit-elle tout en replongeant dans le placard. Il ne se sera jamais lancé dans son grand œuvre, finalement…

— Qu'est-ce que tu vas en faire ? s'enquit Urielle en désignant du menton les dossiers qu'Anne s'appliquait à empiler contre le mur. Ça représente une sacrée masse de documentation.

— Je n'en ai pas la moindre idée !

Il y avait là des décennies de notes, destinées à cette histoire naturelle du cap Fréhel que son père rêvait d'écrire. Un grand rêve, plutôt qu'un grand œuvre, car il préférait, aux heures immobiles derrière une table de travail, les longues marches sur le terrain, et l'émerveillement toujours renouvelé face à ses découvertes. Un émerveillement qu'elle avait partagé, même si les circonstances lui laissaient bien peu de loisir, depuis que les républicains avaient décapité la royauté, en la personne de Louis XVI.

— Je demanderai à M. d'Aubenton s'il connaît quelqu'un que ces notes intéresseraient, en lui envoyant tout cela. Mais j'en parlerai avant aux garçons…

— À propos d'eux… Ils ne sont pas rentrés, cette nuit, l'informa Urielle.

Anne suspendit son geste et ferma les yeux un instant. C'était la deuxième fois cette semaine pour Ronan, la troisième pour Yaël. Et elle avait cessé de compter depuis combien de temps ce manège durait.

— Je veux dire qu'ils ne sont toujours pas revenus au manoir, précisa Urielle d'une voix qui dissimulait mal sa tension.

Elle triturait sa longue natte, comme souvent, lorsque quelque chose la tracassait, et la fixait de ses grands yeux inquiets.

— Je les ai cherchés, avant de te rejoindre ici, ajouta-t-elle. Ils ne sont nulle part.

Cela faisait environ une demi-heure qu'elles avaient recommencé leur travail minutieux de tri et d'emballage, ce matin-là. Ses frères étaient peut-être rentrés entretemps. C'était à souhaiter.

Anne se releva une nouvelle fois, et se dirigea vers la haute fenêtre donnant sur l'arrière du manoir et l'étroite vallée bordée de futaies qui filait vers la mer. Le soleil, déjà haut, emplissait la pièce d'une belle lumière dorée, qui se reflétait sur les meubles et les boiseries, adoucissant le sombre éclat du chêne.

— Tu veux que je retourne voir ?

Sans attendre sa réponse, Urielle se dirigea vers la porte de son pas souple et gracieux.

En général, Yaël était facile à débusquer lorsqu'il rentrait, après ses virées nocturnes – mais encore fallait-il qu'il rentre ! Urielle finissait toujours par le découvrir cuvant du mauvais vin sur les ballots de foin de l'écurie ou dans le petit salon, renversé sur l'ottomane. La plupart du temps, il ne prenait même pas la peine de monter dans sa chambre, à l'étage.

Quant à Ronan…

Elle ouvrit la fenêtre et offrit son visage à la douce chaleur de l'air matinal. La journée serait belle. Il ferait bon se promener sur la lande, plus tard, dans l'après-midi. Elle se promit ce plaisir, qu'elle s'accordait de plus en plus rarement depuis deux mois que son père était décédé. Tant de choses l'avaient absorbée !

Elle fit le tour des étagères, des vitrines, observa les spécimens zoologiques, végétaux ou minéraux encore exposés. M. d'Aubenton lui avait offert un très bon prix pour ces collections qu'il était venu admirer, un jour de 1788. Cet argent serait vraiment le bienvenu.

Songeant à tout ce qu'elle ferait avec, elle ne vit pas le temps passer, et estima qu'elle était restée à rêvasser une bonne vingtaine de minutes, lorsque Urielle revint, les joues roses, et le souffle saccadé d'avoir couru.

— J'ai de nouveau fouillé partout, annonça-t-elle en secouant la tête d'un air navré. Ils ne sont nulle part.

Elle ramena nerveusement sur une épaule sa longue tresse blonde, d'où s'échappa une fine plume de pintade – preuve s'il en était qu'elle avait vraiment cherché, y compris dans des endroits aussi improbables que la basse-cour. Ses lèvres tremblaient.

Anne quitta la fenêtre, qu'elle laissa ouverte, et s'approcha de la large table de travail. Des plumes d'oie parfaitement alignées flanquaient le sous-main au cuir éraflé. Elle sourit. Elle reconnaissait bien la manie du rangement d'Aesa, la mère d'Urielle, qui avait été sa nourrice et menait à présent l'intendance du manoir de main de maître. Elle en saisit une et en testa machinalement la pointe du pouce, réfléchissant, avant de la reposer avec les autres.

Yaël avait probablement terminé la nuit dans les bras d'une des pensionnaires de la Guéguen. Elle garda cependant pour elle cette hypothèse – qui avait tout d'une certitude. Même si Urielle ne s'était jamais confiée à elle, Anne avait deviné les sentiments que celle-ci nourrissait pour Yaël. Mais elle savait également que son cadet ne voyait en celle qui avait grandi avec eux et partagé leurs jeux qu'une autre grande sœur.

Elle s'approcha de l'étroite étagère qui contenait les livres de comptes du domaine et le petit coffre renfermant leur peu de liquidités. Elle l'ouvrit et constata sans surprise qu'il y manquait encore une pièce, un louis[1] cette fois. Ce qui étayait sa supposition.

— Qu'est-ce qu'on fait ? demanda Urielle. Tu crois qu'ils sont chez la Guéguen ?

Ainsi, elle était au courant…

1. Sous l'Ancien Régime, la valeur des choses était exprimée en « livres » essentiellement. Mais on payait avec des louis, des écus, des liards… Fin XVIIIe siècle, un louis correspondait à un pouvoir d'achat de 24 livres. Un document de 1781 indique qu'un canard coûtait alors 2,20 livres, une livre de café 1,20 livre. La Révolution imposera le franc, et la période de transition monétaire s'étendra de 1795 à 1815.

— Tu pensais peut-être que je ne le savais pas ? ajouta-t-elle.

Anne haussa les épaules. Dans un si petit bourg, où tout le monde finissait par connaître tout le monde, difficile d'ignorer un tel établissement et qui le fréquentait. Elle n'avait rien contre la Guéguen et son aréopage de jolies filles, qui venaient en bouquet bariolé et parfumé à la messe le dimanche, à l'époque où le père Riou exerçait encore son ministère. Elle réprouvait même les murmures offusqués de certains paroissiens. Qui était-elle pour juger ces femmes ? Que connaissait-elle de leur vie, de leur passé, du parcours qui les avait menées là ? Par ailleurs, elle n'était pas prude, et comprenait qu'un jeune célibataire ait besoin d'expérimenter certaines choses entre les bras d'une femme experte aux jeux de la volupté. Mais de là à y passer des nuits entières et se désintéresser de tout le reste…

— Yaël y est certainement, répondit-elle enfin. Ronan, je ne pense pas.

Le beau visage d'Urielle s'assombrit, et le brun chaud de son regard perdit de son éclat. Anne en eut le cœur serré. Elle détestait l'idée qu'Urielle puisse souffrir.

À cet instant, la porte d'entrée s'ouvrit et se referma bruyamment. Des pas retentirent dans le vestibule, et Yaël fit irruption dans la pièce, son visage de chérubin aussi frais que s'il avait passé douze heures à dormir. Un lumineux sourire aux lèvres, il enlaça Urielle et tournoya avec elle jusqu'au milieu du bureau, tout en lançant un retentissant « bonjour ! ». Puis il la lâcha aussi brusquement qu'il l'avait entraînée dans cette ébauche de valse, vint plaquer un baiser sonore sur la joue d'Anne et se laissa tomber dans le fauteuil de leur père avec un petit rire.

Anne secoua la tête. À vingt-trois ans, il n'avait pas plus de sérieux qu'à seize ! Elle ne parvenait pourtant pas à lui en vouloir. Il y avait chez lui un charme puissant, doublé d'une candeur désarmante qui la laissait, justement, désarmée, alors qu'elle aurait dû se mettre en colère.

— Urielle, ma belle, tu n'irais pas demander à ta mère de me préparer un café bien fort ?

Il tourna vers elle son visage d'ange et Anne fut frappée, une fois encore, par leur exceptionnelle beauté, à tous les deux, leur exceptionnelle blondeur, qui faisaient presque d'eux des créatures féeriques, égarées dans le monde des humains pour l'éclairer de leur flamme.

Ronan et elle étaient très différents de lui, même si tous trois avaient la même silhouette souple et élancée. Son jeune frère avait hérité de la blondeur de leur mère, de la finesse de ses traits. C'était un écorché vif, pétri de doutes et de fragilités. Il avait encore, à bien des égards, une âme d'enfant dans le corps tout neuf d'un bel homme qui découvrait ses pouvoirs et la sensualité.

Ronan et elle tenaient de leur grand-mère paternelle et de leur père. Ils portaient sur le visage – quand ils ne souriaient pas – le calme un peu austère de leur géniteur. De même qu'ils avaient ses cheveux bruns, raides, et ses yeux d'un vert changeant.

Physiquement, ils se ressemblaient donc beaucoup, autant que des jumeaux, fille et garçon, peuvent se ressembler. Anne n'ignorait pas que ses formes peu marquées lui donnaient l'air d'un garçon travesti. Bien souvent, elle avait envié les rondeurs si féminines d'Urielle, sa grâce féline, elle qui ne savait que marcher à grands pas, galoper sur son cheval, escalader la falaise pour observer les nids des oiseaux marins.

— Va le chercher toi-même, ton café ! lui répondit Urielle avec brusquerie. Ou demande à l'une des filles de la Guéguen, puisque tu apprécies leur compagnie !

Sur ces mots, elle sortit du bureau d'un pas rageur. Anne l'entendit longer le couloir, appeler Trinidad et Tabago[1], les deux chiens de la maison, puis sortir dans la cour.

— Qu'est-ce qui lui prend ? demanda Yaël, l'air effaré.

— Parlons plutôt de toi. Qu'est-ce qui *te* prend ? Où penses-tu que ça va te mener, tout ça ?

— Tout ça, quoi ?

— Yaël… Il faut vraiment que je le dise ? Non content de gâcher tes nuits, tu nous voles, maintenant ?

— Qui te dit que je gâche mes nuits, répondit-il en se redressant, et en la fixant avec l'air fat d'un jeune coq qui aurait les faveurs de toutes les poules de la basse-cour.

Malgré la tendre affection qu'elle avait pour lui, elle eut envie de le gifler.

— Oh ! non ! Pas de ça avec moi, s'il te plaît ! Garde tes fanfaronnades pour d'autres !

Il se renfonça dans le fauteuil, toute arrogance envolée.

— Pardon, Nane, dit-il avec un gentil sourire, auquel elle eut du mal à résister.

Il fallait pourtant qu'elle se montre ferme.

— Yaël, papa est mort depuis deux mois et qu'est-ce que tu as fait pour le domaine ? Rien ! Tu te laisses porter par tes envies, tu entres et tu sors sans te

1. Jusqu'à la fin du XIXe siècle, l'île porte le nom de Tabago et non Tobago.

demander comment la nourriture arrive sur la table, si nos métayers vivent correctement…

Il baissa la tête et, malgré sa détermination à avoir avec lui une discussion sérieuse, Anne s'en voulut de lui faire la leçon. Il n'avait que treize ans lorsque leur mère était morte, dix ans plus tôt, alors que Ronan et elle en avaient déjà dix-sept. Ils faisaient bloc, alors, avec leur gémellité, pas toujours attentifs à ce petit frère à la traîne. Elle s'était rattrapée depuis, peut-être même un peu trop. Elle lui passait bien des choses, mais c'était un homme, à présent, et il devait prendre sa part de responsabilités.

— Et Ronan ? Qu'est-ce qu'il a fait ? protesta-t-il. Pas grand-chose, lui non plus. Tu ne lui demandes rien, à lui ?

Elle aurait également une discussion avec Ronan. Mais pas uniquement pour ce motif.

— Mais c'est Ronan, poursuivit-il avec colère. Avec lui, tout est bien, tout est juste ! Rien à dire ! Solidarité de jumeaux !

Ils en revenaient toujours là. Elle ne savait plus quels arguments trouver pour le convaincre qu'il faisait erreur, qu'elle l'aimait tout autant, et que Ronan l'aimait tout autant. Les choses auraient été tellement plus simples, s'il y avait eu un autre enfant, si Yaël avait pu compter sur un frère ou une sœur à peine plus jeune que lui, avec qui faire la paire comme Ronan et elle !

— Tu te trompes, Yaël, dit-elle d'une voix radoucie. Tu comptes énormément pour nous. Je reconnais que la situation est des plus floue, pour Ronan et toi, par rapport à l'héritage de p…

Il l'interrompit avec un rire amer.

— Des plus floue ! Je ne crois pas, non… Elle est au contraire on ne peut plus claire ! Notre oncle s'est fait déposséder de ses biens, il a perdu son titre et il s'est exilé en Angleterre ! Il n'a plus rien à transmettre à Ronan. C'est donc à Ronan, en tant qu'aîné, que Keroual revient !

Anne ne sut quoi lui répondre. Les circonstances rendaient les choses à la fois simples et compliquées. Leur oncle, le comte d'Aubin, s'était vu confisquer par la Convention[1] ses terres et son château, devenus biens nationaux[2]. Son titre avait été aboli en même temps que toute notion de noblesse et de privilèges en 1790, si bien que Ronan, son neveu et seul héritier – puisqu'il n'y avait pas de fils dans la branche aînée de la famille –, n'avait en effet plus rien à recevoir de lui. Il devenait du coup maître de Keroual, statut qui aurait dû, sinon, revenir à Yaël. Simple, donc, du point de vue de la succession, mais compliqué humainement.

Pour sa part, elle s'était vaillamment attelée à la gestion du manoir, des terres et des métairies, en attendant que ses frères daignent manifester un peu d'intérêt pour les affaires familiales.

— Les temps sont difficiles, Yaël, et nous devons nous serrer les coudes, sans considération de droit ou d'héritage, jusqu'à ce que des jours meilleurs arrivent. Chacun de nous doit faire sa part ! *Tu* dois faire ta part !

Elle s'occupait seule de tant de choses depuis…

Bien avant la mort de papa, qui n'a fait que se désengager

1. La Convention est le régime politique qui a gouverné la France du 21 septembre 1792 au 26 octobre 1795. C'est sous la Convention que Louis XVI a été jugé, puis guillotiné, le 21 janvier 1793.

2. Les biens nationaux sont les propriétés saisies à l'Église, aux émigrés et aux condamnés politiques, puis nationalisées et vendues au profit du gouvernement révolutionnaire.

un peu plus chaque année, après la disparition de maman, songea-t-elle avec un petit pincement au cœur, comme chaque fois qu'elle évoquait sa mère.

— Ronan aussi, bougonna-t-il, comme un enfant boudeur, étendant ses longues jambes sur la grille récurée du foyer de la cheminée.

— Ronan aussi, bien évidemment.

À cet instant, elle vit son jumeau traverser furtivement la petite trouée marécageuse derrière le manoir, pour se rapprocher des écuries.

Dieu merci ! Cette fois encore, il ne s'était pas fait attraper.

Chapitre 2

15 floréal, après-midi
Lande de Fréhel

Malo avait parcouru la distance de Paris à Plévenon le plus vite possible. Il ne s'était arrêté, ici et là, que le temps nécessaire au repos de son cheval. Ses fontes chargées du minimum, il avait chevauché, tendu vers ce retour dans la région qui l'avait vu grandir. Ce serait difficile, il le savait. Il avait eu de bonnes raisons de partir, autrefois. Mais il acceptait d'avance ces difficultés, convaincu de l'importance de sa mission.

Arrivé à Plévenon, il avait traversé le bourg sans s'arrêter, et dirigé Astrolabe, son pur-sang, vers la lande, pressé de retrouver le seul endroit qu'il désirait revoir. Il y avait passé tellement d'heures à rêver son avenir, à guetter les bateaux, à imaginer leur destination !

Il confia son cheval à un palefrenier du hameau de La Latte, et poursuivit à pied, à travers la lande rase, jusqu'au phare, à la pointe du cap. En un quart d'heure, il y était. Le vent s'était levé et faisait claquer ses basques, mais le temps était clair, l'azur sans nuages.

Il s'approcha aussi près qu'il le put du bord de la

falaise, et tendit le cou. Rien n'avait changé : les oiseaux nichaient toujours dans les anfractuosités des rochers, points gris et blancs accrochés à l'ocre brun de la roche. D'autres tournoyaient dans le ciel, criaient, jouaient avec les courants aériens. Un fulmar boréal atterrit non loin de lui, ses plumes d'un blanc neigeux tout ébouriffées.

Que tout cela lui parlait ! C'était comme une mélodie familière qu'on lui fredonnait à nouveau.

Il retourna sur ses pas et emprunta le sentier tracé dans le tapis de plantes, d'où surgissaient par endroits le jaune, le rose ou le mauve éclatant d'une fleur printanière. Il marcha ainsi quelques minutes, respirant l'air du large, le sifflement du vent dans les oreilles, heureux.

Il aperçut tout à coup une silhouette au bord de la falaise. Un homme – un jeune homme, plutôt, s'il en croyait sa carrure – campé fermement sur ses jambes et tourné vers l'horizon.

Malo sourit. Lui aussi, à une époque, s'était souvent tenu ainsi, face à l'immensité bleue, attiré par une force qui le dépassait et dont il ne comprenait pas l'origine.

Il avait maintenant trente-quatre ans, mais il se souvenait comme si c'était la veille de ce matin d'automne où il avait pris la mer. Il avait dix-sept ans, et le désir fou de connaître le vaste monde, de le parcourir pour en découvrir les beautés, les mystères…

Il s'arrêta à quelque distance, et se laissa aller à l'observer. Il ne voyait de lui que son dos, son habit de drap vert, ses hautes bottes, sa tête nue, ses cheveux sombres rassemblés en queue-de-cheval qui lui battaient les épaules. Oui, sans doute avait-il lui-même offert cette image aux promeneurs de la lande, celle d'un guetteur silencieux de l'horizon, jetant au ressac la ferveur de ses rêves.

Mais voilà que l'inconnu s'approchait un peu plus

du bord. Quelle imprudence ! Ne savait-il donc pas que des bouts de roche pouvaient se détacher sous ses pieds ?

L'autre fit encore un pas, jetant cette fois un regard appuyé en contrebas, comme happé par le vide. Une telle prise de risque, ce n'était pas normal…

Malo se remit en marche, mû par un pressentiment funeste, accélérant le pas dans sa direction. Que faisait ce malheureux ? Il n'avait tout de même pas l'intention de sauter ?

— Hé ! cria-t-il en se mettant à courir vers lui. Hé, attendez !

Le vent emporta ses paroles. Il refit une tentative, y mettant plus d'énergie.

— Arrêtez ! Ne faites pas ça !

Mais l'inconnu ne l'entendait toujours pas.

Malo redoubla alors de vitesse. Avec un peu de chance, il atteindrait à temps ce jeune imbécile, et le ceinturerait avant qu'il ne commette l'irréparable.

Le bébé pingouin torda était blessé, Anne l'aurait juré. Il suffisait de le voir se presser contre la paroi, comme s'il voulait y disparaître, petite balle de duvet sale, misérable, malmenée par le vent. Pas question de le laisser mourir, sans avoir au moins tenté de le soigner ! Ce ne serait pas la première fois qu'elle le ferait.

Le bureau de son père avait bien souvent servi d'infirmerie ou de nourricerie pour un oiseau blessé de la lande, un petit abandonné de sa mère, et trop faible pour trouver seul de quoi manger. Elle avait appris les gestes, savait poser avec précaution une attelle sur une aile, une patte, concocter une bouillie de grains et d'eau…

L'une des rares choses qu'elle comptait bien conserver des curiosités du cabinet de Keroual était une grande cage à oiseaux mauresque en bois précieux, lieu de convalescence de leurs pensionnaires à plume successifs. Celui-ci ne dérogerait pas à la tradition.

Elle s'approcha à l'extrême bord de la roche, et inspecta la plate-forme de pierre, sur laquelle se trouvait le petit pingouin en contrebas, pour évaluer les risques. Il y en avait peu, pour ne pas dire aucun. La falaise trompait bien son monde, à cet endroit. Elle paraissait plonger abruptement dans la mer lorsqu'on regardait de la lande, mais s'étageait en réalité sur deux niveaux. Le premier constituait une sorte de marche donnant accès au second, lequel était suffisamment large et long pour qu'une personne y fasse quelques pas. Certes, le vent soufflait fort, mais la bande de roche remontait légèrement au bout, formant une sorte de balustrade, et il y avait de quoi s'accrocher.

Confiante, elle tendit le pied en avant pour le poser sur la marche… Elle fut au même instant tirée en arrière avec une telle brusquerie, une telle violence, qu'elle en eut le souffle coupé. Cherchant de l'air, elle eut l'impression d'une chute libre durant une fraction de seconde, puis elle atterrit sur une surface ferme, qui n'était pourtant pas le sol.

Deux bras puissants lui enserraient la taille, son crâne heurta quelque chose qui craqua, et il lui sembla entendre un juron.

Avant qu'elle ne comprenne véritablement ce qui lui arrivait, on la fit rouler sur le côté. Elle se retrouva le dos sur la roche humide, un inconnu à califourchon au-dessus d'elle, lui faisant protection de ses bras et ses jambes. Il avait le nez en sang.

— Eh bien ! Il était temps !

Il était temps ? Qu'est-ce que…

Anne essayait de reprendre ses esprits et sa respiration,

fixant l'homme, hébétée. Elle enregistra machinalement certains détails : le nez en sang, donc – le craquement ! songea-t-elle avec un frisson de répulsion –, des yeux bleus, magnifiquement bleus, une mèche noire probablement échappée d'un catogan, des mâchoires carrées recouvertes d'une ombre de barbe, et une bouche... Non, elle ne devait pas regarder cette bouche. Et puis, c'était indécent, cette position, cet homme au-dessus d'elle comme s'ils étaient en train de... Horriblement embarrassant !

Réagissant enfin, elle plaqua les deux mains sur son torse, le repoussa, et se releva d'un bond.

— Qu'est-ce qui vous a pris ? hurla-t-elle, prête à se défendre, s'il essayait de s'approcher d'elle et de la toucher à nouveau. Vous êtes fou ?

Il posa sur elle un regard offusqué, comme si c'était elle la responsable de ce qui venait de se passer. Il ne manquait pas d'air !

— Mais vous alliez sauter ! Vous suicider !

— Quoi ?!

Ce n'était pas quelqu'un de désespéré, en fin de compte. La jeune femme qui se dressait devant lui, ses yeux verts étincelants de colère, n'avait rien d'une créature en proie au mal de vivre. C'était une furie en pleine possession de ses cordes vocales – Téthys en personne, surgie des flots, et déterminée à l'entraîner au fond des abysses pour avoir osé poser la main sur elle.

Et la force avec laquelle elle s'était débarrassée de lui en disait long sur sa condition physique. Jamais l'expression « le sexe faible » n'avait aussi peu convenu. Mais « le beau sexe » oui : elle était magnifique dans sa fureur.

— Vous avez cru que je voulais mourir ?

Son expression s'adoucit, faisant place à l'incrédulité. Et Malo devait bien reconnaître que cette idée de suicide paraissait particulièrement idiote, à présent qu'il la voyait de face. Elle était l'énergie même !

Quant à lui, son nez n'était plus qu'élancement ; la douleur lui irradiait le visage, mais c'était à peine s'il y pensait. Il n'avait d'yeux que pour elle. Il émanait d'elle une vitalité, un charisme qui le tenaient suspendu à son regard, aux prochaines paroles qu'elle prononcerait.

Il bredouilla des mots inintelligibles, une expérience pour le moins inhabituelle, lui qui était d'ordinaire plutôt sûr de lui. Elle éclata alors d'un rire sonore, joyeux. Rien à voir avec les petits rires maniérés des poupées de salon qu'il avait croisées à Paris ces derniers mois. Puis elle le fixa, redevenue tout à fait sérieuse.

— Je vous ai cassé le nez ?

— Il semblerait. Une façon assez peu commune de faire connaissance…

En d'autres circonstances, il aurait été furieux. Mais face à elle, il se sentait soudain enclin à la légèreté, à l'humour. Y compris à ses propres dépens.

— Monsieur, je vous présente mes sincères excuses.

Puis elle revint à la charge :

— Mais reconnaissez que vous l'avez bien cherché !

Elle secoua la tête et désigna l'endroit où elle se tenait avant qu'il n'intervienne, tandis qu'il sortait un mouchoir de sa poche et s'en tamponnait à l'aveuglette, car du sang lui coulait sur le visage et dans le cou.

— Je voulais sauver le bébé pingouin.

Il fit quelques pas dans la direction qu'elle lui indiquait, pencha la tête et vit l'oiseau, ainsi que la plate-forme qui prolongeait la falaise, un peu plus bas. Bien sûr ! Il se sentit soudain très bête. Comment avait-il pu oublier cette particularité ? Il la connaissait pourtant.

Combien de fois n'avait-il pas mis les garçons du village au défi d'y descendre ? Combien de fois n'avait-il pas gagné ses paris ?

Une main légère se posa sur son épaule. Il se retourna. La jeune femme lui prit le mouchoir des doigts, et entreprit d'éponger le sang.

— C'est le moins que je puisse faire. Heureusement, votre col n'est pas taché…

Il resta immobile, tandis qu'elle lui nettoyait le bas des joues et le cou à petites touches, sentant son souffle tiède sur sa peau. Il s'étonna de sa taille. Même s'il la dominait d'une demi-tête, il la trouvait particulièrement grande pour une femme.

Elle opérait avec calme, sans paraître particulièrement troublée par leur proximité. Sauf, peut-être, cette légère coloration, sur le haut de ses pommettes. Sans doute se trompait-il en s'en attribuant l'origine. Sans doute n'était-ce que l'effet du vent.

— Je ne crois pas vous avoir déjà croisé par ici, ajouta-t-elle.

Elle se baissa pour tremper un coin du mouchoir dans une petite flaque, puis termina de faire disparaître les traces de sang.

— Voilà ! Vous êtes de nouveau présentable ! Enfin, presque. Votre nez est en train d'enfler et il va falloir le remettre en place. Il y a un bon médecin, à Plévenon.

Elle avait un naturel assez déconcertant et très réjouissant, malgré la situation. Il avait affreusement mal, resterait probablement défiguré durant plusieurs jours, mais il ne pouvait pas lui en vouloir ; comme elle le lui avait fait remarquer : il l'avait bien cherché.

— Vous êtes dans la région pour affaires ?

— Oui, mentit-il, pris de court.

Il espérait qu'elle ne lui en demanderait pas plus. Il

ne prendrait son poste que quelques jours plus tard, et voulait profiter de son nouveau logis en toute tranquillité d'ici là. Car, une fois qu'on saurait qui il était et la raison de sa venue, il n'aurait plus un moment de répit…

— Oh ! fit-elle. Vous n'êtes donc que de passage ici.

Ce n'était pas une question. D'ailleurs, elle enchaîna :

— Et maintenant, monsieur, je dois m'occuper d'un autre blessé…

Anne rendit son mouchoir à l'inconnu et recula. Il fallait qu'elle s'éloigne de lui. Elle demeurait troublée par le bref contact avec son corps, lorsqu'ils étaient tous deux tombés à la renverse. Un corps musculeux.

— Rassurez-moi, vous n'aviez tout de même pas l'intention de descendre là-dessus, quand je vous… quand je suis intervenu ? demanda-t-il.

— Et pourquoi non ?

Il la fixa comme si elle avait posé la plus idiote des questions.

— Parce que c'est beaucoup trop dangereux !

— Vraiment ?

Elle lui lança un regard provocateur et effectua un premier saut sur la marche, puis un autre sur la plate-forme.

Pourquoi cet homme lui donnait-il envie de le défier ? De se mesurer à lui ? C'était insensé, elle ne le connaissait pas ! Une fois ses affaires réglées, il disparaîtrait de la région, et elle ne le reverrait plus jamais.

Ce devait être un riche négociant, étant donné la qualité de son habit, de son gilet brodé et de ses bottes. Peut-être même un armateur ? Mais quelle importance ? Était-elle folle de se poser autant de questions à son propos, alors que le petit pingouin avait besoin de soins !

Sans plus s'occuper de lui, elle s'approcha lentement du volatile pour ne pas l'effaroucher.

Abasourdi, Malo suivit des yeux la jeune femme dans son opération de secourisme. Manifestement, elle n'en était pas à son coup d'essai comme équilibriste sur ces rochers. Elle s'accroupit près du pingouin torda, prononçant des paroles qu'il ne distinguait pas. Qui était-elle ? À la fois si hardie et si énigmatique… Une fée de la lande qui aurait adopté une apparence humaine pour mieux se dissimuler parmi les habitants du cap ?

Elle prit délicatement l'oiseau dans ses mains en coupe, comme elle aurait pris l'eau d'une fontaine, le plaça ensuite au creux de son bras et l'observa. Puis elle lui palpa avec douceur le dos, les ailes, les pattes, le jabot, et se releva enfin.

— Il n'est pas blessé ! annonça-t-elle avec un sourire radieux. Juste affaibli par la faim.

Elle remonta et le rejoignit à longues foulées souples, l'oiseau serré contre elle, le regard clair, brillant, et les joues roses.

Au fond, le sort du bébé pingouin était assez indifférent à Malo, mais il sentait qu'il devait dire quelque chose, s'enthousiasmer, s'il ne voulait pas la décevoir.

— C'est formidable ! Vous avez été formidable ! Est-ce qu'il va vivre ?

— Je l'espère bien ! Ce n'est pas le premier que je recueille. Je sais comment le nourrir.

— Formidable, répéta-t-il, subjugué par le délicat dessin de ses lèvres.

Mais elle s'éloignait déjà.

— Vous partez ?

— Oui ! Il a besoin de manger. Sans attendre ! Qui sait depuis combien de temps il était là ?

Il lui emboîta le pas. Elle ne pouvait pas s'en aller comme ça ! Simplement disparaître. Le laisser seul au bout du cap, avec pour seule compagnie le souvenir de son apparition et son nez cassé.

— J'aimerais…

Il hâta le pas pour la rattraper. Elle filait sur la lande, en direction du hameau de La Latte. Peut-être y avait-elle laissé un cheval, elle aussi ? Ou bien y vivait-elle ?

— J'aimerais beaucoup avoir des nouvelles de votre petit protégé.

Elle ralentit l'allure et lui lança un regard agréablement surpris. Du moins, lui sembla-t-il.

— Vraiment ? Sa survie vous importe ?

Autant que de vous revoir, bien que je ne comprenne pas d'où me vient cette envie.

— Bien sûr ! répondit-il avec toute la conviction possible.

— Eh bien, passez le voir, en ce cas.

Le cœur de Malo fit un bond dans sa poitrine. Un bond stupide. Il n'était plus un jouvenceau !

— J'en serais ravi ! Quand ?

— Quand il vous plaira. Demain, après-demain, plus tard… Il faudra plusieurs jours pour qu'il reprenne des forces.

— Où devrai-je aller ? Qui devrai-je demander ?

Elle reprit son rythme, et il se laissa distancer, ne voulant pas paraître pressant, à présent qu'il avait obtenu l'autorisation de la revoir.

— Anne…, répondit-elle. Anne de Keroual. Au manoir de Keroual, à Plévenon…

Malo stoppa net.

Anne de Keroual… De toutes les femmes qu'il était

susceptible de rencontrer en arrivant ici, il fallait que ce soit une de Keroual ! Il aurait dû décider, en cet instant, qu'il n'irait pas prendre de nouvelles du petit pingouin. Heureusement, il disposait d'encore un peu d'incognito. Le temps de s'installer, avant d'occuper ses nouvelles fonctions. Le temps de la revoir, une fois au moins. De lui parler de nouveau… Même si ce souhait n'avait pas de sens. Même si cela ne le menait à rien.

Car, bientôt, elle saurait, et elle le haïrait.

Chapitre 3

16 floréal (5 mai)
Château d'Aubin, Pléneuf

— Content de vous revoir, mon capitaine !

Malo quitta son fauteuil près de la cheminée pour accueillir le visiteur que Jousserand, son majordome – ou plus exactement son homme à tout faire –, venait d'accompagner dans le petit salon.

— Soyez le bienvenu, Ivon ! dit-il à son invité en lui tendant la main. Mais je ne suis plus capitaine. Alors, après tout ce que nous avons traversé ensemble, appelez-moi Malo…

Ivon Le Guennec, qui avait été des années durant son lieutenant, lui serra chaleureusement la main.

— Pour moi, vous resterez le capitaine Malo Jakez de *La Belle Dame sans merci* ! Je n'oublie pas ce que je vous dois. Ma maison, mon négoce…

Il tapota la poche de sa veste.

— … et une bourse toujours bien garnie !

Malo prit le temps de l'observer. Le solide marin était en effet devenu un homme prospère à tous les sens du terme, depuis son apparence soignée qui témoignait d'une aisance matérielle certaine jusqu'à son embonpoint. Qui l'aurait cru ? Un jour de 1783, un tout jeune homme s'était présenté à lui dans le port de Saint-Malo, alors que son brick allait appareiller pour les Caraïbes. Il cherchait à embarquer. Malo avait dû laisser à terre l'un de ses matelots, malade, et l'affaire avait vite été conclue. Il ne l'avait jamais regretté. Le Guennec s'était révélé malin, courageux, dur à la tâche. Tout comme lui-même une douzaine d'années plus tôt, il avait grimpé rapidement les échelons, grâce à ses compétences et à une appréciable fiabilité. Lorsque Malo avait décidé de mettre un terme à son aventure maritime, Ivon avait décidé, lui aussi, de reprendre la vie à terre. Il s'était établi comme négociant à Saint-Malo. Il possédait également une maison à Pléneuf, d'où il était originaire. Ils étaient restés en contact.

À son départ de Paris, Malo lui avait envoyé une lettre ; il le priait de lui rendre visite le lendemain de son arrivée. Avant de prendre son poste, il voulait se rendre compte de la situation *de l'intérieur*, s'adresser à une personne vivant sur place en qui il avait confiance, et dont il était certain qu'elle ne lui mentirait pas.

— Nous nous devons chacun notre prospérité, Ivon. *La Belle Dame sans merci* n'aurait pu faire ce qu'elle a fait, sans son équipage.

— C'est vrai que vous voilà châtelain, capit… Malo !

Châtelain, oui…

Que de chemin parcouru depuis la petite maison basse et sombre de ses parents, dans le hameau de Ker Aven, jusqu'au fier château de Saint Aubin ! En habitué des gaillards d'arrière, puis de son petit logis parisien temporaire, il avait demandé à Jousserand de ne mettre en service que le rez-de-chaussée. Et encore n'utilisait-il que le petit salon et le bureau, dans lequel il avait fait installer un lit étroit. Il n'avait pas besoin de plus de pièces pour le moment. La richesse lui était peut-être venue, mais il restait fondamentalement un marin, habitué à mouvoir son grand corps dans l'espace limité d'un navire. Par ailleurs, il ne comptait pas donner de dîners ni de bals.

— Allons nous asseoir, Ivon, lui dit-il en lui indiquant un fauteuil et en prenant place dans un autre. J'aimerais que vous me racontiez comment les choses se passent, ici. Mais avant… Mon majordome m'a procuré de ce bon café que vous importez. Je vais lui demander de nous en préparer. Il est un peu tôt pour une boisson plus forte.

Malo sonna Jousserand, qui revint bientôt avec un plateau garni.

— Vous vous êtes cassé le nez, capit… ?

Le dernier mot se termina dans un murmure. Décidément, les habitudes avaient la vie dure ! Le Guennec n'avait cessé, depuis son arrivée, de jeter de brefs coups d'œil à son appendice nasal, puis de détourner le regard ensuite, feignant le plus grand naturel. Mais il fallait bien que la question fuse à un moment ou un autre. Il était difficile de passer à côté de l'enflure et du subtil dégradé de verts et de jaunes qui lui colorait la moitié de la figure.

— Une maladresse en déplaçant un meuble…

Il n'avait pas envie d'entrer dans les détails de sa rencontre avec Anne de Keroual. Il avait déjà bien assez de difficultés à se concentrer sur ses affaires au lieu de penser à elle, depuis la veille. Inutile de raviver son trouble en évoquant la jeune femme de vive voix.

— … Le médecin de Plévenon m'a arrangé ça.

— C'est un bon docteur, commenta Le Guennec.

Puis il commença à lui brosser le tableau de la situation locale. Un tableau sombre, comme Malo s'y attendait.

Fougères était au cœur d'un foyer de rébellion chouanne, dont les ramifications s'étendaient depuis peu jusqu'au cap Fréhel et ses villages. Même désorganisés, sans véritable chef au plan national, les Chouans harcelaient les élus de la République et les gardes nationaux[1] par une multitude d'actions, d'attaques. Ils bénéficiaient de la sympathie et de l'aide d'une bonne partie de la population, essentiellement les paysans et les nobles qui n'avaient pas émigré. De leur côté, les bourgeois, enrichis par l'achat à bas prix des biens nationaux et des terres confisquées au clergé, soutenaient la Convention. Ivon n'était pas né bourgeois, mais il l'était devenu. Son intérêt allait au gouvernement en place. Ce dont il ne se cachait pas.

— On m'a parlé de plusieurs meneurs qui opèrent dans la région depuis quelques mois…, glissa Malo pour le relancer sur le sujet qui l'intéressait, alors qu'Ivon commençait à partir sur leur dernière course en mer.

— Plusieurs ? Je dirais deux, surtout. Boishardy[2] et un autre gars, un certain Esper, qui est actif tout particulièrement ici, sur le cap.

Esper… « Espoir » en breton. Évidemment. Ces opposants à la République prenaient tous des surnoms. À commencer par ce Jean Cottereau, dit « chouan », qui avait justement donné son nom au mouvement.

— Boishardy, on en a entendu parler, à Paris. Il est l'un des rares à ne cacher ni sa véritable identité ni son implication. Mais cet Esper ? Pas la moindre idée de qui il est ?

— Non. Sauf ses plus proches compagnons, j'imagine.

1. La garde nationale est l'armée républicaine.

2. Jérôme-Sylvestre-Amateur Le Bras de Forges du Boishardy, dit « Boishardy », a été l'un des grands acteurs de la chouannerie des Côtes-du-Nord (actuelles Côtes-d'Armor).

— Allons ! Il doit bien se murmurer un ou deux noms ? insista Malo.

Que rien n'ait filtré jusqu'à Paris, cela se concevait, mais ceux qui vivaient sur place avaient dû entendre des choses, surprendre des conversations… C'était inévitable.

Le Guennec secoua la tête.

— Aucun. C'est un fantôme, cet homme-là ! D'autant plus qu'il agit de préférence la nuit. Certains disent qu'il a été envoyé de Mayenne, où les insurgés sont plus organisés que les Bretons. D'autres que c'est forcément quelqu'un d'ici.

— Pourquoi forcément ?

— Parce qu'il connaît bien le terrain.

— Lui, ou les rebelles de son groupe…, objecta Malo.

— C'est pas faux.

— Combien de personnes le soutiennent, à votre avis ?

Ivon reposa délicatement sa tasse vide sur la table basse, entre leurs deux fauteuils. Malo sourit intérieurement à cette image, si différente de celle qu'il conservait de son ancien lieutenant sur *La Belle Dame sans merci*. Il semblait vraiment un autre homme, alors que lui-même se sentait encore marin jusqu'au bout des ongles, bien qu'il ait cessé de l'être.

— Aucune idée, mais beaucoup, répondit Ivon en se laissant aller contre le dossier de son siège. Les gens l'aiment, vous voyez. Vous êtes de la région, capit…, pardon, monsie… Malo, même si vous avez passé beaucoup de temps en mer.

Oui, il était de la région. C'était même pour cette raison précise qu'il avait été choisi…

— Vous savez donc qu'on cause pas facilement, par ici. Surtout les royalistes, qui se protègent entre eux. Et Esper défend leur cause.

— Une cause stupide et passéiste ! explosa Malo.

1789 a aboli les privilèges, renversé la noblesse toute-puissante et chassé l'obscurantisme, en limitant le pouvoir des prêtres ! Comment les gens du peuple peuvent-ils soutenir un homme qui combat la République, dont la mission même est de leur apporter la liberté et l'égalité !

Il avait admiré Diderot et d'Alembert pour cette œuvre exceptionnelle et gigantesque qu'était l'*Encyclopédie.* Il avait lu avec avidité les écrits de Voltaire et de Montesquieu, les pièces de Beaumarchais. La Révolution avait secoué le joug de la monarchie, de l'ordre ancien fait de privilégiés et de pauvres, confinés dans l'ignorance et la misère.

Il voulait œuvrer de toute son âme à l'établissement d'un ordre nouveau, fait de justice sociale, d'égalité entre les hommes, quels que soient leur origine, leur statut ou leur couleur de peau. Il ne comprenait pas l'obstination de ces Bretons à vouloir restaurer la monarchie et à s'accrocher à des coutumes ancestrales qui freinaient la marche du progrès.

— Pardonnez-moi, Ivon. Je me laisse emporter ! Parlez-moi plutôt de vous. Les affaires vont bien, alors ?

— Pour sûr ! Je suis justement en train d'affréter un navire. Il quittera Saint-Malo dans un mois et demi ou deux mois.

— Avec quel chargement ?

— Des soieries de Lyon, du bon vin de Bourgogne et de la porcelaine d'un nouveau genre, fabriquée à Sèvres. Les dames distinguées du Nouveau Monde se l'arrachent, à ce qu'il paraît.

— Et vous rapporterez de ce café au goût si délicieux…

— Pas cette fois. Le navire fera cap vers les Antilles, où mon mandataire négociera de la cannelle et d'autres épices.

— Vous avez bien raison, Ivon. Il faut diversifier… Et

ce petit garçon, dont vous m'avez annoncé la naissance l'année dernière ?

— Un petit fripon, si vous saviez !

Tandis que Le Guennec lui parlait de sa famille avec une tendresse qu'il lui envia presque, Malo songea à son père, autrefois jardinier dans ce château où lui-même se tenait à présent en maître. Il l'avait acheté pour une somme dérisoire, en regard de sa valeur véritable. Une fleur que lui avait faite la Convention, pour qu'il accepte la mission pour laquelle il était revenu. Il n'avait jamais vraiment souhaité ce retour au cap Fréhel – trop de souvenirs mitigés, et cette humiliation terrible, qui l'avait marqué comme au fer rouge… Il avait bien fallu cela pour le décider.

Ce trophée, ce symbole puissant de son ascension et de sa revanche.

Manoir de Keroual

Londres, le 25 avril 1794,

Ma très chère Anne,

J'espère que cette lettre te parviendra, et dans un délai raisonnable. La dernière que tu m'as envoyée a fait au moins le tour du monde avant d'arriver entre mes mains ! J'espère aussi qu'elle te trouvera, ainsi que tous les habitants du manoir, en bonne forme.

Les choses se sont précipitées pour moi, ici, depuis nos derniers échanges. Lord Gregson s'est déclaré et m'a fait sa demande en mariage. C'était au cours d'une sortie à Kensington Gardens. Nous faisions du canot sur Long Water. Lorsque nous sommes parvenus au milieu du lac, il a posé les rames, s'est agenouillé devant moi et m'a dit des mots d'une poésie absolument charmante ! Puis, en se relevant, il a bien failli faire chavirer l'embarcation et s'est mis à jurer comme un charretier. Je me demande encore ce qui a emporté mon adhésion, en fin de compte : le raffinement de sa déclaration ou les jurons. Je sais que je ne t'étonnerai pas en te confessant cela.

Bref, pour récompenser un paradoxe vivant si agréable, je t'annonce donc que j'ai accepté de l'épouser, et que je porte à la main gauche, tandis que je t'écris, un rubis de belle taille monté sur argent.

Je t'ai déjà parlé de lui dans ma lettre précédente, et j'entends de là tes objections…

Non, je n'ai pas oublié nos longues discussions dans mon boudoir du château d'Aubin, ou dans le jardin de Keroual. L'Amour… Le grand Amour qui devait seul présider au choix que nous ferions d'un époux… C'était il y a plus de dix ans, nous n'étions que des jeunes filles rêveuses et naïves. Toi comme moi savons ce que nos attentes et nos espoirs d'alors sont devenus. Mais je ne veux pas remuer les mauvais souvenirs, ni raviver les peines.

Autant te le dire tout de suite, je ne suis pas amoureuse de lui. Mais c'est un homme plein d'esprit qui me fait rire, pour qui j'ai une très haute estime et une certaine forme d'affection. Nous partageons en outre beaucoup de convictions et nous nous retrouvons dans le grand projet que tu sais.

Et puis, dois-je le rappeler ? J'aurai vingt-neuf ans à l'automne, un âge, pardon de le souligner, ma chère Anne…

Un âge auquel d'autres sont déjà mariées depuis longtemps, et trois ou quatre fois mères, songea Anne en quittant le bonheur-du-jour en bois de citronnier pour se diriger vers la fenêtre de sa chambre.

Une vieille fille, voilà ce que je suis… N'ayons pas peur des mots, ni des réalités qu'ils désignent… Voilà ce que nous sommes, Urielle et moi, avec nos vingt-sept ans, et ce que ma cousine ne sera plus.

Étrangement, elle en éprouva un petit pincement au cœur, alors qu'il y avait longtemps qu'elle n'espérait plus rien, contente, au fond, de ne dépendre de personne et de mener sa vie comme elle l'entendait. Et puis, qui savait de quoi ses lendemains seraient faits ? Y aurait-il seulement un lendemain ? Autant ne rien attendre…

Ninnen et elle avaient pourtant eu des occasions de convoler, par le passé. Des gentilshommes avaient demandé leur main. Elle avait pour sa part refusé deux prétendants, mais Ninnen avait été fiancée, onze ans auparavant. Le fils aîné d'un amiral, promis à un bel avenir, héritier d'un titre et d'un domaine.

Une belle fête de fiançailles, en plein été, dans les magnifiques jardins du château d'Aubin. Et Ninnen si belle, si radieuse dans sa robe vert pâle, une cascade de roses délicates dans ses boucles rousses. Un véritable Watteau ! Hélas, le gentil fiancé était mort d'une fièvre tropicale lors de son premier grand voyage en mer, comme enseigne sur un navire marchand. Ils devaient se marier à son retour.

Elle reprit sa lecture.

> *… un âge, pardon de le souligner, ma chère Anne, qui ne me laisse d'autre possibilité qu'un mariage de raison. Sans compter ma situation. Tu ne l'ignores pas, papa est ruiné, et Lord Gregson a la délicatesse de n'évoquer ni dot ni finances. Il est veuf depuis plusieurs années et a connu avec sa première femme, dit-on, l'amour*

fou. Il n'aspire à présent qu'à vivre calmement et en bonne entente avec une épouse qui partage ses valeurs et ses projets.

Il n'est pas si vieux, tu sais, au cas où tu te poserais la question. Il n'a que quarante ans, et c'est un homme encore plein de prestance et d'élégance. Riche, de surcroît. Très riche. Non que mon intérêt pour lui soit vénal, mais cela me permettra d'aider mes parents. Il possède un hôtel particulier à Londres et un château dans le Devonshire.

Notre mariage sera célébré le 20 juin prochain. J'aurais tant aimé que tu sois là, à mes côtés, pour ce grand jour, Anne, mais c'est impossible.

Maintenant que tout cela est dit, écris-moi bien vite pour me donner des nouvelles de mon cher château ! Je sais par une lettre que papa a reçue d'un ami, voici trois semaines, qu'il est toujours détenu comme bien national et pas encore vendu. Du moins d'après cet ami. Dennys – Lord Gregson – voudrait essayer de le racheter, en passant par un prête-nom. Il souhaiterait en faire son cadeau de mariage ! Oh ! Anne, peut-on rêver meilleur mari ? Qu'importe si l'Amour, le grand, le merveilleux Amour, n'est plus au rendez-vous pour moi… Je suis si contente d'associer mon destin à celui d'un homme aussi bon !

Qui aurait cru que je tienne de tels propos, n'est-ce pas ? Moi-même, je m'étonne. Mais les événements que nous avons traversés nous ont tous transformés. Ils ont fait de nous des personnes bien différentes de celles que nous étions.

Était-elle si différente aujourd'hui de la jeune fille de seize ans qu'elle était, le jour des premières fiançailles de Ninnen ? Les épreuves qu'elle avait affrontées, ses combats secrets… Tout cela avait-il fait d'elle une autre femme ? Oui, sans aucun doute, même si, enfouie tout au fond d'elle, perdurait la jeune Anne d'autrefois qui n'attendait qu'une chose, être emportée par la violence d'une passion sans fin.

Elle avait cru aimer, à cette même époque. Durant quelques semaines. Le temps passé depuis l'avait aidée à comprendre qu'elle s'était trompée. Ce n'était pas de l'amour, tout au plus une fièvre d'enfant avide de goûter aux fruits du jardin défendu…

Ma chère, chère Anne, ma lettre s'achève sur de bien sérieuses considérations, mais ne t'y trompe pas, je suis heureuse. Il ne me manque que la certitude que tu connaîtras bientôt, toi aussi, un bonheur semblable au mien.

Je t'embrasse très affectueusement et attends avec impatience de tes nouvelles !

Ta dévouée Ninnen de Keroual

Un bonheur semblable au sien ? Pourquoi associait-elle soudain un certain visage à ce mot ? Un visage rencontré tout récemment. Pourquoi celui à qui ce visage appartenait évoquait-il pour elle tout, sauf un homme auprès de qui on pourrait se contenter de « vivre calmement et en bonne entente » ?

Chapitre 4

17 floréal (6 mai)

Esper dénombra une vingtaine de soldats. Jusqu'à présent, avec ses compagnons, ils s'étaient limités à tendre des embuscades aux petites escouades qui transportaient les informations militaires à destination des troupes en garnison au fort. C'était là leur mission, quand d'autres attaquaient les convois de solde, de ravitaillement ou de prisonniers politiques.

Ces opérations convergeaient vers un but identique : paralyser de toutes les manières possibles la garde nationale. Tout ce qui isolait d'une façon ou d'une autre les soldats de Fort la Latte du reste des armées républicaines, tout ce qui gênait les communications, était autant de possibilités offertes aux Chouans de fédérer leurs forces, et d'organiser des actions de plus grande envergure.

Mais l'opération de cette nuit était différente. Plus dangereuse. Et pour cela, Esper et Boishardy avaient rassemblé une bonne partie de leurs hommes. Il s'agissait de s'emparer d'un convoi d'armes et de munitions. Les Chouans manquaient de fusils, de pistolets pour équiper les hommes. Des va-nu-pieds, le plus souvent. De petites gens, qui s'étaient lancés dans la contre-révolution chaussés de sabots, armés de fourches, de bâtons, et de la force de leurs convictions. Mais si l'action de cette nuit réussissait, la prise serait de taille, propre à rééquilibrer partiellement les forces.

Posté sur un talus bordé d'un alignement de genêts et d'herbes hautes, Esper, la moitié du visage cachée sous une bande de tissu et le tricorne enfoncé sur la tête, surveillait l'entrée de l'affleurement rocheux qui resserrait la route en goulet. Cavaliers et chevaux n'y passeraient pas à deux de front. Quant au chariot, il en occuperait toute la largeur, coupant la troupe en deux, les hommes placés devant et ceux qui fermeraient le convoi. Ce serait le moment idéal.

Son cœur battait plus vite dans l'attente de l'affrontement imminent. Cette nuit, ils franchiraient une ligne. Des hommes seraient tués. C'était inévitable. Lors des attaques précédentes, il y avait eu des blessés de part et d'autre, jamais de morts. La responsabilité était lourde à assumer.

Encore quelques minutes, et l'attaque serait lancée. La garde nationale n'aurait pas l'avantage du terrain, mais elle bénéficierait, cette fois encore, de celui des armes.

Lorsque le dernier garde se fut engagé dans le défilé, Esper modula le signal convenu : le cri de la chouette s'éleva alors dans l'épais silence de la nuit. D'autres hululements lui répondirent aussitôt, puis les herbes s'agitèrent, des silhouettes sombres sortirent de sous les halliers, des têtes se dressèrent derrière les genêts.

Ce signal, les soldats le reconnaissaient, maintenant, et un cri jaillit depuis le chemin :

— Aux armes ! Les Chouans !

Au même moment, Esper ordonna :

— Feu !

Son ordre fut aussitôt relayé par son fidèle Yann, dont

la voix portait loin, bien plus loin que la sienne. Son peu d'hommes armés, disposés le long de la gorge pour faire croire à un nombre d'assaillants plus important, fit feu sur la troupe. Touchés, plusieurs cavaliers tombèrent à terre, tandis que trois chevaux, affolés par les détonations, ruèrent en hennissant, et soulevèrent un nuage de poussière. Un tir nourri répondit à cet assaut ; des balles fusèrent en direction de la végétation qui surplombait la route. Quelques-unes atteignirent une cible au hasard, et Esper vit s'effondrer certains de ses compagnons. C'était le risque.

Et c'était également le moment. Les soldats n'allaient pas pouvoir recharger toutes les armes en même temps. En outre, ils manquaient de mobilité et de marge de manœuvre, juchés sur des montures contraintes de rester les unes derrière les autres. Il fallait profiter de ces instants de vulnérabilité.

Ordre fut de nouveau donné. Aussitôt, une trentaine d'hommes sautèrent des talus pour désarçonner les cavaliers. Les corps emmêlés roulèrent sur le chemin. Armés de pierres, de bâtons et de couteaux, les Chouans frappaient sans relâche, dans un chaos de cris, d'imprécations et de piétinements des chevaux.

Tandis que Boishardy et ses hommes menaient l'assaut à l'arrière du convoi, Esper le menait à l'avant, aux prises avec le chef de la troupe des gardes. Tous deux s'observaient mutuellement, décrivant des cercles avec lenteur, l'épée à la main. Ils se jaugeaient, évaluaient les faiblesses potentielles de l'autre.

Puis le soldat porta le premier coup. Esper para l'attaque et le repoussa. Son adversaire revint aussitôt à la charge, avec une série d'attaques puissantes, massives. Celles d'Esper étaient moins fortes, mais plus agiles. Un élément sur lequel s'appuyer. Durant les minutes suivantes, sa souplesse lui permit d'esquiver ou de parer les coups, de se déplacer plus rapidement pour harceler le soldat, qui se mouvait assez lentement. La force était une chose, la vitesse, une autre, plus profitable.

Enfin, l'assaillant d'Esper commit une faute : se fendant d'une quarte dans un mouvement beaucoup trop lourd, il dérapa sur un caillou, et dans son effort pour se rétablir, découvrit une fraction de seconde son flanc gauche. Esper en profita pour lui porter un coup d'estoc. Blessé à l'abdomen, l'homme lâcha son épée, s'affaissa sur les genoux, puis roula à terre, ses mains rougies de sang plaquées sur le ventre.

Esper détestait cela. Mais la cause chouanne demandait des sacrifices et que l'on se fasse violence parfois. Déjà, les combats faiblissaient. Nombre de soldats étaient à terre, d'autres à la merci des rebelles qui les délestaient de leurs bottes et de leurs armes.

— Épargnez les derniers et ficelez-les ! ordonna Esper, tandis que ses consignes étaient de nouveau répétées.

Alors que ses compagnons s'exécutaient, les hommes de Boishardy déchargeaient le chariot dont ils ne pouvaient s'encombrer, pas plus que des chevaux. Les armes et les munitions, elles, seraient emportées et dissimulées.

— J'ai trouvé ça sur un gradé, chef !

C'était un porte-documents de cuir qui paraissait bien garni, et contenait peut-être des informations intéressantes. Esper tendit la main, se saisit de l'objet, et le glissa dans la large poche poitrine de son manteau.

La nuit bleuissait à présent. Les contours des choses se faisaient moins indistincts, moins massifs, et le ciel se parait de traînées lactescentes. L'aube n'allait plus tarder. Il était temps de rentrer…

Tandis que Boishardy rassemblait ses fidèles, Esper fit signe à certains de ses compagnons de se disperser.

En quelques secondes, seuls ou par petits groupes, une douzaine d'hommes robustes, le visage également dissimulé par du tissu, disparurent aussi rapidement qu'ils s'étaient rendus maîtres du terrain. Ils s'étaient réparti les bottes, plus pratiques et plus confortables que les sabots pour se déplacer, ou courir.

Six autres restèrent, ainsi que Yann, qui les aida à placer les armes et les munitions dans de grands sacs, qu'ils eurent ordre d'emporter dans une cache secrète transitoire. De là, et pour plus de sécurité, ce butin serait déplacé dans un autre endroit, connu d'une poignée de personnes seulement.

Ces six hommes disparurent à leur tour, fantômes silencieux qui se fondaient à la végétation et empruntaient des chemins connus d'eux seuls.

Yann alla s'assurer une dernière fois de la solidité des entraves des soldats survivants.

— Les voilà bien lardés, déclara-t-il en revenant. Ils sont pas près de détaler, vous pouvez m'croire ! Quant aux autres, paix à leur âme ! À la guerre comme à la guerre. C'est miracle que nos gars s'en soient sortis qu'avec des égratignures ou quasi, mademoiselle.

Anne ôta alors le bandeau qui lui dissimulait la moitié du visage, et le glissa dans la poche intérieure de son manteau. Puis elle redressa le tricorne qu'elle avait porté jusque-là incliné sur les yeux.

— Dépêchons-nous, dit-elle, la gorge légèrement irritée d'avoir travesti sa voix tout au long de l'opération. C'est vrai que c'est la guerre, Yann, il n'empêche, je n'aime pas laisser de morts derrière moi, même s'ils sont nos ennemis. Mais je suis heureuse qu'aucun de nos compagnons n'ait été tué ou n'ait reçu de blessure grave.

Son timbre de mezzo lui permettait de le moduler et donnait le change sans trop de difficulté.

Tous deux se mirent en route, choisissant pour rentrer le couvert des arbres chaque fois que c'était possible, ou les sentiers de faux sauniers, inconnus des soldats.

Bientôt, Anne aperçut la silhouette familière du manoir au pied de la colline qu'ils venaient de parcourir. Elle lâcha un soupir de soulagement. Une fois encore, elle n'avait à déplorer aucune perte dans son groupe, et l'opération avait été une réussite, même si elle l'avait été au prix de vies perdues dans l'autre camp.

— Par la grâce de Dieu, vous voilà !

Comme à chacun de leurs retours au milieu de la nuit ou au petit matin, Aesa les attendait dans la cuisine. Aussitôt qu'elle les vit, son visage, assombri par l'inquiétude, s'illumina. Elle se leva et accourut vers eux.

— Vous avez été très longs à rentrer, cette fois…

Elle les observa tour à tour des pieds à la tête, chercha sur eux des traces de lutte, de blessures.

— Pas plus que d'habitude, lui répondit Yann de sa voix bourrue.

— Alors, c'est moi qui ne supporte plus de vous savoir en danger, reprit Aesa en se dirigeant vers le fourneau pour y mettre à chauffer la bouilloire. Asseyez-vous, je vais vous préparer du thé. Vous avez faim ? Il reste du gâteau d'hier soir et des pommes au four.

Anne sourit faiblement et ôta son manteau. Nourrice un jour, nourrice toujours. Cela faisait vingt-sept ans qu'Aesa lui exprimait son amour en essayant de la gaver comme un porcelet ! Elle incarnait la permanence et la sécurité. Elle faisait preuve d'une calme détermination en toute occasion et, bien souvent, Anne avait trouvé auprès d'elle un rassérénement que sa mère, de santé fragile, ou son père, perdu dans son monde de science et d'observation, n'avaient pu lui donner.

Son histoire était d'une triste banalité. Fille d'un métayer de Keroual, elle avait été placée à seize ans comme aide-cuisinière dans une famille aisée de Saint-Brieuc. Elle en avait été chassée quelques mois plus tard, le ventre rond sous son tablier. L'un des fils de la maison lui avait promis le mariage pour mieux la séduire. Dans sa naïveté de campagnarde simple et franche, Aesa l'avait cru.

Ses employeurs l'avaient renvoyée, comme si elle était seule responsable de son état, et elle était retournée chez ses parents attendre la naissance du bébé. Urielle avait vu le jour un mois avant que Ronan et elle viennent au monde. L'arrivée de jumeaux, qui avait surpris toute la maisonnée, avait nécessité l'embauche en urgence d'une seconde nourrice. Leurs parents, qui connaissaient son histoire, avaient aussitôt songé à elle. Belle fille saine, au sourire doux et à l'humeur égale, Aesa avait alors trouvé sa place et le droit de parcourir de nouveau les rues de Plévenon et de son hameau natal la tête haute. Si le vicomte et la vicomtesse de Keroual l'avaient jugée digne d'entrer dans leur maison pour allaiter leur fille, leur confiance lui suffisait, le jugement des autres lui importait peu.

Lorsque Ronan et elle avaient été sevrés, l'autre nourrice avait quitté le manoir, mais Aesa était restée. Ainsi qu'Urielle, qui avait été élevée et avait étudié avec eux, dans la salle d'étude, tout en haut du manoir, sous les toits. D'abord cuisinière, Aesa avait été promue intendante au décès de leur mère. Si les provisions ne manquaient pas dans les garde-manger, si la table était toujours garnie de bons plats et de douceurs, c'était grâce à elle. Même en ces temps difficiles, où ils avaient été contraints de réduire la domesticité, Aesa menait sa tâche à bien sans jamais se plaindre d'avoir trop de travail. Elle embauchait parfois une ou deux femmes à la journée, pour des travaux plus importants comme les lessives, le grand ménage, les confitures en été.

Mais elle avait été plus que cela. À bien des égards, depuis dix ans, la figure maternelle de la maison, c'était elle.

Quant à Yann, il appartenait également à son paysage affectif depuis l'enfance. Entré tout jeune à Keroual en tant que garçon d'écurie, il était devenu palefrenier en chef. Il avait pris soin des chevaux du manoir, du temps où leur nombre et leur splendeur faisaient la fierté du père d'Anne. Tout comme Aesa, compte tenu de la diminution du personnel, il en était venu à s'adapter et à élargir la palette de ses attributions. Outre le soin des quatre montures de la famille, il s'occupait du poulailler et des travaux d'entretien.

— Du thé seulement pour moi, Aesa, merci, répondit Anne.

Elle sortit le porte-documents de son manteau, et le vida sur la longue table en noyer. Puis elle tira une chaise et s'assit, pour examiner les feuillets. Yann se pencha par-dessus son épaule pour les regarder aussi, bien qu'il ne sache pas lire.

Aesa versa l'eau chaude dans la théière. Elle sortit ensuite du vaisselier deux bols en faïence décorés des armes de la famille de Keroual, rescapés d'un service dont il ne restait plus grand-chose, et qui avait été relégué à la cuisine.

— La pêche a été bonne ? demanda Yann en prenant enfin place à table en face d'elle, quand elle eut terminé de passer en revue les papiers.

Elle secoua la tête.

— Pas pour ce qui nous intéresse… Ce sont des instructions relatives à la solde, et des brevets de lieutenant pour quelques soldats.

— Et c'est pour ça que vous prenez des risques pareils ! s'emporta Aesa, en posant sans douceur devant Yann une assiette avec une double part de gâteau et une pomme cuite au cidre.

Anne préféra ne pas lui dire que, cette fois, les risques avaient atteint un niveau qu'elle n'imaginait pas.

— Tu crois qu'on peut savoir à l'avance, peut-être ! rouspéta Yann.

Aesa ne répondit pas et s'empara de l'épais manteau d'Anne pour le dissimuler dans la souillarde, parmi les vieilles hardes que Yann utilisait pour nettoyer les écuries.

Le vêtement dont elle s'enveloppait pour ses missions tenait horriblement chaud à Anne, surtout par ces douces nuits de printemps, mais il avait le mérite de la faire paraître plus costaude qu'elle ne l'était en réalité. Ainsi, comme elle était grande, voire dépassait certains de ses compagnons, ceux-ci la prenaient-ils pour un homme fait, et non pour le jeune homme qu'elle paraissait, lorsqu'elle portait pantalons et redingote. Seuls Yann et Boishardy savaient qu'Esper était une femme. Les autres pensaient qu'elle était un meneur de Mayenne, envoyé par Jean Cottereau, le fameux Chouan, pour épauler Boishardy.

C'était ce dernier qui en avait fait courir le bruit, afin d'égarer autant que possible les soupçons sur la véritable identité d'Esper. Lui-même avait choisi d'agir à visage découvert, mais la plupart des rebelles œuvraient masqués et utilisaient des surnoms. Ronan et Aesa, bien entendu, connaissaient son activité secrète. Personne d'autre. Jusqu'à présent, son jumeau et elle étaient parvenus à cacher leurs agissements de l'ombre à Urielle et Yaël. Ils espéraient ainsi les préserver de l'angoisse qui rongeait Aesa.

Celle-ci revint de la souillarde, vérifia le degré d'infusion du thé et les servit.

— Est-ce que Ronan est rentré ? lui demanda Anne, après avoir bu une gorgée d'un thé noir brûlant et corsé.

Aesa lui fit non de la tête. Son air renfrogné indiquait à quel point elle les désapprouvait l'un et l'autre. Anne accueillit sa réponse avec la petite montée d'inquiétude habituelle. Même si Ronan et elle avaient conscience du danger de leurs engagements, elle attendait toujours avec impatience le retour de son frère, et inversement.

Elle jeta un coup d'œil à la petite horloge posée sur le confiturier. Bientôt cinq heures et demie du matin. Elle craignait à chaque fois que son frère ne se soit fait surprendre par les patrouilles, ou que la marée ne l'ait empêché de revenir sain et sauf vers la crique. Elle s'efforçait de ne pas imaginer sa petite embarcation fracassée contre les rochers, mais, parfois, son imagination prenait le pas sur sa raison, et des visions de cauchemar la traversaient.

— Ça me tue, de vous attendre tous les trois nuit après nuit, Anne ! lâcha soudain Aesa. Il faut arrêter, tu m'entends ? Ar-rê-ter ! Un jour, vous vous ferez prendre et...

Elle s'interrompit, et ravala un sanglot.

— Nous avons déjà eu cette discussion, déclara Anne avec douceur. Tu sais pourquoi nous le faisons.

Aesa posa sur elle son beau regard brun, ourlé de longs cils, dont Urielle avait hérité.

— Et moi, j'ai promis à votre mère sur son lit de mort de veiller sur tes frères et toi !

Le cœur d'Anne se serra. Il était vrai qu'ils ne lui facilitaient pas la tâche, tous autant qu'ils étaient, depuis quelques mois.

— Alors, tu seras contente d'apprendre que j'ai justement l'intention de cesser ces activités.

Le visage d'Aesa s'éclaira.

— Dieu soit loué ! Enfin un peu de bon sens dans cette foutue caboche !

Aesa avait toujours considéré que l'avoir nourrie au sein lui donnait les droits d'une mère sur elle, y compris celui de la réprimander comme une fillette, en dépit du fait qu'elle était depuis longtemps devenue une adulte.

— Mais pas tout de suite, poursuivit Anne. Il me reste une dernière chose à faire. Une chose très importante…

L'ancienne noblesse émigrée, rassemblée autour de princes de sang en Angleterre et en Allemagne, levait des fonds pour armer des régiments royalistes. Leur débarquement en Bretagne était espéré pour bientôt et, pour le préparer de l'intérieur, les Chouans devaient coordonner leurs actions. À cet effet, une réunion secrète des chefs de la rébellion était prévue sous peu. Elle aurait lieu au cap Fréhel, dans un endroit non encore fixé.

Après cela, Esper disparaîtrait pour toujours.

— Sois tranquille, Aesa. Ce sera vite terminé, maintenant. Dans quelques semaines, tout au plus.

— En quelques semaines, il peut se passer tant de choses, répondit Aesa sombrement. Et Ronan qui n'arrive toujours pas ! Qu'est-ce que j'ai fait au bon Dieu pour que vous me fassiez tourner les sangs comme ça, tous les deux !

— Il arrive ! s'écria Yann, qui avait dévoré le contenu de son assiette et s'était posté devant la petite lucarne au-dessus du potager, pour guetter l'arrière du manoir.

Anne se leva aussitôt et s'approcha pour jeter un coup d'œil. Ronan était encore loin, mais elle le voyait distinctement sauter de monticule herbeux en monticule herbeux dans le petit estuaire marécageux qui commençait à l'extrémité du jardin, puis filait vers la mer. Son agilité et sa vitesse la rassurèrent : il allait bien.

Une fois encore, sa mission – tout comme la sienne – semblait s'être déroulée convenablement.

Il aidait les prêtres réfractaires[1], les condamnés politiques ou les candidats à l'émigration à rejoindre en haute mer des bateaux plus puissants, qui naviguaient vers la Grande-Bretagne. Ils leur donnaient rendez-vous à la sortie de Plévenon, dans une grange désaffectée, et les conduisait au bout de l'estuaire marécageux par lequel il était rentré. Un endroit où personne ne venait jamais, où aucune surveillance n'était susceptible d'être menée. Il dissimulait au milieu des roseaux la barque avec laquelle il les conduisait à la rame jusqu'au navire chargé de les transporter. Ronan avait rejoint la filière du cap Fréhel un an auparavant, lorsqu'il avait fallu aider leur oncle et sa famille à quitter la Bretagne, après la confiscation du château d'Aubin et des terres.

Elle prit le temps de le serrer dans ses bras, tandis qu'Aesa maugréait qu'ils allaient finir par la faire mourir d'anxiété, qu'elle était sûre d'avoir déjà le sang tout noir et plein d'humeurs malignes. Elle monta ensuite dans sa chambre, pour essayer de dormir un peu.

Elle recevrait de la visite, dans l'après-midi, et ne voulait pas avoir l'air d'une rascasse pêchée de cinq ou six jours.

1. La Révolution décrète, le 12 juillet 1790, la Constitution civile du clergé, qui impose une réorganisation du clergé séculier. Il s'ensuit une division du clergé. Les prêtres refusant de prêter publiquement serment à cette Constitution sont déclarés « réfractaires », destitués et poursuivis.

Chapitre 5

18 floréal (7 mai)
Château d'Aubin

Malo avait rongé son frein durant toute la journée de la veille, peinant à s'occuper pour tromper son impatience. La matinée lui avait paru sans fin. Quant au déjeuner, il ne voulait même pas y songer ! À croire que Jousserand s'était ingénié à passer par toutes les pièces du château et à faire dix fois le tour du jardin, avant de lui apporter un malheureux plat de ragoût de mouton, après lui avoir servi une belle tranche de terrine de volaille sur un lit de salade. Et qu'il avait recommencé pour le dessert !

Il n'avait pas voulu se précipiter au manoir de Keroual, tel un affamé, après sa rencontre avec Anne sur la lande, pour ne pas avoir l'air d'accorder trop d'importance à l'invitation informelle qu'elle lui avait lancée. Mais, à la vérité, il aurait accouru chez elle le lendemain dès l'aube, s'il l'avait osé.

Enfin, l'heure décente pour rendre une visite était arrivée, et il s'empressait maintenant de seller Astrolabe pour filer à Plévenon.

Quand ce fut fait, il lança le cheval au galop, mû par

l'envie pressante de revoir la jeune femme. Il en était le premier étonné. Pourquoi cette hâte ? Qu'est-ce que cela voulait dire ? Qu'attendait-il exactement de cette visite ? Il n'en avait aucune idée. Il savait pourtant qu'il n'avait pas beaucoup de temps devant lui, et aucun espoir.

Aucun espoir de quoi ? se demanda-t-il encore, tandis qu'il s'engageait sur le chemin qui le mènerait au village. La tournure que prenaient ses pensées était vraiment surprenante ! Ce n'était pas comme s'il aurait le loisir de courtiser une femme, dans les semaines à venir. Encore moins cette femme-là.

Il ne se souvenait plus combien de fois il s'était rendu au manoir de Keroual, par le passé. Mais il y était allé souvent, adolescent, pour y apporter du château d'Aubin des plants de fleurs, des paniers de légumes du potager, des fruits de l'immense verger. Il ne montait pas un fringant pur-sang, à l'époque, mais conduisait une charrette brinquebalante tirée par une vieille jument de trait, dont la croupe était aussi large qu'une porte de grange, ou peu s'en fallait.

Il revoyait la longue allée, droite et simple, bordée de peupliers, qui descendait vers le porche en pierre. Le manoir était simple, lui aussi. Un bâtiment de deux étages tout en longueur, quatre portes-fenêtres de part et d'autre d'une entrée sans prétention, neuf fenêtres à l'étage. Et les communs, sur la gauche.

Il avait toujours aimé la sobriété de cette bâtisse, ses pierres grises régulières, la calme symétrie de sa façade, pour ne pas dire son austérité. Rien à voir avec l'exubérance baroque du château d'Aubin. Des demeures aussi dissemblables que leurs propriétaires, bien qu'ils aient été frères. Loïc de Keroual, imbu de sa personne et de son titre de comte, rude avec ses employés, incapable d'empathie. Et Hervé, son cadet, le père d'Anne, doux et bon, à qui toute la maisonnée pardonnait ses lubies naturalistes.

Il n'était jamais entré à l'intérieur. Du moins pas dans les pièces occupées par la famille. Il laissait sa charrette du côté des dépendances, et, ses paniers à la main, contournait le manoir pour frapper à la porte de la cuisine. Aesa l'accueillait toujours avec un verre de cidre frais aux beaux jours, un thé chaud en hiver, ou un bouillon de légumes.

Il apercevait parfois Anne et ses frères jouant dans le jardin ou la cour, avec la fille d'Aesa, mais il restait à distance. Il ne se rappelait pas leur avoir jamais parlé.

Manoir de Keroual

— Bien… Récapitulons !

Mlle Riou, la sœur du curé de la paroisse – enfin, de l'ancien curé –, les fixa tour à tour, avec l'air pénétré d'un général qui s'apprête à donner l'ordre d'assaut. Image comique s'il en était, pour Anne, étant donné qu'avec sa dentition proéminente, ses cheveux fins tirés en arrière, son teint pâle et le duvet sombre qui lui ourlait la lèvre supérieure, Mlle Riou évoquait plus un rongeur qu'un chef de guerre en majesté.

— Rose ?

— Je préparerai deux grosses miches de pain, qui se conserveront dix jours, bien enveloppées dans un torchon.

— Parfait ! Gwenn ?

— J'ai deux beaux pâtés.

— Merci. Suzanne ?

— Je ferai cuire un carré de porc.

Mlle Riou approuva d'un hochement de tête.

— Anne ?

— Aesa a prévu cette fois une tourte au lard et aux poireaux, ainsi qu'un gâteau fourré à la crème et aux pruneaux.

— Vous la remercierez pour moi. Sachez toutes que mon frère...

Sa voix se perdit dans un sanglot étranglé et elle écrasa une larme au coin de son œil. Disparu, le fier général d'armée. Il ne restait plus qu'une vieille demoiselle qui s'était dévouée à son frère depuis qu'il était entré dans les ordres, et qui avait été brutalement arrachée au cours paisible d'une existence jusque-là parfaitement réglée. Son émotion était sincère, et Anne se reprocha de s'être moquée d'elle intérieurement.

— Sachez que mon frère vous est très reconnaissant de ce que vous faites pour lui.

— C'est dur pour tout le monde en ce moment, commenta Rose, en attrapant sa tasse de thé sur la table basse et en la portant à ses lèvres. Mais ça l'est plus pour certains, comme votre frère, qui a fait preuve d'un si grand courage !

Tereza Riou lui adressa un sourire, tout en ravalant un autre sanglot discret.

En Bretagne, nombreux étaient les prêtres qui, comme le père Riou, avaient refusé de prêter serment de fidélité à la Constitution. Persécutés, ils étaient contraints de fuir ou de se cacher. Leur curé, l'un des premiers à avoir refusé l'assermentation, vivait depuis en proscrit dans sa propre paroisse, et dépendait de leur petite chaîne de solidarité.

— Tereza, comment va Christian ? demanda Gwenn, dont le mari avait été un ami d'enfance du prêtre.

— Bien, Gwenn. Bien. Par la grâce de Dieu, sa santé

est excellente, en dépit de son âge ! Il prie souvent pour vous toutes et vos proches.

Tous les dix jours, elles se réunissaient autour de Tereza Riou pour convenir des provisions qu'elles feraient passer à son frère. Depuis que ce dernier en était réduit à la clandestinité, Tereza s'était vue privée de tout revenu, et n'était pas à même de subvenir aux besoins de son frère. Elles ignoraient où le père Riou se cachait. Sa sœur le ravitaillait en grand secret la nuit.

À la pensée de la frêle Tereza cheminant seule dans l'obscurité vers elle ne savait quelle destination, chargée de linge propre et de paniers de provisions, Anne réévalua une fois de plus la possibilité de cacher le prêtre ici. Mais, une fois de plus, elle aboutit à la même conclusion : impossible, trop dangereux. Mieux valait ne pas trop attirer l'attention sur le manoir… Ronan et elle prenaient déjà de gros risques. Autant ne pas les multiplier…

Comme à l'ordinaire, pour plus de discrétion, elles se rendraient l'une après l'autre dans la boutique de l'apothicaire, afin d'y laisser leur contribution. Sa mère était une cousine de Tereza et l'hébergeait, depuis que le presbytère était occupé par le nouveau curé, assermenté, lui, et nommé par la Convention.

Parvenu au sommet de l'allée dont la perspective ouvrait sur le manoir de Keroual, Malo s'arrêta un instant, et parcourut du regard le tableau qui s'offrait à sa vue. Autrefois impeccablement tenue, la cour lui parut presque à l'abandon. Les mauvaises herbes l'avaient envahie. Plus loin, sur la droite, le jardin d'autrefois ressemblait à un pré qu'on aurait oublié de faucher. Il aperçut, au-delà des communs, une bande de terre pelée, que grattaient en rythme quelques poules et autres volailles. Il ne se souvenait pas qu'il y ait eu un poulailler, à Keroual. Adaptation aux temps nouveaux ? L'aristocratie avait perdu ses privilèges et une bonne part de ses revenus aussi.

Il remit Astrolabe au pas, et s'engagea dans l'allée. Il démonta à l'entrée de l'écurie et attacha son cheval à un anneau dans le mur.

Alors qu'il atteignait la porte d'entrée, il entendit des voix féminines et recula légèrement, tout en cherchant leur provenance. Sur sa droite, à l'extrémité de la bâtisse, une porte-fenêtre était ouverte. Il s'approcha sans bruit et, sans se montrer, jeta un coup d'œil à l'intérieur.

Il y avait là Anne et quatre autres femmes qui prenaient le thé. Il en fut un instant dérouté. Que la jeune intrépide de la lande puisse se tenir sagement assise sur une chaise, dans une robe rose, une tasse de porcelaine à la main, était des plus incongru. Du moins, pour lui. Il n'avait cessé de revivre en pensée leur rencontre, avait tâché de retrouver la sensation, si brève, de son corps mince contre le sien. Il avait payé ce moment d'un nez cassé, mais quelle agréable compensation que la douceur avec laquelle elle avait ôté le sang de ses joues et son cou !

Puis la morsure d'une amère déception lui serra le cœur. Il la trouvait en compagnie, poursuivant son ordinaire. Naïvement, il s'était imaginé qu'elle avait passé la veille et la journée dans l'impatience de le revoir. Tout comme lui. Avait-elle oublié qu'elle lui avait permis de passer au manoir ? L'avait-elle oublié tout court ?

Il ne lui restait plus qu'à faire demi-tour, reprendre Astrolabe et repartir chez lui. Pourtant, il ne se décidait pas à esquisser le moindre mouvement, à la fois incapable de la quitter des yeux et étonné de sa réaction en la découvrant occupée à recevoir.

Il la trouvait aussi belle en demoiselle de la bonne

société qu'en garçon hardi contemplant la mer, le visage offert au vent du large. Ses cheveux étaient relevés en chignon, et la ligne gracieuse de son cou était mise en valeur par le ruban noir d'un camée.

Il ne comprenait pas ce qui lui arrivait. Pourquoi il se sentait si... si... Il ne savait même pas quel mot employer ! Rien à voir avec le fait – basique, instinctif – de désirer physiquement une femme. Bien sûr, cette version d'elle lui plaisait tout autant et, bien sûr, il s'était demandé, seul dans son petit salon, ce qu'il ressentirait, s'il pouvait la tenir nue dans ses bras. Mais il y avait autre chose. Elle lui avait paru si différente de toutes les élégantes qu'il avait fréquentées à Paris.

— Il vous appelle ses bonnes samaritaines, vous savez ? entendit-il distinctement.

Puis suivit un murmure confus.

— ... votre regretté papa ? saisit-il de nouveau, sans parvenir à voir qui parlait. Le cher homme ! Par bonheur, vous avez Aesa ! Elle a toujours été comme une seconde mère, pour vos frères et vous.

Aesa ? Elle était donc toujours au manoir ? Malo ressentit un brusque élan de tendresse en pensant à elle, heureux à l'idée qu'il pourrait la revoir. Puis il se rappela pourquoi il était revenu à Plévenon, et son élan retomba. Non, il ne la reverrait pas, pas de son propre chef, et s'ils se rencontraient par hasard, qui sait de quels mots durs elle le qualifierait ?

Son humeur s'assombrit, aussi vite que son cœur s'était emballé lorsqu'il avait aperçu Anne au milieu de ses jupons, telle une rose épanouie.

Pour faire bonne mesure, il entendit soudain des grognements sinistres derrière lui. Il se retourna. Deux gros chiens se tenaient à un mètre de lui, tendus, la bave à la gueule.

Non ! Non ! Après s'être fait défigurer, il n'allait tout de même pas servir de pâtée à ces molosses !

Il fit un pas de côté, décidé à se montrer afin d'entrer au plus vite, même de manière aussi peu formelle. Sa haute silhouette s'encadra alors dans l'ouverture. Aussitôt des têtes se relevèrent, d'autres se tournèrent, et cinq paires d'yeux se fixèrent sur lui. Quelqu'un poussa même un léger cri de surprise.

Alors qu'il ouvrait la bouche pour prendre la parole, il vit bondir l'un des chiens dans le reflet de la vitre. Résigné, il contracta les muscles, prêt à encaisser, au mieux, quatre-vingts livres de chair et d'os sur le dos, au pire, quatre crocs dans un mollet.

— Couché ! ordonna Anne.

Trinidad stoppa net, et sa tête vint buter sans violence contre les cuisses du visiteur qui se dressait à l'autre bout du salon. Elle reconnut l'inconnu de la lande, et son cœur fit un bond dans sa poitrine. Lorsqu'elle avait accepté qu'il vienne au manoir prendre des nouvelles du petit pingouin, l'émotion avait parlé pour elle.

Troublée, elle ne lui avait fixé qu'un rendez-vous bien vague. Surtout, elle avait complètement occulté la réunion imminente des « bonnes samaritaines ». Comment allait-elle expliquer à ces dames qu'elle avait invité chez elle un homme croisé quelques minutes à peine sur la lande ? Car une présentation s'imposait, et elle ne savait même pas comment il s'appelait !

Puis elle s'affola : depuis combien de temps était-il là ? Avait-il entendu leur conversation ? Pour tous, le père Riou avait émigré. C'était ce que disait Tereza, quand on lui parlait de son frère. Nul ne devait savoir qu'il était encore en Bretagne, encore moins qu'elles aidaient un prêtre réfractaire. Elles risquaient la prison pour cela. Ce n'était pas tant pour elle qu'Anne craignait qu'il n'ait surpris leur secret – à chacune de ses sorties nocturnes, Esper engageait sa vie –, mais pour ses amies et le père Riou.

— Mademoiselle de Keroual, commença-t-il, la saluant d'un hochement de tête, tandis que Trinidad lui reniflait les bottes avec une insistance suspicieuse, et que Tabago s'était planté devant lui, comme pour lui intimer de ne pas bouger. Veuillez pardonner cette intrusion si… Je… Hum…

Un silence effaré s'était emparé de ses invitées, et il fallait bien admettre qu'avec son nez enflé et les ecchymoses qui s'étiraient vers ses pommettes il avait de quoi les laisser interloquées.

Anne cherchait désespérément de quelle manière l'accueillir, avec quelles paroles qui soient suffisamment neutres pour les quatre paires d'oreilles surnuméraires, mais pas trop indifférentes, pour ne pas qu'il se sente malvenu. Car malvenu, il ne l'était pas, tant s'en faut !

Il lui vint en aide en poursuivant, avec un petit rire charmant :

— Ma foi, mademoiselle, vous m'avez surpris en flagrant délit de mauvaise éducation ! J'allais me présenter à la porte d'entrée, lorsque j'ai entendu des voix. Je me suis approché, pensant frapper au carreau, mais votre chien m'a rappelé les bonnes manières avant que j'aie levé la main.

Anne quitta son siège et s'approcha.

— Paix ! ordonna-t-elle aux chiens.

Elle les saisit chacun par le collier, et les chassa gentiment de la pièce. Puis elle se tourna vers l'inconnu. Devait-elle ou non lui présenter la main pour un baisemain ? Cette situation était si étrange ! Et le regard des autres « samaritaines », qu'elle sentait braqué sur eux !

— Ma seule excuse, c'est que j'ai passé bien plus de temps sur les mers que dans les salons, poursuivit-il.

— Vous êtes marin ? Alors, vous voilà tout pardonné. Que ne pardonne-t-on pas à un marin, en Bretagne, répondit Anne en le fixant dans les yeux un peu plus que nécessaire. Puis-je vous offrir du thé, monsieur… ?

— Jakez… Malo Jakez. Merci, oui, volontiers.

Un nom très répandu dans toute la Bretagne. Rien que dans les villages du cap, on ne comptait plus les familles qui le portaient. Il était donc d'origine bretonne ? Pourtant, sur la lande, il lui avait laissé entendre qu'il était de passage pour affaires.

Elle lui indiqua un siège, où il s'installa, et elle lui tendit une tasse pleine. Si Tereza et Gwenn conservaient un maintien un peu raide, Rose et Suzanne avaient perdu leur réserve et dévisageaient son invité avec un intérêt non dissimulé. Un étranger ne passait pas inaperçu ici ; les gens se connaissaient tous d'un hameau à l'autre.

Rose se pencha vers lui, et lui offrit une vue particulièrement nette sur son décolleté généreux, ce qui contraria Anne. Puis elle demanda :

— Est-ce que vous revenez d'une contrée lointaine, monsieur ? Ce sont des pirates qui vous ont blessé au visage ?

Les joues d'Anne s'enflammèrent. Elle avait un souvenir très précis du moment où elle lui avait cassé le nez. Ou, plus exactement, un souvenir très précis de la sensation – si fugace – de son corps pressé contre le sien. Il l'avait serrée contre lui et elle lui avait touché la figure, le cou… Elle s'était tenue si près de lui !

Elle se sentit mollir en y repensant, et regrettait qu'il soit venu à un moment où elle avait de la visite. Elle s'étonna de constater qu'elle en voulait presque aux autres d'être encore là, de devoir partager avec elles les attentions de cet homme dont la présence, indéniablement, l'agitait d'une légère fébrilité.

— Est-ce que vous faites du commerce avec les Amériques, monsieur Jakez ? s'enquit-elle à son tour, pour dissiper son trouble autant que pour alimenter stratégiquement la conversation.

Certes, elle venait de terminer la lecture passionnante, quoique assez austère, du fameux traité sur les Indiens d'Amérique et leur coutume de scalper leurs ennemis, et elle rêvait de discuter avec quelqu'un qui aurait pu les approcher. Mais elle espérait surtout qu'emportées par le récit de son hôte, quel qu'en soit le sujet, ses compagnes oublieraient de s'interroger sur la raison de sa venue au manoir.

— Ce n'était pas vraiment du commerce, mademoiselle. J'étais corsaire du roi.

— *J'étais* ? souligna Rose. Vous ne l'êtes plus ?

— Il vient un moment où la vie sur un bateau ne suffit plus, voyez-vous, et où l'on aspire à la douceur d'un foyer, d'une famille… Mais je veux bien retourner en mer le temps de vous raconter…

Malo eut un peu honte de son mensonge – il ne songeait pas à se marier, encore moins à fonder une famille –, mais il fallait bien couper court à toute question éventuelle, relative à son activité actuelle. Elle serait rendue publique bien assez tôt. Tout ce qu'il voulait, c'était protéger ce moment. Même s'il n'était pas seul avec Anne, au moins profitait-il de sa présence.

Il espérait trouver l'occasion de lui parler en tête à tête avant de quitter le manoir, le temps d'obtenir la possibilité de la revoir, une fois encore, même s'il ne comprenait pas le pourquoi du comment de cette envie. Et puisque ces dames attendaient de toute évidence un récit haut en couleur, il se fit un plaisir de leur raconter la fois où il s'était mesuré, au large de la Jamaïque, à Sir Christopher Chapman, devenu pirate après avoir servi la couronne d'Angleterre.

Chapitre 6

Les « bonnes samaritaines » étaient en train de s'en aller. Rose s'éloignait déjà dans l'allée sur sa jument, tandis que Malo Jakez aidait les trois autres à monter dans le cabriolet de Gwenn. Peu avant, Anne avait entraîné tout ce petit monde dans le bureau de son père, pour montrer le bébé pingouin qui avait déjà repris des forces. Il s'était beaucoup agité dans la grande cage mauresque, et avait protesté contre sa captivité en poussant de ces cris rauques et disgracieux caractéristiques de son espèce.

Elle avait dû expliquer l'épopée du sauvetage, sans toutefois mentionner la partie concernant sa rencontre avec Malo. Les commentaires avaient fusé, son « cher papa » avait été évoqué avec chaleur, une fois encore, puis congé avait été pris. Comme elle l'avait espéré, personne n'avait paru s'étonner de la présence de Malo au manoir. Ils les avaient régalées de voyages, d'histoires d'abordage et de butin fantastique, de descriptions de paysages inattendus, et toutes étaient sous le charme.

À présent, Gwenn faisait tourner son attelage dans la cour, et Anne espérait secrètement que Malo ne serait pas trop pressé de monter à cheval à son tour. Mais pourquoi aurait-il souhaité s'attarder ?

Son espoir fut de courte durée, car il se saisit de sa

main pour un baisemain, signe qu'il ne songeait qu'à partir, lui aussi. Il la porta cependant à ses lèvres avec une lenteur qui permit à Anne de fixer sa bouche à loisir. Une bouche pleine et sensuelle qui appelait les baisers. Tandis qu'il lui effleurait le dos de la main, elle ne put s'empêcher de se demander ce que cela pouvait bien faire d'être embrassée par cette bouche chaude, embrassée véritablement, comme les amants le faisaient.

— Anne, murmura-t-il en guise d'au revoir, la gratifiant d'un sourire qui lui fit battre le cœur un peu plus vite.

L'usage de son prénom, alors qu'ils se connaissaient à peine, loin de l'offusquer, lui fit étonnamment plaisir. Et la douceur avec laquelle il l'avait prononcé l'emplit d'une agréable langueur.

Elle lui sourit en retour, tandis qu'il lui lâchait la main avec une lenteur excessive, laissant ses doigts glisser le long des siens en un délicieux contact prolongé. Puis il la fixa de ses yeux extraordinairement bleus, mers minuscules dans lesquelles elle s'était perdue avec complaisance, chaque fois que leurs regards s'étaient croisés, plus tôt, dans le salon.

Elle chercha quelque chose d'intéressant à dire, une remarque qui aurait pu les entraîner dans une nouvelle conversation et faire en sorte qu'il reste quelques minutes de plus.

Hélas, troublée par ce baisemain et le long regard qu'ils venaient d'échanger, elle ne trouva qu'une platitude dont elle eut un peu honte :

— Est-ce que votre nez vous fait beaucoup souffrir ?

Il s'esclaffa.

— C'est très supportable, rassurez-vous. Mais vous pourrez vous vanter d'avoir réussi là où tous mes adversaires en mer ont échoué !

— Vous n'avez jamais été blessé, au cours de vos campagnes ?

— Oh si ! Mais, par chance, jamais au visage. Et quelle charmante façon d'en faire l'expérience ! poursuivit-il avec un nouveau sourire, accompagnant ses paroles d'une caresse furtive sur sa joue. Je dois vous avouer que je garde un souvenir enthousiaste de notre premier… face-à-face, si je puis dire.

Elle recula d'un pas sans même y penser, et se détourna, fixant un pied de joubarbe accroché entre deux pierres du mur de l'écurie. Elle aurait voulu enchaîner par une repartie naturelle ou humoristique, pour dissimuler l'émoi que ce geste intime avait suscité en elle, mais elle resta coite.

Cela, et ses lèvres qui lui avaient effleuré la main…

Allons, ne sois pas stupide ! Qu'est-ce qui te prend ? Ce n'était qu'un simple baisemain. Et certainement pas le premier qu'on te fait.

Oui, mais ce peu de hâte avec lequel il l'avait libérée. Et cette caresse sur sa joue…

Imbécile ! Qu'est-ce qui t'a pris, de la toucher ? Tu l'as effarouchée. C'est une demoiselle, pas une de ces filles qui tiennent compagnie aux matelots dans les ports !

Anne lui offrait son profil délicat. Il admira la longueur impressionnante de ses cils, l'arc fin de son sourcil, sa peau dorée, et le coin de sa bouche, où il eut envie de déposer un baiser léger. Étrange, vraiment, ce qu'elle lui inspirait, alors qu'il ne l'avait rencontrée que l'avant-veille. Elle n'était pas seulement une jolie femme propre à enflammer le désir, elle l'intriguait.

Elle tourna la tête vers lui à ce moment-là et surprit sa contemplation. Il ne chercha pas à cacher l'intérêt qu'elle lui inspirait. Il n'était pas rompu aux jeux de la courtoisie, il avait passé bien trop de temps en mer pour cela. Et il n'avait pas reçu l'éducation d'un gentilhomme. Il demeurait un être simple et direct. Lorsqu'il voulait quelque chose – ou quelqu'un –, il n'avait pas l'habitude de faire des tours et détours.

Elle soutint son regard avec une telle assurance, cette fois, qu'il en fut déconcerté. S'était-il trompé sur la raison de son mouvement de recul ? Celui-ci n'avait peut-être rien à voir avec la caresse qu'il s'était permis de lui faire.

Elle avait les yeux d'un vert changeant, tirant sur l'or autour de la pupille et s'intensifiant peu à peu jusqu'au bord de l'iris. Le noir intense de ses longs cils en soulignait l'éclat.

Il essayait de deviner ce qui pouvait bien se cacher derrière ce regard. Quelles pensées elle nourrissait à son sujet. Car le moins qu'on puisse dire, c'est qu'il ne savait sur quel pied danser avec elle.

Il se répéta qu'elle était une demoiselle, quoi que sa témérité sur la falaise ait pu lui laisser penser.

— Vous m'avez impressionnée, avec vos récits de conquêtes maritimes..., déclara-t-elle soudain.

— Et vous, vous m'impressionnez par votre art de la métamorphose !

— Comment cela ?

— Eh bien... Un jour, vous volez au secours d'oiseaux accrochés à la falaise, habillée en homme. Le lendemain, je vous retrouve dans un salon, de la porcelaine à la main, dans une tenue beaucoup plus conventionnelle. Est-ce que vous avez une sœur jumelle ? Est-ce que vous vous jouez de moi, toutes les deux ?

Un petit rire lui échappa.

— Presque, monsieur, un frère jumeau.

Bien sûr ! Il avait oublié cet élément, mais maintenant qu'elle le lui rappelait, il revoyait son père annoncer à sa mère la naissance de jumeaux au manoir de Keroual. Ils étaient si petits, avait-il ajouté en baissant la voix, ce qui n'avait pas empêché Malo d'entendre, que la famille doutait qu'ils survivent. Il avait sept ans, à l'époque, et avait aussitôt imaginé des bébés pas plus gros que des chiots de quelques jours.

— Mais c'était bien moi, sur la falaise ! poursuivit-elle. M'imaginez-vous courir la lande en jupons ?

— Sans doute que non.

En revanche, il imaginait sans mal ce que des jupons, plutôt qu'un pantalon, permettaient de faire sur une lande ou ailleurs. Ce qu'il se garda naturellement de mentionner, tandis que l'image de deux bandes de peau crémeuse et nue au-dessus de bas avec jarretières s'imposait à lui avec une force telle qu'il dut penser aux pires avanies qu'il avait essuyées durant sa vie de marin, pour éviter une réaction physique aussi embarrassante qu'incontrôlée.

— En parlant de lande, que pensez-vous de notre cap ? Vous qui avez tant voyagé, diriez-vous qu'il est ordinaire, ou bien lui trouvez-vous des particularités que vous n'avez jamais vues ailleurs ?

Difficile de répondre sans se dévoiler. Le cap Fréhel avait représenté tant de choses, pour lui : un terrain de jeux et d'aventure, avec ses falaises, ses grottes qu'il fallait savoir atteindre depuis certaines criques, puis un endroit où rêver de voyages et décider d'un avenir…

— Des particularités, indéniablement ! répondit-il. La beauté de la roche et tous ces oiseaux !

Il ne mentait pas. Il avait vu bien d'autres lieux, mais celui-ci gardait une place unique dans son cœur.

— Quand pensez-vous y retourner, pour relâcher votre protégé ?

— D'ici quelques jours, peut-être une semaine… Comme vous l'avez constaté, il s'impatiente déjà !

Dans quelques jours, il aurait rencontré le commandant du Fort la Latte. Dans quelques jours, les raisons de son retour auraient peut-être fait le tour du cap, et Anne n'aurait plus envie de lui sourire comme elle le faisait, ni de poser sur lui ce regard plein d'attention et de douceur.

Pourtant, la question lui brûlait les lèvres : « J'aimerais beaucoup venir avec vous. Qu'en pensez-vous ? » Mais à quoi bon la poser ? La mission dont il était chargé n'était pas destinée à faire d'elle une amie. Le poinçon de ce qui ressemblait à du regret lui titilla le cœur, et il s'empressa de chasser cette émotion. Il la voyait pour la dernière fois en tant que Malo Jakez, ancien corsaire du roi et conteur émérite de ses aventures en mer. Point. Il était maintenant temps de retourner au château.

Il détacha les rênes de son pur-sang, et vérifia l'ajustement des sangles sous-ventrières avec une lenteur qui aurait pu le faire rire, en d'autres circonstances.

Voilà, il s'en allait. Elle n'avait pas su le retenir. Elle aurait tant aimé qu'il demande à l'accompagner sur la lande ! Mais il n'en avait rien fait. Peut-être parce qu'il serait déjà reparti, d'ici là ?

Comme le cheval s'agitait un peu, elle s'approcha et lui caressa le museau pour le calmer, tandis que Malo vérifiait la selle. C'était un puissant cheval noir à large liste, haut de garrot. La monture et le cavalier devaient vraiment faire un bel ensemble.

— Il est magnifique, dit-elle, tandis que sa main

allait chercher machinalement l'encolure du bel animal pour le flatter.

Ce ne fut pas du crin qu'elle sentit sous ses doigts, mais les doigts de Malo. Par réflexe, elle posa aussitôt la main ailleurs, sur les flancs d'un noir si profond qu'il en paraissait bleuté. Comme elle s'était détournée, plus tôt, lorsqu'il lui avait touché la joue.

— Comment s'appelle-t-il ? demanda-t-elle, s'obligeant à ne pas accorder plus d'importance à ce bref attouchement qu'à la caresse.

Pourtant, la peau de ses doigts restait sensible, comme si elle était toujours en contact avec celle de Malo.

— Astrolabe, répondit-il.

— Évidemment, pour un ancien marin !

Elle releva la tête et lui sourit, mais son sourire retomba légèrement, lorsqu'elle rencontra son regard : un regard de ciel d'orage, dont la signification ne lui échappa pas. Elle n'était plus une ingénue depuis bien longtemps, depuis un certain jour de juillet sur la lande, il y avait de cela plus de dix ans maintenant, et elle savait reconnaître le désir dans les yeux d'un homme. Malgré les ecchymoses, elle le trouvait d'une beauté farouche, et se prit à souhaiter soudain qu'il l'embrasse.

Il dut lire en elle, car son regard glissa lentement de ses yeux à sa bouche. Puis il lui saisit la main et l'attira à lui. Il lui releva le menton du bout de l'index, et se pencha vers ses lèvres, qu'il effleura. La goutte d'eau à l'assoiffé, qui n'étanche rien, mais donne plus soif encore. Elle faillit en crier de frustration.

Comme il reculait, elle comprit qu'il lui laissait simplement la possibilité de s'échapper, de protester peut-être, mais elle n'en avait pas envie. Elle voulait la chaleur de sa bouche contre la sienne.

Pour être certaine qu'il le comprenne, c'est elle qui alla

vers lui, cette fois. Elle nota son léger, très léger, sursaut de surprise, puis accueillit son petit sourire contre sa bouche. Elle n'était pas mécontente de l'avoir pris au dépourvu par cette initiative.

Il promena les lèvres sur les siennes lentement, sans fougue ni précipitation. Elles étaient tièdes, soyeuses, et elle eut envie de les mordre doucement. Ce qu'elle fit, provoquant en lui un nouveau sursaut d'étonnement. Oui, elle était audacieuse. Et alors ? L'époque ne permettait pas que l'on perde de temps. Elle était bien placée pour savoir que le lendemain n'était jamais certain. Qu'importait ce baiser ? Ou plutôt, qu'importaient les convenances, si elle en avait envie ? Malo n'était que de passage dans la région et, lorsqu'il aurait quitté le manoir, elle ne le reverrait plus.

Il lui prit alors le visage en coupe, pour lui signifier qu'il entendait à présent mener le jeu. Sa langue chercha la sienne et son baiser se fit impérieux, possessif, profond. Elle le lui rendit avec ardeur, glissant les bras autour de sa taille et se pressant contre lui, en proie à un délice indescriptible. Elle ferma les yeux, pour mieux profiter des sensations qui la parcouraient, du doux étau de ses mains sur son visage, du goût de sa bouche, de son corps contre le sien.

Ce fut un long baiser, intense, qui la laissa les jambes flageolantes lorsqu'ils le rompirent pour reprendre leur souffle.

Elle rouvrit les yeux, toute palpitante encore, prête à recommencer, mais elle entendit, dans son dos, la porte de la cuisine s'ouvrir, de l'autre côté de la maison. Quelqu'un venait ! Sans plus réfléchir, elle repoussa Malo avec précipitation, et rétablit entre eux une distance respectable. Puis elle se passa machinalement le bout des doigts sur les lèvres, comme si leur baiser y avait laissé une trace visible, et que ce geste puisse l'effacer.

— Yann ? Tu es là ? appela une voix féminine que Malo n'aurait jamais cru entendre de nouveau.

Puis Aesa fit son apparition dans la cour. Elle avait changé en dix-sept ans, bien sûr, mais pas tant que cela. Elle avait toujours son visage rond, même s'il accusait un peu les années, son air bienveillant, sa solide charpente et ses rondeurs. Elle inspirait toujours autant la confiance. C'était le genre de femme qui incarnait l'image maternelle par excellence.

Elle s'arrêta net en les voyant, avec un petit geste de surprise. Manifestement, elle ne s'attendait pas à les trouver là.

— Oh ! Anne..., fit-elle. Je croyais que tu étais encore avec ces dames au salon. Je ne les ai pas entendues s'en aller.

Anne se tourna vers elle.

— Elles sont parties à l'instant.

— Tiens donc.

Aesa fixa l'extrémité de l'allée, mais il y avait déjà de nombreuses minutes que le cabriolet des invitées d'Anne avait disparu. Son regard glissa ensuite sur lui, s'attardant à peine sur les stigmates de son nez cassé. Elle le salua d'un simple « Monsieur » et d'un signe de tête.

Elle ne l'avait pas reconnu. Sans doute dix-sept années transformaient-elles bien plus un adolescent devenu un homme rompu à la vie rude en mer et aux combats, qu'une jeune femme devenue un peu moins jeune, sans être âgée pour autant.

Il lui rendit son salut. Il était plus que temps, pour lui, de quitter le manoir. Ce qu'il fit, à regret.

— Mademoiselle de Keroual, dit-il avec plus de cérémonie qu'il n'aurait voulu, pour prendre congé d'Anne, j'ai été sincèrement heureux de vous revoir.

— J'ai été ravie, moi aussi, monsieur.

Il eut l'impression qu'elle allait ajouter quelque chose. Peut-être l'espérait-il seulement. Mais qu'aurait-elle pu lui dire ?

Il monta en selle, l'enveloppa d'un dernier regard, puis talonna légèrement Astrolabe pour lui donner le signal de départ.

Chapitre 7

21 floréal (10 mai)
Fort la Latte, sur la lande de Fréhel

Cela faisait maintenant près d'une demi-heure que Malo se trouvait dans le bureau du commandant de Fort la Latte, et il commençait à avoir une idée assez précise du personnage. Un homme d'une cinquantaine d'années, au visage dur, aux yeux d'un gris d'acier, brutal dans ses propos pour ceux qui n'avaient pas embrassé la cause républicaine. Quelqu'un dont il devenait le supérieur à compter de ce jour.

Il venait d'être nommé commissaire politique[1] par la Convention. Son rôle, durant les semaines à venir, les mois peut-être, serait de superviser les opérations visant à capturer les chefs de la rébellion chouanne en Côtes-du-Nord, notamment le fameux Boishardy et cet Esper.

Boishardy s'était distingué dès les premiers moments de l'insurrection, et ambitionnait de fédérer les groupes

1. Un commissaire politique – ou représentant en mission – était un envoyé extraordinaire de la Convention pour veiller au maintien de l'ordre et à l'application des lois républicaines dans les départements et les armées.

épars pour des actions de plus grande envergure. Esper semblait s'être spécialisé dans la désorganisation des communications, paralysant régulièrement la garde nationale en attente des ordres de la capitale. Ses actions étaient moins violentes, moins frontales, plus stratégiques.

Le fait que Malo soit originaire du cap Fréhel n'avait pas été étranger à cette nomination : à Paris, on n'ignorait pas que ce coin de Bretagne était particulièrement favorable aux Chouans, à cause des nombreux chemins secrets utilisés avant la Révolution par les faux sauniers. Ces chemins, bien connus des rebelles, leur permettaient de sillonner le littoral comme des ombres, laissant loin derrière eux les soldats lancés à leurs trousses. Si Malo ne s'était jamais livré à cette fraude, l'un de ses cousins avait été, un temps, faux saunier. Il lui avait fait connaître tous ces sentiers, ainsi que des caches dans les falaises. Par l'arrestation des principaux meneurs, la Convention espérait affaiblir la rébellion dans les Côtes-du-Nord, voire en venir à bout.

— Nous avons peut-être trouvé le moyen d'un beau coup de filet, annonça le commandant Pruvost, une fois qu'il eut terminé de lui exposer la situation, et les mesures – manifestement inefficaces – mises en place jusque-là.

Malo lui fit signe de poursuivre.

— Nous avons un espion dans le groupe d'Esper.

— L'un de vos soldats ?

— Non, un rebelle sur lequel nous avons barre. Le bougre nous donnera Esper, Boishardy et tous les autres quand on le voudra.

— Pourquoi attendre ? Il pourrait changer d'avis.

Pruvost se laissa aller contre le dossier de son siège, se tapotant l'abdomen des deux mains. Un geste bonhomme qui jurait avec son air suffisant.

— Il ne changera pas d'avis, je vous le garantis, citoyen Jakez ! Et si nous attendons, c'est parce que nous avons une bonne raison. Fournier, c'est notre homme, nous a prévenus qu'une réunion secrète importante aurait lieu bientôt entre plusieurs chefs rebelles. Ils cherchent à coordonner leurs actions non seulement dans les Côtes-du-Nord, mais dans toute la Bretagne. Le jour et l'endroit ne sont pas encore connus de lui. Mais dès qu'ils le seront, nous organiserons une attaque massive.

— Comment êtes-vous sûr que ce Fournier ne vous mentira pas ? Qu'il ne vous donnera pas de fausses informations, pour que ce soient les forces révolutionnaires, et non les Chouans, qui tombent dans un piège ?

Pruvost le gratifia d'un sourire carnassier.

— Parce qu'il est à notre botte, je vous l'ai dit ! Nous avons un moyen de pression sur lui.

— Quel moyen ? demanda Malo, qui commençait à perdre patience devant tant de mystère.

— Nous avons arrêté ses deux fils. Ils constituent notre monnaie d'échange. Des informations contre leurs vies sauves. Fournier a été dénoncé par un proche comme étant un Chouan. Une sordide histoire de rivalité entre paysans, je vous passe les détails… C'est comme ça que nous l'avons approché. Il nous fallait ensuite nous assurer de son entière coopération.

— Quel âge, les fils ?

— Onze et treize ans.

— Jetés au fond d'une geôle ? s'indigna Malo, pris d'un accès de colère.

— Où voulez-vous d'autre, citoyen Jakez ?

— J'ai pour habitude de me battre contre des hommes, *citoyen Pruvost*, pas contre des enfants ! lui répondit-il sèchement. Si la fin justifie ici les moyens, au moins qu'ils ne soient pas inhumains pour ces garçons ! J'ordonne qu'ils soient immédiatement conduits dans un bureau du fort qu'on aménagera avec deux paillasses, qu'ils soient nourris comme les soldats de la garnison et autorisés à sortir dans la cour, à loisir, sous bonne garde ! Vous affecterez deux hommes à leur surveillance, jour et nuit.

Même amendée, la méthode de persuasion du commandant ne plaisait guère à Malo. S'il était un fervent défenseur de la République, s'il croyait aux principes énoncés dans la Déclaration des droits de l'homme et du citoyen, il était pour la force des idées plus que pour la violence, même si celle-ci pouvait se révéler nécessaire par moments. Mais pas en utilisant des enfants. Pourtant, compte tenu des enjeux présents, il devait convenir que l'existence de cet indicateur était un atout précieux. La cause à servir était juste et belle, puisqu'elle apporterait à tous les Français la liberté et l'égalité, même si la fraternité, en cette période de transition, n'était pas encore au rendez-vous.

Toute l'Europe, voire le monde entier, avait les yeux braqués sur la France, depuis 1789. Ils vivaient des années fondamentales, qui bouleverseraient de manière irrévocable l'histoire de l'humanité, qui seraient déterminantes pour les siècles à venir… Boishardy, Esper et les autres devaient être arrêtés et passés par les armes, c'était certain, leurs groupes démantelés, parce que les valeurs qu'ils défendaient par la rébellion incarnaient le vieil ordre social et politique. Cependant, il refusait que des enfants soient maltraités, encore moins tués. Pas s'il pouvait l'empêcher.

— Que nous soyons bien d'accord, commandant. Menacez Fournier de tout ce que vous voudrez, faites-lui peur avec la vie de ses fils autant que vous voudrez, mais quoi qu'il arrive – *quoi qu'il arrive*, répéta-t-il en détachant bien les mots –, quelle que soit la valeur des informations qu'il nous livrera à propos de cette réunion secrète, ces enfants retourneront chez eux. Indemnes !

Après cet entretien, plus houleux qu'il l'aurait voulu, Malo fut présenté à tous les officiers, visita l'artillerie, fit le tour du fort, de ses installations défensives, et posa toutes les questions qu'il avait à poser. Puis il s'enferma dans le bureau que le commandant Pruvost avait mis à sa disposition pour rédiger un premier rapport à destination des députés de la Convention.

Voilà, il avait officiellement pris ses fonctions. Le soir même, son nom circulerait probablement dans tous les foyers des officiers. Puis il serait dès le lendemain sur toutes les lèvres : Malo Jakez, commissaire politique, envoyé spécial de la Convention pour briser la rébellion chouanne dans les Côtes-du-Nord. Les bourgeois, ainsi que les prêtres assermentés, lui feraient bon accueil et le soutiendraient ; les royalistes le haïraient. Anne la première, car il ne doutait pas qu'elle soit fidèle aux convictions de sa caste : elle était noble, avant l'abolition des privilèges, et il ne connaissait pas d'anciens aristocrates qui ne rêvaient pas de retrouver leurs titres en même temps qu'un roi.

Elle le haïrait d'autant plus qu'elle découvrirait également en lui le nouveau propriétaire du château d'Aubin. Il incarnerait donc à lui seul une idéologie politique qui avait dépouillé de ses biens une partie de sa famille et l'avait poussée à l'exil.

Dire qu'il l'avait embrassée et qu'elle lui avait rendu son baiser avec fougue ! Une femme avec un tel tempérament promettait à l'homme qu'elle choisirait bien des nuits enchanteresses. Un homme qui ne serait pas lui, songea-t-il avec tant de morosité qu'il s'interrogea : aurait-il voulu l'être, si les circonstances avaient été différentes, si un espoir avait été permis ? Qu'importait la réponse, puisque la situation était ce qu'elle était…

— Eh bien, mon ami, déclara Ruben Castillo, tandis qu'ils revenaient à pas lents vers le château, voilà ce qui s'appelle un retour triomphant ! Quelle bâtisse ! Je ne crois pas qu'il en existe de plus ostentatoire dans toute la Bretagne. Ni de plus mal assortie à l'âpre beauté de ses côtes déchiquetées… Une splendeur rococo qui te va aussi bien qu'un chapeau d'apparat à une vieille haridelle !

Malo éclata de rire.

— Et je m'y sens aussi peu à ma place qu'un éléphant dans un boudoir, comme tu peux t'en douter !

En rentrant chez lui, en fin d'après-midi, il avait trouvé son ami qui l'attendait, confortablement installé au salon avec un verre de whisky, grâce aux bons soins de Jousserand.

Une bonne surprise, alors qu'il était revenu assez contrarié de son premier jour au fort, sans doute à cause de cette histoire de jeunes garçons emprisonnés.

Ruben avait voulu tout voir de son acquisition. Ils étaient entrés dans toutes les pièces, vides, hormis le bureau, le petit salon et la cuisine que Jousserand avait rééquipée. Cette exploration avait encore valu à Malo quelques plaisanteries sur « l'enflure de la coquille », par rapport au « dénuement du fruit ».

Puis ils avaient fait le tour du domaine à pas lents, parcouru le petit bois dans l'odeur des pins sylvestres, l'immense verger bourdonnant d'insectes, puis les allées du grand jardin à la française, à qui quelques mois d'abandon n'avaient rien ôté de sa magnificence.

Ils avaient évoqué des souvenirs, des amis du temps où tous deux couraient l'aventure, des lieux aimés qui les avaient construits. Ruben n'ignorait pas grand-chose de son passé, depuis leur rencontre dans un port des Caraïbes dix ans plus tôt. Un petit comptoir colonial qui avait suffisamment plu à Malo, pour qu'il y achète une maison au milieu d'un jardin tropical.

Il y avait souvent fait escale, entre deux missions, lorsqu'il servait encore le roi. La maison et son jardin, si modestes en comparaison du château d'Aubin, lui avaient offert, dans ces moments-là, la douceur d'un foyer éphémère.

— Qu'est-ce qui t'amène en France, Ruben ? demanda-t-il, tout en guidant son ami dans le salon, où il sonna Jousserand. Je te croyais retiré des affaires et installé à Madrid pour de bon, à courir les bals, maintenant que tu es riche.

Ruben avait fait partie de ces cohortes de cadets de famille sans fortune, partis tenter leur chance dans le nouvel Éden des colonies. Il avait mené la vie d'un aventurier et, deux ans plus tôt, était rentré en Espagne, son pays d'origine, les poches pleines, dans l'intention de faire un mariage avantageux. C'était à cette même époque que Malo avait décidé d'abandonner la mer.

— C'est que les jeunes filles à marier sont d'un ennui ! Tu n'imagines pas ! J'en ai eu vite plus qu'assez de faire des ronds de jambe dans les salons de réception pour des oies blanches, et d'avoir des matrones sur le dos qui me vantaient les mérites de leur progéniture, appâtées par l'odeur de l'argent.

— Oh ! je vois ! Nous voulons être aimé pour notre belle figure ! railla Malo.

— Quand bien même ce serait, l'idée te paraît donc si ridicule ?

— Non, répondit Malo, frappé par le sérieux soudain de son ami. Non, pas du tout…

— Je suis ici, parce que j'ai rencontré une femme à l'ambassade de France à Madrid, et que je l'ai suivie jusqu'à Paris. Et je ne pouvais pas être à Paris sans venir te voir, n'est-ce pas ?

— L'intérêt est réciproque ?

— Mon séjour dans la capitale le dira… Mais la dame est mariée.

— Et depuis quand est-ce que ça t'arrête, mon ami ? s'esclaffa Malo, qui n'avait pas oublié les nombreuses histoires d'alcôve et de maris jaloux du bel Espagnol.

— C'est que, cette fois, je suis amoureux, avoua Ruben avec simplicité. Je veux faire les choses correctement, tu comprends.

— Oh ! fit Malo, que la confidence laissait stupéfait.

Jousserand entra dans la pièce à cet instant.

— Monsieur désire… ?

— Montez-nous une bouteille de porto, voulez-vous ? J'ai vu, hier, qu'il en restait… du temps du comte d'Aubin, sans doute… Curieux d'ailleurs que la cave n'ait pas été vidée lors de la confiscation du château… Mais on ne s'en plaindra pas. Le gredin savait choisir ses vins. Qu'est-ce donc ? ajouta-t-il, en avisant la lettre que son majordome tenait à la main.

— Un soldat vient de l'apporter. De la part du commandant du fort.

Malo se rembrunit. Qu'est-ce que Pruvost lui voulait ? Leur entrevue lui avait laissé un malaise diffus, abstraction faite de leur accrochage. L'homme lui avait paru assez hostile à sa nomination ; il ne le sentait pas très franc.

Il tendit la main pour saisir la missive, et la décacheta. C'était une invitation.

Mme Clothilde Pruvost serait honorée de votre présence au concert de musique de chambre qu'elle donnera à son domicile, le 23 floréal à 20 heures, ainsi qu'à la collation qui suivra.

Figuraient ensuite au bas du feuillet une adresse, ainsi qu'une phrase d'une autre écriture :

Ce sera l'occasion de vous présenter aux principales personnalités locales, citoyen.

Commandant Pruvost

Il devait faire une tête étrange, parce que Ruben demanda :

— De mauvaises nouvelles ?

— Non. Rien d'important. Juste une invitation à laquelle je ne vais pas pouvoir me dérober.

Il posa la lettre sur le manteau de la cheminée et s'approcha de la porte-fenêtre, qui donnait sur la terrasse. Il s'était si souvent demandé, autrefois, ce qui se déroulait derrière les vitres et les rideaux, quand il regardait cette terrasse à distance, tapi au coin du verger, et qu'il entendait des paroles, des rires fuser dans l'air du soir, par cette même ouverture. Cette vie de faste dont il ne connaissait que les coulisses laborieuses l'intriguait. Il en avait goûté depuis la vacuité.

Et maintenant, c'est moi le maître, ici, songea-t-il, avec la jubilation de tenir enfin sa revanche sur l'homme qui lui avait fait subir une si profonde humiliation, un jour de 1777.

Jousserand revint bientôt avec la bouteille demandée et deux verres. Il posa le tout sur une table basse, près du fauteuil où Ruben s'était installé, puis sortit aussi silencieusement qu'il était entré.

— Laissons cela, poursuivit Malo en regagnant le

centre de la pièce pour faire le service, et revenons à toi ! Amoureux, donc. Qui l'aurait cru ?

Il joua des sourcils, fixant Ruben d'un regard malicieux, et lui tendit son verre.

— Moque-toi ! Mais compte sur moi pour ne pas laisser ma part au chien, le jour où je te verrai aussi mordu au cœur que moi !

— Un jour qui ne risque pas d'arriver de sitôt !

Tandis qu'il parlait, le souvenir d'Anne sautant sur la plate-forme de la falaise, et du regard insolent qu'elle lui avait alors lancé, lui traversa l'esprit. Et, avec lui, le goût de sa bouche. Son humeur en fut aussitôt assombrie. Dans combien de temps saurait-elle, pour lui ? Combien d'heures encore resterait-il pour elle le voyageur des mers qu'elle avait embrassé avec tant d'ardeur ? Combien d'heures encore, avant qu'elle ne regrette amèrement cet instant d'abandon entre ses bras ?

— Oh ! oh ! s'exclama Ruben, que signifie cette expression chagrine, tout à coup ? Y aurait-il une dame, là-dessous ? Résisterait-on à vos charmes, mon ami ? Ce serait bien la première fois !

— Si ce n'était que cela ! bougonna Malo, en faisant tourner pensivement son porto dans son verre.

Il était curieusement saisi de l'envie de se confier à son tour. Peut-être que s'il exprimait à haute voix ce qu'il ressentait, ses émotions lui paraîtraient si dérisoires qu'elles s'effaceraient d'elles-mêmes.

— J'ai rencontré une jeune femme en arrivant ici…

— Ah ! l'interrompit Ruben. Mon flair ne m'avait pas menti ! Cependant, je sens venir un « mais ».

— … Mais, reprit Malo, je vais bientôt lui faire du mal.

— Du mal ?

— Quand elle saura qui je suis vraiment, elle me détestera.

— Je ne te suis plus, là…

Malo désigna d'un large mouvement du bras la pièce où ils se trouvaient.

— Ce château appartenait à son oncle et à sa tante. Que crois-tu qu'elle va penser, lorsqu'elle apprendra que c'est moi qui l'ai acheté pour une somme dérisoire ? Pire, que je suis le fils de l'ancien jardinier ?

Son verre de porto à mi-chemin de la bouche, Ruben arrêta sur lui un regard mi-effaré, mi-hilare.

— Tu ne vas pas me dire que, de toutes les femmes qui vivent en Bretagne, c'est elle que tu…

— Eh bien si, je te le dis.

— Tu en es amoureux ?

— Non, s'empressa de le détromper Malo. Pas du tout ! Elle me plaît, c'est vrai, elle a un petit je-ne-sais-quoi de différent qui m'intrigue, mais je ne suis p…

Il s'enferrait, et Ruben ne prenait même pas la peine de lui dissimuler son envie de rire.

— S'il ne s'agit que d'une simple attraction physique, inutile de te mettre martel en tête à propos de ce qu'elle pensera du rachat du château.

— Nous nous sommes embrassés…

— Voyez le puceau rougissant !

Malo ne releva pas la moquerie et ajouta, prenant en même temps conscience de la réalité qu'il énonçait :

— Cela fait trois jours, et ce baiser m'obsède !

— Eh bien ! Quoi que tu en dises, ce sale morpion de Cupidon ne t'a pas manqué !

— Absolument pas ! Cela n'a rien à voir avec un sentiment quelconque ! Allons, Ruben, nous savons tous les deux à quel point une femme qui résiste à notre désir peut l'attiser. Il n'est pas question des flèches de l'amour. C'est simplement l'instinct du chasseur qui parle.

— La dame ne semble pas avoir résisté beaucoup,

si ce baiser t'obsède… Il faut qu'il ait été exceptionnel, ou que le mal soit plus profond, si tu veux mon av…

— Non, merci, garde-le pour toi. J'ai eu tort de te parler d'elle. Il y a peu de chances que je la revoie, de toute façon, et si c'était le cas, je n'aurais rien à attendre d'elle que de la colère au mieux.

— Comme tu voudras.

Le silence retomba dans la pièce durant quelques minutes. Le visage d'Anne lui apparut, tendu vers lui, confiant, comme après leur baiser, et il crut sentir de nouveau ses lèvres sur les siennes. Un éclair de désir lui fouetta les reins, mais il n'y avait pas que cela.

Est-ce que Ruben a vu juste ? Est-ce que le mal est plus profond ?

Il se reprit bien vite. Un coup de foudre pour Anne de Keroual ? Lui ? Impossible !

Chapitre 8

23 floréal (12 mai), soirée
Maison du commandant Pruvost, Pléneuf

Les musiciens accordaient leurs instruments – deux violons, un alto et un violoncelle – à l'une des extrémités de la salle de réception. Une sorte de scène y avait été aménagée. Elle était délimitée sur les côtés par des paravents, et au centre, par une dizaine de rangées de chaises. Au fur et à mesure de leur arrivée, et après avoir salué le commandant Pruvost et son épouse, les convives s'assemblaient par petits groupes dans la seconde partie de la salle. Là, trois tables recouvertes de nappes blanches avaient été placées contre un mur, pour la collation annoncée en fin de soirée.

Malgré le brouhaha croissant des conversations, Anne reconnaissait par instants quelques phrases musicales. Des bribes de l'une de ces œuvres légères et enlevées de Mozart, dont Ninnen et elle reprenaient autrefois la ligne mélodique, l'une au piano, l'autre au violon, dans le salon de musique du château d'Aubin.

Elle s'était présentée parmi les tout premiers invités, afin d'avoir l'opportunité de circuler parmi les gens, avant le concert. Elle s'était forcée à afficher un air affable, alors qu'elle était dans un repaire de républicains qui avaient applaudi la décapitation de Louis XVI et de Marie-Antoinette, ainsi que l'emprisonnement des enfants royaux. *Des enfants*, Dieu leur vienne en aide ! Elle avait salué quelques connaissances et laissé traîner ses oreilles ici et là, dans l'espoir de saisir une information, un nom, quelque chose susceptible de servir la cause des Chouans, et surtout de l'aiguiller pour sa prochaine expédition masquée.

Bien que l'engagement de leur oncle au côté du marquis de La Rouërie[1] l'ait conduit à l'exil, un an plus tôt, et ait entraîné la confiscation de ses biens, Ronan, Yaël et elle recevaient, de temps à autre, des invitations de membres nouvellement nommés de l'administration révolutionnaire. Était-ce pour leur faire sentir que leurs privilèges étaient bel et bien abolis, et exposer le triomphe de la Révolution ? Ces gens espéraient-ils rallier d'anciens nobles à leur cause, afin de démontrer la force de persuasion de la République ? Ou bien, plus simplement, l'image de leur père, celle d'un doux rêveur, d'un naturaliste échevelé obnubilé par ses recherches et ses observations, avait-elle préservé la branche cadette des de Keroual de toute méfiance de la part des autorités ?

Quoi qu'il en soit, cela représentait un avantage appréciable pour Ronan et elle. Qui aurait l'idée de suspecter leur engagement dans la rébellion ? Sans compter que

1. Armand-Charles Tuffin, marquis de La Rouërie, ancien militaire, et fédérateur de l'Association bretonne, premier mouvement contre-révolutionnaire, qui s'était donné comme objectif le rétablissement de la monarchie. Trahi, il sera tué en 1793, ainsi que douze de ses compagnons.

ces invitations étaient parfois pour eux l'occasion de récolter des informations fort utiles.

Elle n'avait malheureusement rien surpris d'intéressant et avait fini par s'installer sur le bord d'une banquette, vaguement dissimulée derrière une plante en pot aux larges feuilles. Un bon poste pour observer les invités qui continuaient d'arriver.

Hélas, une grosse dame engoncée dans une robe de soie puce était venue s'asseoir à côté d'elle, bientôt rejointe par une amie. Toutes deux s'étaient mises à discuter bruyamment, tout en s'éventant à grands coups. Cela faisait à présent près de dix minutes qu'elles lui rebattaient les oreilles de leurs commérages. Anne en avait perdu le fil de ses scrutations, et laissait errer son regard sur les grands tableaux qui ornaient les murs : scènes de chasse, natures mortes et, au-dessus d'une cheminée monumentale, un portrait assez ridicule de la commandante Pruvost en Pomone.

Tout à coup, la grosse dame s'interrompit, le regard fixé sur l'entrée de la salle, puis elle se pencha en avant, aussitôt imitée par son amie. Intriguée, Anne fit de même, avec un peu plus de discrétion toutefois, et son cœur bondit dans sa poitrine, lorsqu'elle comprit ce qui avait attisé la curiosité de ses voisines. Ou plutôt *qui* l'avait attisée.

Malo Jakez…

Il venait d'apparaître près de la maîtresse de maison, qui accueillait toujours ses invités, sa haute silhouette encadrée par la double porte ouverte. Il sembla à Anne que les conversations fléchissaient légèrement, tandis qu'il s'inclinait devant la commandante, pour lui faire un baisemain. Une entrée pour le moins remarquée… Que faisait-il là ? Elle était persuadée qu'il avait quitté la région. En tout état de cause, elle ne s'attendait certainement pas à le rencontrer ce soir, chez le commandant du fort, mais quelle joie de le revoir une fois encore !

Ses cheveux noir de jais, retenus par un catogan, lui dégageaient le visage, où ne subsistait plus aucune trace de son nez cassé. Le bleu de ses yeux tranchait sur sa peau hâlée et ses joues ombrées de barbe. On ne voyait qu'eux, et ils appelaient le regard comme l'abîme appelle la chute. Il portait un habit dont l'élégance et la sobriété mettaient en valeur son corps puissant, mais pas massif, aux mouvements déliés.

Leur baiser la hantait, agissait comme une drogue sur elle, et, en le voyant, il lui sembla sentir de nouveau la soie de ses lèvres sur les siennes. Il ne s'était pas passé un jour, depuis la visite de Malo au manoir, sans qu'elle s'efforce d'en chasser le souvenir brûlant. Un instant d'égarement, voilà ce qu'avait été ce baiser. Il ne signifiait rien, et elle avait bien de quoi occuper son temps, plutôt que de rêvasser comme une jeune évaporée. Elle ne devait plus y penser.

Mais souhaiter qu'il en soit ainsi était une chose. Y parvenir, une autre…

— Qui est-ce ? demanda la grosse dame, décollant les fesses de la banquette pour mieux suivre des yeux Malo qui se dirigeait vers le commandant Pruvost, en pleine discussion avec deux officiers.

— Vous l'ignorez, ma chère ? répondit son amie. Est-ce possible ? Tout le monde ne parle que de lui, depuis deux jours !

Tout le monde ne parle que de lui ? Tiens donc ? Comment cela ?

Curieuse, Anne se laissa aller contre le dossier du siège, tournant à demi le dos à ses voisines pour ne pas paraître écouter leur conversation, et agita son éventail de dentelle avec une nonchalance feinte.

En réalité, elle était suspendue aux lèvres de l'autre femme, qui poursuivit, d'une voix dissimulant mal son excitation :

— Quelle prestance, n'est-ce pas ? Et quel bel homme ! Avez-vous vu ses yeux ? Il est arrivé ici voici une semaine. On murmure qu'il aurait fait fortune aux îles, ce qui ne gâte rien…

Baissant d'un ton, elle ajouta :

— Je gage qu'il quittera cette maison, tout à l'heure, avec plus d'invitations à dîner qu'il n'y a d'oiseaux sur la lande ! Toutes les mères, ici, doivent rêver de lui présenter leurs filles…

Effectivement, une matrone, suivie de deux créatures chétives toutes de blanc vêtues, faisait cap vers Malo, dans un impérieux bruissement de jupes. Se pouvait-il vraiment qu'il soit là pour trouver une épouse ? Le cœur d'Anne se remit à battre frénétiquement, mais la petite bouffée de joie qu'elle avait éprouvée en le voyant avait fait place à une contrariété dont elle ne s'expliquait pas la raison. « *Il vient un moment où la vie sur un bateau ne suffit plus, et où l'on aspire à fonder une famille…* », avait-il expliqué à Rose, au manoir. Mais à elle, sur la lande, il avait dit qu'il… Non, il ne lui avait rien dit, en fait, si elle se souvenait bien. C'était elle qui avait supposé qu'il n'était là que de passage. Il ne l'avait simplement pas détrompée.

— Il s'est donc installé dans la région ? demanda la grosse dame.

— Absolument !

Ce baiser, alors… Ce baiser qu'il lui avait donné, s'il venait de s'installer ici… Cela pourrait-il vouloir dire…

— Où donc ? À Matignon, peut-être ? Ou Saint-Cast ?

— Plus près, ma chère, bien plus près ! C'est lui qui vient de racheter le château d'Aubin !

Si la foudre avait traversé les trois étages de l'hôtel particulier où elle se trouvait, pour fendre le sol à ses pieds, Anne n'aurait pas été plus secouée. Malo ? Propriétaire du château de son oncle ? De ce château tant chéri de Ninnen et que Lord Gregson, son fiancé, voulait lui offrir comme cadeau de mariage ?

Puis elle se remémora la lettre de sa cousine. Le prête-nom ! Bien sûr ! Malo était l'homme qui avait aidé Lord Gregson à racheter le château, sans éveiller les soupçons !

Elle se leva d'un bond, et traversa la salle en trombe, à sa rencontre, au mépris des bonnes manières qui veulent qu'une jeune femme se déplace à pas lents et gracieux.

En la voyant fondre sur lui, il parut gêné, et le sourire qu'il était en train d'adresser à une vieille dame, au bras d'un militaire croulant sous les médailles, s'éteignit aussitôt. Il avait dû deviner qu'elle avait entendu parler de lui, et la croyait en colère à cause de son acquisition. Elle devait le rassurer au plus vite. Il n'imaginait pas le bonheur qu'il avait procuré à Ninnen, en acceptant de participer à cette transaction.

— Je suis au courant de l'arrangement, lui chuchota-t-elle dès qu'elle fut près de lui, avant même de l'avoir salué. Pourquoi ne pas m'en avoir parlé au manoir, l'autre jour ? Vous pensiez que je n'étais pas dans le secret ? Ma cousine et moi ne nous cachons rien, même à présent qu'une mer nous sépare.

Elle l'enveloppa d'un regard plein de tendresse, heureuse de ce lien qu'elle découvrait entre eux.

— Ainsi, vous êtes un ami de Lord Gregson ? Vous arrivez d'Angleterre en fait, c'est cela ?

Elle baissa plus encore la voix.

— Quelles sont les nouvelles de… enfin, de ce que vous savez ?

S'il était une chose qu'il ne fallait pas mentionner ouvertement, surtout en ce lieu plein d'officiers de la garde républicaine, c'était bien la coalition des forces royalistes à l'étranger et leur projet de débarquement sur les côtes bretonnes.

— Mais pas ici… Allons discuter dehors, voulez-vous ? dit-elle en glissant la main sous son bras, et en l'entraînant vers l'une des immenses portes-fenêtres qui donnaient sur le jardin. J'ai hâte que vous m'expliquiez où tout cela en est !

De quoi Anne lui parlait-elle ? Malo était complètement désarçonné par son attitude. Par quel miracle n'avait-elle pas encore appris qui il était ? Car elle ne savait rien, forcément, sinon, elle ne lui aurait pas fait cet accueil aimable. Enthousiaste, même !

Lui tenant toujours le bras, elle traversa la terrasse dans un froissement de soie, et descendit les marches qui ouvraient sur l'allée principale. Ils y firent quelques pas, et dès qu'elle le put, elle les fit bifurquer sur un chemin secondaire, en direction d'un labyrinthe végétal. L'endroit, éloigné de la maison et de ses lumières, baignait dans la douce pénombre du crépuscule.

Ils arrivèrent très vite au centre du labyrinthe – une fantaisie décorative assez basse, plutôt, qui n'avait pas de commune mesure avec le labyrinthe de la légende, où Thésée tua Astérion grâce à Ariane et son fil. Un banc s'y trouvait. Anne s'y laissa tomber, et lui fit signe de s'asseoir à côté d'elle, avec un sourire radieux.

— Et maintenant, monsieur, racontez-moi tout !

— Par quoi voulez-vous que je commence ? demanda Malo pour gagner du temps, tout en réfléchissant fébrilement au moyen de se sortir de ce qui était de toute évidence un quiproquo.

— Par Lord Gregson. Est-ce que vous vous connaissez depuis longtemps ?

Malo fit entendre un vague marmonnement, qui pouvait suggérer que oui.

— J'imagine que c'est un homme d'honneur, ajouta-t-elle.

Nouveau marmonnement.

— Il va épouser ma cousine, comme vous le savez, bien entendu.

— L'heureux homme ! commenta-t-il.

Au moins, sur ce point, il ne prenait pas grand risque.

— Je crois que Ninnen est très heureuse aussi. Après la triste fin de ses premières fiançailles…

Anne se tut, l'air songeur, et garda un long moment le silence, comme si la mention de ces fiançailles passées faisait resurgir en elle des images plus personnelles. Avait-elle été fiancée, elle aussi ? Elle avait légèrement baissé la tête, et cette position lui dégageait le cou, donnant à Malo une envie irrépressible de poser les lèvres sur sa peau, entre la base de ses cheveux relevés en chignon et le ruban de son camée.

Comment réagirait-elle ? Retrouverait-il la jeune femme ardente qui lui avait hardiment rendu son baiser dans la cour du manoir de Keroual ? Serait-elle offusquée, au contraire ? Le giflerait-elle ?

Après tout, que risquait-il à essayer ? Dès l'instant où elle remettrait les pieds à l'intérieur, elle saurait pour sa nomination au fort et ses convictions politiques aux antipodes des siennes. Le commandant avait prévu d'en faire l'annonce officielle juste avant le concert. Sa colère, sa détestation même, n'aurait alors plus de limites.

Qu'avait-il à perdre ? Rien. Mais un dernier tête à tête avec elle, un dernier baiser à gagner, peut-être.

Le gentleman, en lui, lutta contre cette idée et argumenta. Quelqu'un pourrait les surprendre. Anne serait alors compromise. Il faisait doux, des roses et des pivoines, disséminées au milieu de ce lacis végétal, les enveloppaient d'un halo de senteurs légèrement étourdissantes… De quoi appeler d'autres personnes dans le jardin, d'autres baisers, d'autres caresses, sous la lune complice. Mais l'aventurier, qui avait joué sa vie à chaque gros grain, à chaque abordage, qui ne tergiversait pas, reprit bien vite le dessus.

Il se pencha vers elle, laissant parler l'envie plutôt que la raison. À cet instant, Anne releva la tête et leurs visages se trouvèrent très près l'un de l'autre. Il vit aussitôt passer le souvenir de leur premier baiser dans son regard, qui accrocha le sien, puis glissa sur sa bouche, tandis qu'un souffle d'air faisait voleter sur ses joues de petits cheveux échappés de sa coiffure.

Ils restèrent ainsi quelques secondes, incapables de prononcer un mot, puis, sans qu'il puisse dire qui des deux avait initié le mouvement, leurs lèvres se joignirent.

Anne gémit, comme si elle avait ardemment désiré ce moment, et ce fut pour lui un signal. Il lui saisit la nuque et lui dévora la bouche, tandis que sa main libre cherchait le creux de sa taille, puis son dos, pour l'enserrer et la presser contre lui. Leurs langues se trouvèrent et se lancèrent dans une joute effrénée. Bientôt, la serrer ne lui suffit plus. Il remonta la main sur son buste et effleura la ferme rondeur de ses seins. Il sentit Anne se cambrer insensiblement, s'offrant ainsi à de nouvelles caresses. Il osait à peine y croire et redoubla de fougue. Il se perdit dans sa bouche, la faisant sienne, symboliquement, par ce baiser possessif, violent. Il lui empauma les seins à travers la soie de son corsage, se promena sur la peau douce de sa gorge, de son cou, revint à sa poitrine, tandis qu'Anne glissait les doigts dans ses cheveux, s'arrimait à lui, jusqu'à ce qu'ils n'aient plus du tout de souffle, incapables, pourtant, de se laisser, de rompre le contact.

Une autre bouche l'avait embrassée, l'été de ses seize ans. D'autres mains l'avaient touchée. Elle s'était donnée à un garçon, parce qu'elle avait cru l'aimer. Mais ses attouchements maladroits, ses étreintes timides ne l'avaient jamais bouleversée comme un seul baiser de Malo pouvait le faire. Alors qu'il quittait ses lèvres pour embrasser le sillon au creux de ses seins, alors que sa main s'égarait sous sa robe, bataillait avec ses jupons, puis trouvait enfin sa peau nue, Anne songea qu'elle pourrait bien oublier où elle était et s'abandonner à lui, à ses caresses brûlantes qui faisaient naître en elle des sensations totalement inédites.

Malo était un homme, et un homme qui connaissait les femmes. Ses gestes étaient sûrs, comme ces caresses délicieuses qu'il était en train de lui prodiguer à la lisière de ses bas, sur cette zone si sensible de ses cuisses. Dans le même temps, il lui mordillait les lèvres, atténuait la morsure d'un coup de langue, puis l'embrassait de nouveau. C'était grisant ! Le désir lui vrillait le ventre, tout son corps appelait plus de caresses, plus de baisers.

Giacomo n'était qu'un adolescent inexpérimenté, plus impatient de faire une première conquête féminine que de lui procurer véritablement du plaisir. Elle l'avait rencontré aux fiançailles de Ninnen. Dans les jours qui avaient suivi, elle s'était enfiévrée pour ce garçon aux traits délicats, dont l'accent italien lui avait paru si joliment exotique.

Elle s'était crue amoureuse, avait voulu vivre un interdit. Elle s'était laissé emporter par l'éveil de ses sens. Lorsque Giacomo était reparti pour Florence, elle avait compris que ce n'était bien que cela, un emportement des sens, et qu'elle avait sacrifié sa virginité à un mirage.

À présent, les choses étaient bien différentes. Les circonstances aussi. Elle avait refusé deux prétendants et, à vingt-sept ans, elle n'attendait plus de nouvelles demandes en mariage. Elle était trop âgée pour qu'on veuille l'épouser. Elle n'avait plus rien à perdre. Et puis, Esper pouvait être emprisonnée d'un jour à l'autre, exécutée, même… Exécutée sûrement, d'ailleurs, si elle était capturée. Alors, si, ce soir, elle pouvait voler au destin un répit, une petite portion de délice… L'époque n'était plus à la patience, pour elle, ni aux convenances, mais à l'immédiateté. Vivre, ici et maintenant. Prendre ce qui était bon, ici et maintenant. Cette immédiateté, dans ce jardin, au milieu du parfum des fleurs, dans l'air doux du soir, c'étaient les bras de Malo, la bouche de Malo, les caresses de Malo.

Oh ! que cette nuit ne finisse jamais !

Chapitre 9

— Citoyen Jakez ? Citoyen Jakez, vous êtes là ? Le commandant vous demande.

La voix était proche, beaucoup trop proche, et les ramena brusquement à la réalité. Malo s'éloigna d'Anne à regret et se leva, tout en lui faisant signe de rester assise sur le banc. La hauteur de la charmille la dissimulait, tandis qu'il dépassait de la tête et des épaules.

— Attendez quelques minutes, que je l'éloigne suffisamment, lui conseilla-t-il à voix basse. Puis vous regagnerez la maison.

Malgré la pénombre, il reconnut, à l'entrée du labyrinthe, un jeune officier qui lui avait été présenté le jour de sa prise de fonction au fort.

— J'arrive, euh… Hum…

Il essaya de voir les insignes sur son uniforme, mais l'autre le devança.

— Lieutenant Guyader, citoyen.

— Lieutenant Guyader, bien sûr.

Malo pressa le pas, le rejoignit et l'entraîna bien vite sur l'allée principale. Il ne voulait pas que ce dernier devine qu'il était en compagnie d'une femme. Non pour sa propre réputation, mais pour celle d'Anne.

Il songea avec amertume que, cette fois, il était arrivé

au point de non-retour. Il s'étonnait encore de la bonne fortune qui lui avait fait revoir Anne ce soir. Il n'oublierait jamais ce moment incroyable, volé à des circonstances qui éloigneraient à jamais la jeune femme de lui. Dans une autre vie, peut-être aurait-il pu espérer partager davantage avec elle. Et pas seulement en matière de sensualité. Même s'il avait déjà tenu des femmes dans ses bras, il se sentait étonnamment novice dans l'attirance qu'il éprouvait pour elle. Cette nouveauté le déstabilisait.

Alors qu'ils atteignaient la terrasse, il eut l'impression d'une déchirure intérieure atroce. Une douleur comme aucune blessure physique ne lui en avait infligé. Anne le suivrait de près. Elle reviendrait dans la salle de réception à temps pour assister à la petite cérémonie de présentation à laquelle le commandant tenait absolument à le soumettre. Elle apprendrait tout de lui et ce serait terminé.

Anne, mon impossible rêve…

Il fut stupéfait de la formulation qui s'était imposée à lui et de ce qu'elle signifiait, tandis que le lieutenant s'effaçait pour le laisser entrer.

Pruvost s'avança aussitôt vers lui, bras ouverts, l'accueillant d'un « Ah ! » tonitruant. *Comédie…* Malo n'était pas parvenu à se défaire du malaise que lui inspirait la cordialité démonstrative du commandant, depuis qu'il avait pris ses fonctions au fort.

Pruvost le conduisit devant les rangées de chaises, sur lesquelles les invités avaient pris place. Tous les yeux étaient braqués sur lui.

— Mesdames, messieurs, chers amis, citoyens de notre belle République…

Malo se retint de faire la grimace devant tant d'emphase. Il était terriblement crispé, appréhendant le moment où Anne franchirait l'une des portes-fenêtres.

— J'ai l'honneur de vous présenter Malo Jakez, commissaire politique envoyé par le gouvernement.

Il s'interrompit, le temps de balayer l'assemblée du regard, comme pour évaluer l'effet produit par son annonce, puis il reprit :

— Dans les semaines à venir, il supervisera les opérations de traque et d'arrestation des principaux chefs de la rébellion chouanne. Nous avons beaucoup avancé, rassemblé des informations de premier ordre, et je peux vous annoncer que nous touchons au but, citoyens ! Bientôt, l'étendard de la République flottera sur toute la Bretagne, et les fauteurs de troubles auront la tête tranchée sur la place principale de Fougères !

Malo aurait préféré qu'il soit question d'idées plutôt que de guillotine, de progrès plutôt que de haine, même s'il savait qu'une fois appréhendés les rebelles seraient condamnés sans recours en grâce possible.

Il avait préparé quelques mots, un embryon de discours, qu'il servit à l'auditoire avec moins d'enthousiasme qu'il l'aurait voulu. La gorge nouée, il jetait de fréquents coups d'œil vers les portes-fenêtres, étonné de ne pas encore avoir vu Anne rentrer.

— Mort aux Chouans ! cria Pruvost en guise de conclusion, lorsqu'il eut terminé. Mort à Boishardy ! Mort à Esper !

À l'instant même où le commandant poussait ce cri de guerre, Malo vit enfin Anne. Elle était dans un coin, près d'une banquette, à moitié cachée par une plante verte. À quel moment avait-elle regagné la salle ? Il ne l'avait pas vue, et ce n'était pas faute de l'avoir guettée ! Elle se tenait plaquée contre le mur, une main sur l'abdomen comme si elle avait du mal à respirer, et son visage affichait une telle expression d'horreur qu'il eut la sensation de recevoir un violent coup de poing dans l'estomac.

Il aurait voulu courir vers elle, lui parler, lui expliquer son credo mieux qu'il ne l'avait fait au cours de sa petite intervention… Ce qu'il souhaitait pour l'avenir de tous les hommes, les femmes et les enfants de ce pays. Il aurait aimé la convaincre que la république était la garantie d'une société meilleure pour tous, contrairement à l'ordre ancien.

Mais Pruvost lui avait saisi la main, qu'il secouait avec vigueur, et l'obligeait à détourner le regard d'elle, tandis qu'un tonnerre d'applaudissements crépitait autour de lui. Il dut remercier, serrer d'autres mains. Le temps qu'il en vienne à bout, Anne avait disparu.

Lorsqu'il put enfin se débarrasser de toutes ces manifestations d'enthousiasme intempestives, il refusa, à peine poli, de prendre place sur une chaise, comme on l'y invitait, pour écouter les musiciens en train de s'installer sur la petite scène.

Il se précipita dans le hall d'entrée, qu'il trouva vide, comme il s'en doutait. Il sortit de la maison sans attendre, en rage contre tous ces fâcheux.

Le long des trottoirs, de part et d'autre de la rue, les attelages des invités attendaient. Certains avec leurs propres cochers, d'autres sous la surveillance de trois palefreniers, sans doute embauchés pour l'occasion.

Il s'approcha de l'un d'eux.

— Vous n'auriez pas vu passer une jeune femme ? Assez grande, les cheveux n…

Avant qu'il ait terminé, l'homme lui indiqua une forme pâle, à quelques pâtés de maisons, qui s'apprêtait à monter dans un cabriolet.

— Anne ! appela alors Malo en se mettant à courir

vers elle, sans se soucier d'ameuter la rue entière. Anne, attendez, je vous en prie !

L'entendant l'interpeller, Anne envisagea d'accélérer son départ avant qu'il ait eu le temps de la rejoindre, puis renonça à cette idée.

— Anne…, murmura-t-il, lorsqu'il fut près d'elle.

Oh ! comme elle se détestait d'aimer encore la douceur avec laquelle il avait prononcé son prénom ! Comme elle se détestait d'avoir envie de se blottir dans ses bras pour pleurer du mal qu'il lui faisait !

— Comment avez-vous osé vous présenter au manoir, commença-t-elle d'une voix brisée, mon appartenance à la famille d'Aubin étant de notoriété publique ? Et comment avez-vous osé…

La fin de sa phrase se perdit dans le souvenir de sa bouche sur la sienne, de ses mains sur elle, de leurs souffles mêlés, et elle en éprouva un mélange d'alanguissement et de dégoût. Elle avait envie de le frapper au visage autant que de l'embrasser encore. S'il la touchait à cet instant, s'il la prenait contre lui, elle n'était pas certaine d'avoir la force de le repousser, malgré ce qu'elle avait appris.

— Je ne suis pas un parfait gentleman, répondit-il avec une sincérité désarmante, et je vous trouve si belle…

Elle dut puiser au fond d'elle pour aviver une colère qui n'était pas aussi violente qu'elle aurait dû. Elle était trop blessée, trop abattue encore par sa découverte.

— Et le château ? Vous n'êtes pas un ami de Lord Gregson, n'est-ce pas ?

Il secoua la tête.

— Je ne connais pas cet homme.

— Vous n'êtes donc pas son prête-nom. Vous l'avez acheté pour vous.

— Je l'ai acheté pour moi, rien que pour moi, confirma-t-il.

Elle se détourna, et commença à monter dans le cabriolet. Il n'y avait rien à ajouter, elle devait digérer la nouvelle pour retrouver toute sa combativité.

Il la retint par le bras.

— Ne partez pas comme ça, Anne, s'il vous plaît. Parlons un peu. J'aimerais vous expliquer…

— Mort aux Chouans ! Mort à Boishardy ! Mort à Esper ! scanda-t-elle, comme si elle lui crachait au visage.

— Ce ne sont pas mes paroles.

— Mais c'est bien pour les tuer que vous êtes ici !

La colère montait enfin en elle, et elle la préférait à l'abattement, au choc épouvantable qu'elle avait éprouvé en comprenant qui il était vraiment, et la raison de sa venue en Bretagne. Dire que, dans le labyrinthe, elle s'était laissée aller dans ses bras ! Qu'elle avait accepté ses baisers, ses caresses !

— Nous sommes en guerre, Anne. Et ce n'est pas la République qui l'a voulu.

— Mort aux Chouans ! Mort à Boishardy ! Mort à Esper ! répéta-t-elle, en le fixant d'un regard dur. Je suis fille de vicomte, nièce de comte. Ma mère, quant à elle, descendait d'une lignée de nobles vendéens. Où croyez-vous que vont mes sympathies ?

Il y avait de la tristesse dans les yeux de Malo. En elle, il n'y avait plus à présent que de la révolte.

— Je veux l'égalité et la fraternité, Anne, deux des valeurs de la République. Je veux que tous les hommes, les femmes et les enfants mangent à leur faim. Vous aussi, vous le voulez, j'en suis persuadé.

— Vous parlez de fraternité, alors que vous n'avez pas honte de vous être attribué un bien volé à ma famille !

Alors que certaines fermes, ici, ont été pillées par des soldats de *votre* République, laissant des enfants sans pain !

— Je n'aime pas plus que vous ces temps de haine et de combats. J'ai hâte que la paix revienne en Bretagne et partout où les Chouans agissent. Seule la paix permettra d'instaurer un ordre nouveau et profitable à chacun.

— Et cette paix, vous comptez l'asseoir sur le dépouillement de ceux et celles qui ne partagent pas vos visées ? Sur la mort d'hommes qui défendent, tout comme vous, leurs convictions ?

— Vous êtes fille de vicomte, vous l'avez dit, et je suis enfant du peuple. Nous ne défendons pas la même idée de la société. Vous voulez réinstaurer la monarchie pour retrouver vos privilèges. Je crois en la Déclaration des Droits de l'homme et du citoyen : « Les hommes naissent et demeurent libres et égaux en droits. » Je doute que nous nous rejoignions un jour sur ce point.

— Pas pour retrouver mes privilèges. Mais votre opinion sur moi est faite, n'est-ce pas ?

— Tout comme la vôtre sur moi…

— En ce cas, nous n'avons plus rien à nous dire. Maintenant, lâchez-moi, monsieur, ordonna-t-elle, car il lui tenait toujours le bras.

La teneur de ses arguments l'avait troublée. Elle avait été séduite par l'idée d'une monarchie parlementaire, telle que certains penseurs du siècle l'avaient définie. Et, dans ses effets, ce régime politique n'était pas si éloigné de celui que défendait Malo.

Il la lâcha, puis l'aida à s'installer sur la banquette conducteur du cabriolet.

— Je ne suis pas assoiffé de sang, Anne. Seuls les meneurs seront punis, à titre d'exemple. Les autres rebelles seront amnistiés. C'est à moi d'en décider, localement, et c'est ainsi que j'en décide.

Quoi qu'il dise, et même si certaines de ses paroles faisaient écho à ses propres convictions, elle butait irrémédiablement sur une chose qui faisait qu'aucune entente ne serait désormais possible entre elle et lui, en dépit de tout.

Seuls les meneurs seront punis… Mort à Esper ! Leur tête dans un panier.

Elle comptait des amis, parmi ces meneurs. Et quiconque traquait Esper, quiconque souhaitait sa mort, ne pouvait être pour elle qu'un ennemi.

Sans un mot de plus, sans un regard pour lui, elle saisit les rênes et lança au trot Pâquerette, la vieille jument d'attelage du manoir.

DEUXIÈME PARTIE

Notre pire ennemi se cache dans notre cœur.

PUBLILIUS SYRUS

Chapitre 10

24 floréal (13 mai), fin de matinée
Hameau de Rozen

Anne et Urielle arrivèrent bientôt en vue du hameau de Rozen. La matinée tirait à sa fin, et un soleil voilé promettait un bel après-midi, après les pluies abondantes de la fin de la nuit. Pâquerette tirait le cabriolet d'un trot enlevé malgré son âge, et elles entendaient le léger « floc » de ses sabots dans les flaques d'eau du chemin.

Urielle avait fait jusque-là presque seule les frais de la conversation. Anne n'avait pas dormi de la nuit, hantée par les révélations de la soirée. Au choc qui l'avait clouée contre le mur du salon de réception, chez les Pruvost, avait succédé la fureur, dans la rue, lorsqu'elle avait affronté Malo. Mais à peine s'était-elle retrouvée au manoir, dans la solitude de sa chambre, qu'un abîme s'était ouvert sous ses pieds pour l'engloutir.

Elle s'était sentie si bien dans ses bras, emportée par le tourbillon de ses baisers, de ses caresses ! Elle avait tout oublié de son autre réalité : Esper, les risques, le spectre de la prison et de la mort. Cependant, à la lumière de ce qu'elle avait appris la veille au soir, il n'y avait qu'une seule chose à faire, désormais : se tenir le plus loin possible de lui.

Mais elle avait beau tenter de se persuader que c'était la seule issue raisonnable, l'idée que plus jamais elle ne revivrait un tel moment avec lui la mettait dans un état de frustration épouvantable. Et plus grande encore était sa frustration de ne pouvoir en parler à personne, pas même à Urielle : il aurait été difficile de lui expliquer le nœud du problème sans évoquer ses activités sous le masque, et la manière dont Malo y était impliqué.

Cela dit, elle savait que sa sœur de lait n'était pas dupe de ses efforts pour lui donner la réplique, ni de ses longs silences. Elle ne pourrait sans doute pas lui cacher encore bien longtemps son secret et ses tourments.

— Ça doit bien faire deux ans que Le Bihan est mort, non ? demanda Urielle, qui essayait de relancer, une fois encore, leur discussion moribonde.

— Trois, même, répondit Anne, prenant sur elle pour sortir de sa morosité, car elles avaient presque atteint leur destination.

Edmond Le Bihan avait été l'un des cinq métayers de Keroual. Un homme aimable et fiable. Il était tombé du toit de sa maison un jour qu'il le réparait, après une période de grand vent.

— Comment va Solenn ? Il y a longtemps que je ne l'ai pas vue.

— Pas très fort, d'après Tereza Riou. Son petit dernier reste maladif depuis sa naissance.

Urielle hocha la tête gravement.

— Pauvre crevette ! Naître prématurément le jour où son père fait une chute mortelle ! Ça vous entache une date d'anniversaire.

Solenn Le Bihan élevait seule ses six enfants depuis le décès de son mari. Elles avaient dansé à son mariage, dix-huit ans plus tôt. Anne n'en gardait pas un souvenir très précis, elle n'avait que neuf ans à l'époque, mais elle se souvenait d'une noce simple et conviviale, un beau samedi de début septembre. Les tables pour le repas de midi avaient été installées dans la cour de la ferme, sous le grand tilleul, puis la fête avait duré jusque tard dans la nuit.

— Tu te souviens de leur mariage ? poursuivit Urielle, comme si elle avait suivi le cours de ses pensées. Ta mère avait vraiment choqué ton oncle, en acceptant de danser un rigodon avec Edmond.

— Maman n'a jamais eu la morgue d'oncle Loïc. C'est pour cela que tout le monde l'aimait.

Elle se tut un instant. De cette danse, oui, elle se souvenait, sans doute parce que l'épisode avait été souvent commenté par la suite au cours de réunions de famille, entretenant les images qu'elle en gardait.

— J'ai bien trop reporté cette visite, reprit-elle bientôt, afin d'éviter de trop penser à sa mère. J'aurais dû rassurer Solenn sur son sort, il y a des semaines déjà. J'ai été bien égoïste ! Qui sait dans quel état d'inquiétude je l'ai laissée vivre !

La métairie ne produisait quasiment plus de volailles et plus du tout de céréales, depuis le drame. Et Solenn ne cultivait au potager que ce qui était nécessaire aux siens. Cependant, leur père ne lui avait pas demandé de quitter la ferme pour y installer une autre famille, même si les produits de l'exploitation – si l'on pouvait encore la nommer ainsi – ne lui permettaient pas de payer un loyer. Tout au plus Solenn avait-elle fait porter à Keroual par son fils aîné quelques œufs par quinzaine, une poule ou une pintade de temps en temps. Plus du tout maintenant qu'ils avaient eux-mêmes une basse-cour au manoir.

— Tu as eu tellement de choses à faire, ces deux derniers mois…

Anne fit la moue.

— Il n'empêche…

Elles quittèrent la voie principale et s'engagèrent sur la bande de terre qui serpentait vers les premières maisons de Rozen. Les irrégularités du sol faisaient brinquebaler le cabriolet, dont les ressorts grinçaient. Pâquerette ralentit son allure et, le mufle tendu, huma les jeunes pousses qui bordaient le chemin, si bien qu'Anne resserra les doigts autour des rênes pour la mener d'une main plus ferme.

Elles atteignirent bientôt le centre du hameau, qu'elles traversèrent au pas, car un groupe d'enfants jouait devant la fontaine. Par les portes ou les fenêtres ouvertes, des voix leur parvenaient ; sous son auvent, un forgeron tapait à puissants coups de marteau sur un fer à cheval rougi ; une femme balayait devant sa porte.

La métairie se trouvait à un quart de lieue de là. Elles y furent en quelques minutes.

Tandis qu'elles s'arrêtaient dans la cour, deux garçons et une fillette sortirent en courant de la maison, puis s'arrêtèrent à bonne distance, les fixant, la tête comiquement penchée de la même manière.

Comme Anne et Urielle descendaient du cabriolet, ils s'avancèrent et les saluèrent. Ils étaient tous les trois blonds et avaient le même regard d'un bleu très clair.

Le plus grand des garçons – qui devait avoir douze ou treize ans – proposa de conduire la jument à l'ombre de la grange et de lui donner à boire. Anne lui tendit les rênes. Tandis qu'il s'éloignait avec son frère, la petite fille glissa avec naturel la main dans la sienne et l'entraîna vers la maison.

Anne avait accompagné son père, trois ans plus tôt, quand il était venu présenter ses condoléances à Solenn, lui annoncer qu'elle pourrait demeurer à la ferme et convenir avec elle d'un nouveau loyer, si bas et si peu contraignant qu'il n'avait plus de loyer que le nom.

Par la suite, elle-même était venue, deux, trois fois l'an, pour s'assurer que tout allait au mieux. Elle apportait des vêtements et des jouets pour les enfants. Si Edmond, le plus jeune, était de constitution fragile, ses frères et sœurs débordaient de santé. Mathéo, l'aîné, était un robuste et grand gaillard de dix-sept ans. Gaël, qui s'était occupé de Pâquerette, promettait de suivre son exemple, et Maelis, quinze ans, était une ravissante jeune fille. Nolwenn et Cyril, quant à eux, avaient la fraîcheur et la vitalité d'enfants qui passaient leur temps en plein air.

— Edmond est encore malade, mademoiselle, annonça Nolwenn avec une petite grimace désolée, tandis qu'elles arrivaient toutes trois à la porte d'entrée.

Urielle frappa, même si les enfants avaient laissé ouvert en sortant. On entrait directement dans la pièce à vivre, spacieuse et chaleureuse.

Solenn se retourna, une vareuse à la main. Elle était en train de plier du linge. Maelis cousait près de la fenêtre.

— Oh ! mademoiselle Anne, Urielle !

— Bonjour Solenn, bonjour Maelis…

Solenn lâcha la vareuse et se précipita pour débarrasser deux chaises encombrées de vêtements, tandis que Maelis posait son ouvrage et se levait pour leur faire une petite révérence.

— Entrez ! Entrez !

Anne trouva le sourire qui accompagnait cette invitation un peu crispé et l'empressement de leur hôtesse surfait. Sans doute l'inquiétude pour le petit Edmond…

— Asseyez-vous, je vous en prie…

— Merci.

Elles prirent place dans un silence qu'Anne sentait

tendu du côté de la mère et la fille. Maelis était restée debout près de la fenêtre, triturant ses jupons, et Solenn tira nerveusement une chaise sur le bord de laquelle elle parut s'asseoir avec réticence. Le bruit d'une toux grasse leur parvint par une porte entrouverte. Le petit malade…

Anne sentit la culpabilité la gagner de nouveau. Comment avait-elle pu attendre si longtemps avant de venir ici et de rassurer Solenn ? Elle n'avait pas écrit, repoussant sans cesse au lendemain une démarche qu'elle souhaitait effectuer en personne, pour lui témoigner, mieux que par l'intermédiaire du papier, toute sa sympathie. Solenn n'avait pas pu venir à l'enterrement de son père, mais Mathéo et Maelis si, porteurs d'une lettre touchante. Leur mère leur présentait ses condoléances, à Yaël, Ronan et elle, et leur expliquait qu'Edmond traversait une de ces crises de toux qui l'étouffaient à moitié par moments. Elle ne pouvait quitter son chevet.

— J'aurais dû venir vous voir bien plus tôt, reprit Anne. J'ai été négligente et je m'en excuse.

— Oh ! non, mademoiselle Anne ! Non. Faut pas vous excuser, pas vous ! Votre père a été si gentil pour nous. Et vous aussi…

Maelis avait disparu dans la pièce d'à côté, et Anne l'entendit parler à voix basse à Edmond.

— Justement, Solenn, je suis ici pour vous dire que mes frères et moi souhaitons maintenir l'arrangement que mon père vous a proposé, lorsque votre mari…

Elle fut interrompue par une nouvelle quinte de toux en provenance de l'autre pièce, quinte suivie de sanglots, cette fois. Elle eut mal au cœur en imaginant le petit corps d'Edmond secoué par cette quinte déchirante et certainement douloureuse.

— Est-ce que le Dr Ledu a vu votre fils ? demanda

Urielle, tandis que Nolwenn et Cyril passaient devant la fenêtre ouverte en se poursuivant à grands cris.

— Pas encore.

Solenn détourna le regard, l'air gêné, et Anne craignit qu'elle ne l'ait pas fait par manque d'argent. Elle s'en voulut plus encore de ne pas s'être manifestée plus vite.

— Nous nous arrêterons chez lui en rentrant au manoir, tout à l'heure, proposa-t-elle, et je lui demanderai qu'il veuille bien passer d'ici la fin de la journée. Est-ce que... Solenn, vous me le diriez, n'est-ce pas, si... enfin, si vous aviez besoin d'argent ?

Solenn se mit à pleurer, et se cacha le visage dans son tablier.

— Mon Dieu, mademoiselle, c'est pas ça ! Pas ça du tout... Vous avez déjà tant fait. Et Mathéo qui...

Ses sanglots redoublèrent, et Anne frémit.

— Est-ce qu'il est arrivé quelque chose à Mathéo ? demanda-t-elle.

Elle imaginait déjà le jeune homme, seul, aux prises avec des soldats, venus, comme dans beaucoup de fermes du cap, faire main basse sur les réserves de grain et de fourrage, le garde-manger. Comme si de telles exactions pouvaient aider les Bretons royalistes à accueillir plus favorablement la Convention et toutes ses entreprises au nom de la République ! Où donc était cette belle fraternité que Malo défendait avec tant de ferveur, l'autre soir ?

À cet instant, Mathéo parut à la porte d'entrée. Il paraissait en pleine forme. *Dieu merci*, soupira Anne intérieurement. Il ôta son chapeau, les salua d'un signe de tête, puis demanda respectueusement à Anne de bien vouloir le rejoindre à l'extérieur. Elle surprit le regard d'approbation que lui lança sa mère.

Intriguée, elle sortit et le suivit en direction de la grange, où Gaël était en train de bouchonner Pâquerette. Le nez dans un sac d'avoine, la jument mâchait paisiblement, chassant de temps à autre d'un coup de queue quelques mouches énervées par la lourdeur de l'atmosphère.

— Mathéo ? Qu'est-ce qui se passe ?

Il prit le bouchon de paille des mains de son frère et entreprit à son tour de frictionner Pâquerette.

Il essaie de gagner du temps.

Il cherchait manifestement comment lui annoncer ce qui, elle le comprenait à présent, semblait tant embarrasser Solenn et Maelis.

Il se redressa soudain. Prenant une longue inspiration, il la fixa dans les yeux et débita d'une seule traite :

— Je m'suis engagé dans la garde nationale, mademoiselle. J'suis affecté au fort.

Pas besoin de préciser lequel : pour tous, ici, il s'agissait de Fort la Latte, qui dominait la mer, au bout du cap. Elle accueillit cette annonce par un silence atterré. On n'entendit plus alors que la mastication régulière de Pâquerette. Puis elle se reprocha sa réaction, qui sembla embarrasser plus encore Mathéo.

La tête baissée, celui-ci reprit le bouchonnage.

— Y a la solde, vous comprenez. J'pourrai aider la mère. Et puis, elle s'ra tranquille avec son gars soldat. Personne viendra lui prendre ses poules et l'peu qu'elle a au jardin.

Que pouvait-elle répondre à cela ? Que savait-elle de l'angoisse d'être une veuve, avec six enfants à nourrir et élever, en ces temps si difficiles ?

— J'sais bien qu'y vous ont pris l'château... J'veux dire à m'sieur le comte, mais c'est tout comme. Et qu'après ça, m'sieur le comte, il a été obligé d'partir en Angleterre... Et m'sieur de Keroual qu'a été si bon quand mon père est tombé du toit. J'oublie pas, mademoiselle. J'oublie pas...

Il s'arrêta de nouveau, se tourna vers elle et tritura

le bouchon de paille, dont les fétus tombèrent sur la pointe de ses sabots.

— Mais y a la solde, répéta-t-il. Et avec le p'tit frère qu'est toujours malade…

Il la fixait comme un enfant pris en faute, de ses yeux bleu clair tout ronds, marque de fabrique des enfants de la famille, la lèvre inférieure légèrement tremblante. Il avait l'air si jeune ! Il était si jeune encore pour prendre en charge sa famille ! Puis elle se souvint qu'à dix-sept ans elle-même avait perdu sa mère, et qu'elle était devenue, de fait, la maîtresse de Keroual. Elle avait endossé les responsabilités qui incombaient jusque-là à sa mère, même si Aesa et Urielle s'étaient montrées des alliées précieuses.

Elle n'aurait pas voulu, à ce moment-là, qu'on accueille par de la compassion ou de la pitié les efforts qu'elle faisait pour agir en adulte.

Mathéo ne le voulait probablement pas non plus. Il aurait déjà assez de mal à faire face à l'animosité des autres fermiers, qui crieraient à la trahison.

Elle fit quelques pas pour se rapprocher de lui.

— Je comprends, Mathéo. Je comprends très bien. Tu es un bon fils, courageux. Ta mère doit être vraiment soulagée de savoir qu'elle peut compter sur toi.

Il la gratifia d'un sourire incertain qui accentua son air juvénile, et le cœur d'Anne se serra. *Pourvu qu'on ne l'envoie pas combattre en Vendée !* Cette famille avait été déjà suffisamment éprouvée. Les Chouans étaient particulièrement actifs, là-bas, et des affrontements très violents avaient eu lieu à de nombreuses reprises entre les rebelles et les forces de la Convention.

— Vous croyez ?

— J'en suis sûre.

— Parce que c'est c'que j'veux, la soulager. J'suis un homme, maintenant.

Un homme qui devra tirer sur Esper, si on lui en donne l'ordre.

Pourtant, elle l'aimait bien, ce garçon, qui lui rappelait de bien des manières la jeune fille qu'elle avait été.

Elle lui pressa le bras avec douceur et lui sourit, malgré ce nouveau coup du sort qui la frappait dans ses sympathies et faisait à Esper un ennemi supplémentaire.

— C'est vrai, Mathéo, tu es devenu un homme…

Chapitre 11

28 floréal (17 mai), matin
Plévenon

Anne descendit du cabriolet à l'entrée du village. Comme à son habitude lorsqu'elle venait à Plévenon, elle confia jument et attelage au fils du forgeron. Le jeune homme se chargerait de donner à Pâquerette une ration de picotin, et recevrait en retour un écu.

Tandis qu'il faisait mine d'attraper le grand panier en osier à rabats qu'elle avait posé sur le siège à côté d'elle, elle s'empressa de le devancer.

— Merci, Tonin, mais je peux me débrouiller seule. Un panier vide n'est pas si lourd !

— Bien, mademoiselle. Et vous en faites pas…

Il passa doucement la main sur le chanfrein de la jument, puis lui flatta l'encolure.

— … La Pâquerette et moi, on s'connaît bien ! On vous attendra sagement.

Il saisit les rênes et commença à faire tourner l'animal et le cabriolet pour les conduire sous un auvent de bois.

— Allez viens, ma belle !

Anne les suivit des yeux, fit un petit signe de la main

à Tonin lorsqu'il se tourna vers elle, puis emprunta la rue pavée qui menait au centre du bourg.

Le panier était plein, en réalité, et assez lourd. Il contenait une nouvelle salve de provisions pour le père Riou. Aesa avait préparé un pâté de volaille dans une terrine en terre cuite, une grosse miche de pain bis, un kouign-amann. Elle-même avait ajouté une bouteille de cidre et une de vin rouge, trois tranches du rôti de porc qui restait de leur repas de la veille, et une poignée des premières cerises de la saison.

Elle s'efforçait de le porter avec naturel et détachement, comme s'il ne pesait rien, pour donner l'impression à quiconque l'aurait vue arriver qu'elle s'apprêtait à faire ses emplettes. Pour plus de vraisemblance, elle avait d'ailleurs prévu d'en faire quelques-unes. Ensuite seulement, elle entrerait dans l'officine de l'apothicaire, où elle laisserait la contribution du manoir pour le prêtre.

Elle eut une pensée émue pour le vieil homme. Qui savait dans quelles conditions il vivait ? Sa sœur n'en disait jamais rien. Anne eut, une fois encore, un sursaut de révolte à la pensée que cet homme bon, droit, attentif à ses ouailles, en était réduit à la clandestinité et à la mendicité, d'une certaine manière, uniquement parce qu'il avait refusé l'assermentation. Les seuls serments valables pour lui étaient celui qu'il avait passé avec Dieu et celui qu'il s'était fait à lui-même de se dévouer à ses semblables. Serments auxquels il n'avait jamais dérogé.

Elle tâcha de ravaler sa colère et se composa un visage serein : elle arrivait sur la place.

Elle commencerait par entrer dans la chapellerie de Rose. Elle était dans l'obligation de décaler d'un jour la date de la prochaine réunion des « bonnes samaritaines », et Rose, dont la position dans le village était stratégique, se chargerait de transmettre l'information aux trois autres.

Alors qu'elle se dirigeait vers le magasin, elle eut la brusque sensation d'être observée. Elle posa son panier sur le sol, et, feignant de rajuster son chapeau, jeta un coup d'œil par-dessus son épaule. La place était animée. Des gens sortaient de l'église, où un baptême venait d'avoir lieu, si elle en croyait la jeune femme qui tenait dans ses bras un nourrisson vêtu de la longue robe blanche traditionnelle. Certains discutaient bruyamment au bas des marches, d'autres s'égaillaient déjà dans les rues adjacentes. De l'autre côté de l'édifice religieux, deux cabriolets et un fiacre attendaient. Une petite bonne traversa devant elle, le bonnet de travers et les bras chargés d'une panière de linge propre. Rien de suspect.

Anne allait reprendre son panier et poursuivre son chemin lorsqu'il lui sembla voir, à l'extrémité de son champ de vison, une silhouette désormais familière. *Malo...* Allons, il fallait bien que cela arrive à un moment ou à un autre : ils vivaient dans un mouchoir de poche, elle ne l'éviterait pas éternellement. Elle devait simplement le saluer, et passer son chemin.

Elle se tourna résolument vers l'angle du bâtiment où elle avait cru l'apercevoir, rassemblant son courage pour croiser son regard sans ciller : il n'y avait personne.

Elle atteignit bientôt le magasin de Rose, surmonté d'une élégante enseigne dans des teintes de bleu clair, vert tendre et jaune pâle. Tandis qu'elle posait la main sur la poignée, elle le vit de nouveau dans le reflet de la vitrine. L'instant d'après, il avait disparu.

Elle secoua la tête, chiffonnée. Voilà qu'elle avait des hallucinations, maintenant !

Plusieurs clientes se trouvaient dans la boutique. Rose et elle ne pourraient donc pas parler librement. Elle examina les capelines durant quelques minutes pour donner le change, puis déclara :

— J'aimerais offrir un chapeau à ma sœur de lait pour son anniversaire, et j'aurais besoin de vos conseils, Rose. Mais comme vous êtes occupée avec ces dames, je repasserai après mes courses.

— À votre service, mademoiselle Anne.

Elles échangèrent un regard entendu, puis Anne quitta la chapellerie pour gagner une toute nouvelle et minuscule boutique, qui vendait des produits des colonies. Elle y entra et huma avec délice les riches arômes des épices en vrac. Des produits très chers, qu'elle n'achetait que rarement et en très petites quantités. Elle prit du café, du poivre et de la cannelle, qui allait si bien avec les desserts aux pommes.

Puis elle poursuivit ses achats chez la mercière. Elle avait besoin de ruban et de dentelle pour rafraîchir une de ses robes. Tandis qu'elle choisissait, elle jeta machinalement un coup d'œil à l'extérieur. Cette fois, elle vit sans aucun doute possible Malo passer à grands pas pressés devant la boutique. Il était bel et bien dans les rues de Plévenon. Elle n'avait pas rêvé.

Lorsqu'elle quitta la mercerie, quelques minutes plus tard, elle l'aperçut, de dos, à moitié dissimulé par un attelage, comme s'il avait attendu qu'elle sorte, tout en se cachant d'elle.

Qu'est-ce que cela voulait dire, à la fin ? Est-ce qu'il la suivait ? Et pourquoi le ferait-il ?

Une pensée la traversa, et elle eut peur, tout à coup. Et s'il en avait entendu bien plus qu'elle ne le croyait, le jour où il était venu au manoir ? Elle ignorait depuis combien de temps il se tenait à la porte-fenêtre. Si Trinidad et Tabago ne s'étaient pas manifestés, qui sait ce qu'elles auraient pu dire encore, se croyant seules ?

Mais non, c'était stupide ! Pourquoi s'amuserait-il à la suivre, s'il en avait appris plus qu'elle ne le pensait, ce jour-là ? Il lui aurait suffi de donner l'ordre de les emprisonner. Et sans attendre dix jours. Sans compter qu'il n'aurait certainement pas laissé se produire ensuite entre eux ce… ce *rapprochement* si troublant.

Il était là parce qu'il avait à faire, comme elle, voilà tout.

Toutefois, elle ne se rendit pas immédiatement chez l'apothicaire. Elle préféra quitter la place et se glisser dans une rue commerçante et passante, désireuse d'en avoir le cœur net, malgré tout.

Elle stoppa devant une vitrine, aux aguets, et ne tarda pas à apercevoir Malo dans le reflet. Il se mêla aux promeneurs, sembla flâner, lui aussi, de devanture en devanture. Elle reprit sa marche, fit de nouveaux tests et dut se rendre à l'évidence : il la suivait. En revanche, il n'avait pas l'air de se douter qu'elle l'avait remarqué.

Pourquoi faisait-il cela ? Est-ce qu'il cherchait l'opportunité de l'approcher, sans encore oser l'aborder ? Voulait-il poursuivre la conversation à laquelle elle avait brutalement mis fin, lors de la soirée chez le commandant ? Pour quelle raison ?

Des images de leur étreinte dans le labyrinthe végétal s'imposèrent alors, et elle sentit ses joues s'enflammer. Sa volonté n'avait aucun pouvoir sur son propre corps. Ce traître n'avait rien oublié des caresses de Malo et en réclamait encore, au point de l'empêcher de trouver le sommeil, certaines nuits. Peut-être éprouvait-il la même chose ?

Mon Dieu non… Non, non, non ! Elle ne devait pas penser à des choses pareilles. Pas laisser la moindre place à ce genre de suppositions. C'était beaucoup trop dangereux.

Elle s'efforça alors, une fois de plus, de chasser ces

évocations qui la rendaient terriblement faible, et décida qu'il valait mieux faire comme si elle ne l'avait pas vu. Le plus sage était de se débarrasser au plus vite de ces provisions, de retrouver Pâquerette et de filer au manoir. Il ne manquerait plus que Malo l'aborde enfin, et soulève les rabats du panier ! Elle aurait du mal à expliquer pourquoi elle se promenait au village avec des plats faits maison.

Elle revint rapidement sur la place et s'engouffra dans l'officine.

Il avait donc bien entendu et compris ! Ces dames lui avaient joué la comédie du thé et des petits gâteaux, alors qu'elles étaient en train d'organiser le ravitaillement du père Riou.

Tereza n'avait pas beaucoup changé, malgré les années. Il l'avait aussitôt reconnue, comme il avait reconnu Aesa, alors que les deux femmes ne s'étaient pas souvenues de son visage. Elles n'avaient pas retrouvé dans ses traits d'homme ceux de l'adolescent d'autrefois.

Il avait appris le lendemain de son arrivée à Pléneuf que Christian Riou avait refusé de prêter serment. Les langues allaient bon train à son propos. Certains soutenaient qu'il avait émigré, d'autres murmuraient qu'il se cachait en réalité dans la région et bénéficiait de complicités.

Ses soupçons se confirmèrent, lorsqu'il vit Anne tendre furtivement son panier à l'apothicaire et celui-ci disparaître aussitôt dans son arrière-boutique. Il réapparut quelques minutes plus tard, et rendit son panier à Anne. Vide, certainement, alors qu'il avait dû contenir des provisions, du linge, ou des objets de première nécessité…

Il n'ignorait pas non plus que Tereza Riou avait trouvé

refuge chez la mère de l'apothicaire. S'il mettait en relation les rumeurs, les quelques mots qu'il avait saisis avant de se faire surprendre par les chiens – « il vous appelle ses bonnes samaritaines » – et ce qu'il venait de voir, la conclusion s'imposait.

Son devoir et son statut lui commandaient de les faire arrêter, toutes autant qu'elles étaient. L'apothicaire et sa mère avec. Les directives du Comité de salut public étaient sur ce point sans ambiguïté : toute aide apportée aux rebelles chouans était passible d'emprisonnement. C'était son devoir de citoyen de la République d'intervenir. Mais il n'en avait aucune envie. Pas la plus petite tentation. Même s'il avait bien conscience de se rendre coupable d'un grave manquement, alors qu'il aurait dû être le premier à respecter les règles.

Cependant, comment aurait-il pu faire arrêter la femme qui hantait ses jours et ses nuits depuis qu'il l'avait rencontrée ? Et comment aurait-il pu priver le père Riou de l'aide que ses « bonnes samaritaines » lui apportaient ? Cet homme s'était dressé, seul, face au comte d'Aubin, un jour de 1777, pour le secourir, lui, alors qu'il était livré à la risée populaire, sur la place de Pléneuf. Christian Riou ne l'avait pas jugé. Même si, ce jour-là, Malo avait cessé de croire à jamais en la justice divine, même s'il avait cessé de croire en l'existence du Créateur, le prêtre lui avait montré, en lui tendant la main, que ce qu'il avait fait méritait la clémence de Dieu.

Dans le hameau où Malo avait grandi, sa famille avait pour voisine une veuve de marin, mère de huit enfants. Alors qu'il était fils unique, Malo considérait un peu cette nombreuse fratrie comme la sienne. Une amitié profonde le liait tout particulièrement à Claudine, l'aînée, car ils étaient les plus proches en âge. Il aimait à penser qu'elle était la sœur qu'il n'avait jamais eue. C'était elle qui gardait ses frères et sœurs, pendant que sa mère, lavandière, se cassait les reins au lavoir, été comme hiver, dans la fournaise ou l'air glacial.

Ce labeur harassant ne suffisait cependant pas toujours à nourrir, habiller et chauffer tout le monde ; il y avait des jours bien sombres dans leur petite maison basse du hameau. Ses parents et lui les aidaient comme ils le pouvaient. Lui-même apportait aux plus jeunes des jouets qui lui avaient appartenu, un bout de ruban à Claudine et aux petites quand il gagnait quelques pièces en aidant, ici et là, dans les fermes.

Cet automne-là, l'année de ses dix-sept ans, le froid était venu bien plus tôt que d'habitude. Ses petits cadeaux n'avaient pas suffi. Pas plus que les rationnements qu'il opérait pour eux sur sa propre nourriture. Claudine, ses frères et sœurs avaient faim. Les caves du château d'Aubin regorgeaient de belles pommes et de belles poires étalées sur des clayettes. Du gibier pendait du plafond, de la viande en salaison reposait dans d'énormes pots sur des étagères. Sans compter les pommes de terre, les carottes dans des caisses de bois, les poireaux encore au potager, les épinards, les choux, que son père faisait pousser. Les réserves de farine et de beurre. Le sel, les œufs…

Une telle profusion, tandis que ses voisins n'avaient rien !

Un matin, très tôt, alors qu'il avait accompagné son père au château, il avait rempli discrètement un sac de fruits, de salaisons et de légumes, dans l'idée de l'apporter, le moment venu, à Claudine et les siens.

Il semblait qu'un des domestiques l'avait vu, car il avait été dénoncé. Alors qu'il quittait le château avec le fruit de son larcin – car, de fait, c'en était un –, il avait été rattrapé par le régisseur, un homme dur et violent, qui l'avait enfermé dans une resserre, le temps qu'un exempt[1] et un garde viennent le chercher.

Il n'avait pas été condamné à la prison – son père avait supplié le comte de se montrer magnanime – mais à passer vingt-quatre heures au pilori, sur la place de Pléneuf. Une humiliation sans nom pour lui, et le sentiment d'une injustice sociale encore plus innommable. Il n'avait pas volé pour lui-même. Des enfants avaient faim !

Que savait le comte d'Aubin de la sensation de se coucher le soir le ventre vide ? Et que pouvait bien lui faire un sac de fruits et de légumes en moins, lui qui avait tous les jours sur sa table de quoi nourrir la moitié du village ? En quoi cela lui aurait-il manqué ? En rien !

Le lendemain, dès l'aube, il s'était retrouvé la tête et les mains dans le carcan fatal. Pendant la majeure partie de la matinée, il avait vu défiler devant lui les villageois. Certains l'examinaient en silence, d'autres riaient ouvertement de lui. Des enfants le regardaient, l'air grave, tandis que leur gouvernante ou leur mère leur expliquait qu'il était un misérable, un voleur, un vaurien, quelqu'un qui n'avait déjà plus droit au salut éternel.

Et puis, le père Riou était arrivé de Plévenon, où il venait de dire la messe. Sa couronne de cheveux gris agitée par le vent, les pans de sa soutane lui battant les jambes, il avait traversé la place au pas de charge. Il avait fendu la foule de gestes impatients, vociféré contre les curieux, les avait renvoyés à leur tâche.

— Vous n'avez donc rien de mieux à faire que vous repaître du supplice de ce malheureux enfant ! Est-ce que quelqu'un a seulement pensé à lui donner à boire ?

Il s'était approché de lui, écartant d'un revers de

1. Officier de police qui procédait aux arrestations.

main le garde posté à côté du pilori, qui prétendait le tenir à distance.

— Délivrez-le immédiatement ! Depuis quand est-ce qu'on torture les enfants, dans ce pays ?

— Sauf vot' respect, m'sieur le curé, c'est un voleur. Encore bien heureux qui soit pas envoyé aux galères !

Quelqu'un avait dû prévenir le père Riou et lui expliquer l'affaire, car il objecta :

— Tout le monde n'est pas le Christ, pour multiplier les pains ! Ce garçon a cru juste de prendre la nourriture là où elle est, pour la donner à ceux qui ont faim ! Qui sommes-nous pour le juger ?

Un murmure avait parcouru l'assemblée qui ne s'était pas dispersée malgré l'injonction du prêtre, et Malo n'avait pu déterminer s'il s'agissait d'un murmure de réprobation ou d'approbation.

— Libérez ce garçon ! avait répété le père Riou au garde.

— Mais, m'sieur le comte a dit...

— Je m'occupe du comte et des autres. Rien ne vous sera reproché, je vous en donne ma parole. Et maintenant, pour l'amour de Dieu, ouvrez ce cadenas !

Ainsi, Malo avait été délivré. Grâce à Christian Riou, il avait échappé à d'autres longues heures d'exposition. Il en avait gardé pour lui une très grande reconnaissance, et en avait conçu une très grande haine du comte d'Aubin.

Il éprouvait une satisfaction infinie à l'idée qu'il était à présent le maître de tout ce qui avait contribué à son humiliation, tandis que Loïc de Keroual, dépossédé de tout, était condamné à l'exil. Son seul regret était de ne pas pouvoir lui faire connaître l'identité de celui qui possédait à présent son château. Même si quelqu'un lui écrivait pour lui apprendre qu'un certain Malo Jakez, commissaire politique, en était désormais le propriétaire, il n'y avait aucune chance que le comte fasse le rapprochement avec le jeune homme humilié. Pour lui, les domestiques étaient interchangeables. Sans doute n'avait-il jamais vraiment regardé son visage.

C'était très peu de temps après ce jour-là qu'il avait embarqué pour la première fois.

La clochette de la porte de l'officine retentit soudain et le tira de ces sombres souvenirs. Anne ressortait.

Elle marqua une pause devant la boutique et parcourut la rue des yeux, comme si elle cherchait quelqu'un. Il eut l'intuition que c'était le cas, et que ce quelqu'un était lui-même. Sans doute s'était-elle aperçue qu'il la suivait.

Il l'avait vue arriver de loin et se diriger vers la place, tandis qu'il achetait du tabac. Il avait eu envie de l'aborder. Il était atterré de la manière dont les choses avaient tourné, le soir du concert. Il aurait voulu lui en apprendre bien plus sur lui-même ! Lui faire comprendre qui il était vraiment.

Il avait rôdé sur la lande, depuis, dans l'espoir de la rencontrer, comme le premier jour. En vain. Elle n'était pas venue, ou pas aux mêmes heures que lui. Il s'était approché du manoir, une fois, bien décidé à y être reçu. Puis il avait fait demi-tour sans qu'Astrolabe ait posé un seul sabot dans l'allée. Aujourd'hui encore, il l'avait suivie à travers le village comme un malfaiteur, désireux de lui parler et incapable de trouver le courage de le faire…

C'était trop bête, cette histoire ! Objectivement, il n'avait fait qu'acquérir le château. Il n'avait pas, *personnellement*, condamné l'oncle d'Anne à l'exil. Ce dernier s'y était condamné tout seul. Elle ne pouvait le tenir pour responsable. Et il n'était pas devenu républicain par soif de sang ou désir d'une quelconque vengeance de caste.

Mais par idéal. Bien sûr, il y avait le domaine d'Aubin et ce qu'il représentait pour lui. La seule entorse à la rectitude de ses engagements. Une entorse temporaire, car, au-delà du plaisir – malsain, il en convenait – de s'en savoir propriétaire, il avait de grands projets pour cet endroit. Des projets généreux. Il devait l'apprendre à Anne, pour effacer l'horreur qu'il avait lue dans ses yeux, dans le salon de réception des Pruvost.

Alors qu'il était persuadé du bien-fondé de ses convictions, il éprouvait le besoin viscéral de se justifier auprès d'elle, d'obtenir, d'une certaine manière, son approbation. *Idée stupide.* Trop de choses les séparaient. Comme elle le lui avait jeté au visage, elle était de noble naissance. Pourtant, il devait essayer…

Elle ne parut pas étonnée de le voir surgir devant elle. Elle avait donc bien remarqué qu'il la suivait. Si son visage ne marquait aucune surprise, elle se rembrunit cependant.

Elle le salua d'un petit hochement de tête et, aussitôt, se détourna, puis esquissa un pas pour s'éloigner. Il eut alors la sensation absurde d'être victime d'une injustice. Elle ne pouvait pas s'en aller comme ça, pas sans écouter ce qu'il avait à lui dire ! Il lui toucha le bras pour la retenir.

— M'accorderiez-vous cinq minutes, mademoiselle de Keroual ?

Elle se tourna à demi vers lui. Il en profita pour chercher son regard. S'il établissait ce lien-là, ce qu'il lirait dans ses yeux l'informerait de ses dispositions vis-à-vis de lui bien plus que n'importe quelle parole. Mais elle se dérobait, fixait un point derrière lui.

— Je ne pense pas…, commença-t-elle.

Il ne la laissa pas terminer. La légère rougeur qui lui colorait les joues indiquait qu'elle n'était pas insensible à sa présence, malgré la distance qu'elle affichait. Il y vit un encouragement.

— Vous étiez furieuse, l'autre soir, chez le commandant, et je le comprends.

Sa respiration s'était légèrement altérée, mais elle refusait toujours de le regarder.

— Furieuse, monsieur ? Le mot est bien faible !

— Les choses ne sont pas uniquement ce qu'elles paraissent, bien souvent.

— Vraiment ? Et comment, selon vous, devraient-elles m'apparaître ?

Elle consentit enfin à tourner complètement la tête vers lui et il sentit toute son irrésolution dans son regard. Elle était troublée, c'était évident. Elle luttait contre elle-même pour lui opposer cette sévérité.

— Un château et ses terres volés à leur légitime propriétaire, puis rachetés à vil prix, j'imagine. Un homme qui se garde bien de m'apprendre qu'il en est l'acquéreur, se doutant de l'accueil qu'il recevrait, et qui, malgré cela, ose me… me…

— Anne…

— Mademoiselle de Keroual !

Elle l'avait repris sèchement, mais son expression n'était pas aussi dure que sa voix.

— Nierez-vous avoir su que le manoir de Keroual et le château d'Aubin appartenaient à la même famille ?

Il l'envisagea, en effet, mais le calcul aurait été à courte vue. Aesa ne l'avait pas reconnu, pas plus que Tereza Riou. Mais d'autres le pourraient. Sans compter qu'il ne parviendrait pas à surveiller ses paroles en permanence : il finirait par lâcher une information et on ferait le rapprochement entre le fils de l'ancien jardinier du château et le commissaire politique nouvellement arrivé. Il n'avait pas honte de ses origines, mais elles redoubleraient peut-être la colère d'Anne. Or, il ne le voulait pas, pas avant d'avoir tenté de renouer avec elle et obtenu un véritable entretien.

— J'aimerais vraiment parler avec vous, reprit-il. Pour vous expliquer, justement, en quoi les choses ne sont pas ce qu'elles paraissent.

Elle lâcha un léger soupir, et il comprit que tout n'était peut-être pas perdu, à condition qu'il ne se montre pas aussi pressant. De toute évidence, elle ruminait encore ce qu'elle avait appris à la soirée musicale.

Aussi enchaîna-t-il :

— Mais je me rends compte que ce n'est pas le bon moment. J'espère sincèrement que ce le sera bientôt.

Elle fit un signe vague, qui pouvait être interprété de différentes manières. Il voulut y voir un « oui ».

Il la suivit des yeux, tandis qu'elle s'éloignait à travers la place, puis entrait dans le magasin de chapeaux. Les choses ne pouvaient pas en rester là entre eux, à cette distance et cette froideur. À ces non-dits et ces malentendus. Il refusait de croire que ce qu'ils avaient partagé dans le jardin du commandant n'avait pas compté pour elle.

Il ne renonçait pas : il fallait qu'elle accepte de le revoir et de l'écouter.

Chapitre 12

2 prairial (21 mai)
Manoir de Keroual

— Est-ce que tu vas te décider à m'expliquer ce qui te contrarie depuis deux jours, Anne ? Tu as l'air d'un lion en cage, tout t'exaspère, je t'entends jurer… Ça ne te ressemble vraiment pas !

Ce qui la contrariait ?

— Tout ! s'écria Anne, prenant conscience, dans le même temps, que cette réponse était inutilement alarmante pour Aesa.

Elle ne pourrait pourtant pas lui raconter la totalité de ce qui l'empêchait de dormir depuis ces derniers jours et qu'elle tournait et retournait dans son esprit.

Pour commencer, il y avait Malo. Malo qui l'avait intriguée malgré elle avec son insistance : *les choses ne sont pas uniquement ce qu'elles paraissent*. Elle regrettait maintenant de ne pas l'avoir écouté. Sans compter qu'en lui battant froid elle avait sottement privé Esper d'une source potentielle d'information.

Puis, il y avait Ronan et la décision qu'il avait prise à propos de son avenir. Ronan qui était, encore une fois, sorti en mer au milieu de la nuit, pour embarquer une famille de cinq personnes et deux prêtres vers l'Angleterre, et qui n'était toujours pas rentré.

Enfin, il y avait cette femme odieuse, venue au manoir, l'avant-veille, pour lui apprendre cette nouvelle si terriblement choquante.

— Tout ? Ce n'est pas un peu excessif, ma belle ? répondit Aesa avec son bon sens et sa faculté à remettre les choses à leur juste place.

C'était le milieu de la matinée. La porte extérieure et la fenêtre de la cuisine étaient grandes ouvertes, l'une sur la cour, l'autre sur l'arrière du manoir. Il faisait frais, le temps était à l'orage, mais un courant d'air bienvenu circulait dans la pièce saturée de l'odeur puissante d'un civet de sanglier qui mijotait sur le fourneau. Il serait accompagné à midi d'une généreuse poêlée de pommes de terre nouvelles.

Aesa, les manches relevées aux coudes, un large torchon coincé dans l'encolure de sa robe pour en protéger le haut, malgré son tablier, fouettait avec une belle énergie une jatte de crème fraîche. À l'autre bout de la table, Anne triait et équeutait des fraises, qui constitueraient le dessert, avec la crème fouettée relevée d'une pointe de sucre.

— Si tu commençais par un bout ? poursuivit Aesa. Yann m'a dit qu'une femme s'était présentée ici pendant qu'Urielle et moi étions au village. À notre retour, elle n'était plus là, mais tu paraissais hors de toi.

— Ce n'est rien de le dire !

Cette visite l'avait en effet mise en colère – elle n'avait d'ailleurs toujours pas décoléré –, mais elle l'avait surtout bouleversée. Aesa avait raison, comme toujours. Mieux valait commencer par un bout, le seul dont elle pouvait lui parler. Son ancienne nourrice serait sûrement de bon conseil, comme d'habitude, d'autant qu'Urielle était impliquée, d'une certaine manière.

— C'était qui ?

— L'épouse d'un magistrat d'Erquy. J'étais dans ma chambre, en train d'écrire à Ninnen, lorsqu'elle est arrivée. Yann l'a fait entrer dans le grand salon, puis il est monté me prévenir. Lorsque je suis descendue, je l'ai surprise en train de fouiller ici et là…

— *Fouiller*, tu es sûre ?

— Elle ouvrait et refermait les tiroirs du cabinet de voyage en bois de rose et ivoire ! Si ce n'est pas fouiller, ça ! Elle ne m'avait pas entendue, et je l'ai regardée faire un moment, pour m'assurer que je ne rêvais pas !

Ce cabinet de voyage avait été celui de sa mère. Il faisait partie des meubles personnels que cette dernière avait apportés à Keroual lors de son mariage, et il contenait encore de précieux objets qui lui avaient appartenu. Un herbier, un carnet de croquis et d'aquarelles, des portraits miniatures de ses frères et elle petits, sa correspondance, et bien d'autres choses. Anne y tenait énormément. Même si, à présent, ce meuble était le sien, elle ne l'utilisait pas et l'avait laissé tel quel, en souvenir. Alors, voir cette femme mettre le nez sans vergogne dans ce qui avait été le jardin secret de celle qu'elle avait perdue…

Tandis qu'elle y repensait, elle attrapa une nouvelle fraise dans le panier, avec une telle brusquerie qu'elle l'écrasa entre ses doigts.

Aesa abandonna sa crème et vint s'asseoir à côté d'elle.

— Mon petit, calme-toi, dit-elle, comme lorsque Anne était enfant, tout en essuyant ses mains maculées de pulpe de fruit avec le coin de son tablier.

Ce geste et ces mots apaisèrent Anne. Aesa était bien la seule personne à qui elle s'autorisait à montrer un peu de faiblesse ou de découragement. Devant tous les autres, elle devait prendre sur elle, être forte.

— Qu'est-ce qu'elle voulait ?

— M'apprendre que Yaël a engrossé sa fille !

Le temps que l'information fasse son chemin, Aesa la fixa, les yeux ronds et la bouche ouverte. Si la situation n'avait pas été aussi préoccupante, Anne aurait ri de son air éberlué et de son visage constellé de crème.

— Doux Jésus, Marie mère de Dieu ! s'exclama Aesa en se signant.

Puis elle fit claquer ses mains l'une contre l'autre, et les pressa sur la bouche.

— Est-ce que c'est vrai, au moins ? s'enquit-elle d'un air soupçonneux. Tu as parlé à ton frère ?

— Hélas oui ! Nous avons discuté le soir même. Je croyais qu'il passait une partie de ses nuits chez la Guéguen, mais pas du tout. Du moins, il a cessé de le faire depuis un moment. Il les passait auprès de la jeune fille.

Même si cela ne réglait pas le problème, c'était bon de parler ! Cela faisait près de quarante-huit heures qu'elle ruminait la nouvelle, qui finissait par l'étouffer.

— Comment ça, il passait ses nuits chez elle ? Les parents ne le recevaient pas, quand même !

— Bien sûr que non ! Il a soudoyé la femme de chambre de la demoiselle, qui l'introduisait en catimini dans la maison par la porte de service. Voilà pourquoi il se servait dans le coffret où je conserve nos liquidités !

Aesa pâlit soudain.

— Yaël a volé de l'argent ?

— Pour payer la domestique et offrir des colifichets à sa belle ! Pendant que Ronan et moi…

Elle s'interrompit, trop furieuse pour continuer.

Aesa lui pressa le bras avec affection.

— Je comprends ta colère, mon petit. Mais il y a

plus important, maintenant. Il y a ce petit enfant à naître ; il n'a rien demandé à personne. Ton frère est sûr d'être le père ?

— Oui.

— Et, cette femme venait pour…

— Qu'il répare l'honneur de sa fille en l'épousant, évidemment.

— Évidemment, répéta Aesa. Est-ce qu'il est amoureux, cet inconscient ?

— Je l'ignore. J'avoue que, dans ma fureur, je ne le lui ai pas demandé. Il savait pour la grossesse, et a seulement dit qu'il se conduirait en gentleman, et demanderait en mariage la jeune fille. Combien de temps aurait-il encore attendu avant de nous mettre au courant, si cette femme ne l'avait pas fait !

— Se conduire en gentleman aurait été de ne pas faire d'enfant à la première venue ! s'insurgea Aesa. Il envisage la suite comment ? Ils vont vivre où ?

Anne se remit machinalement à l'équeutage des fraises.

— Ici, à Keroual.

— Mais … Keroual appartient à Ronan, maintenant.

Anne battit des paupières et fit « non » de la tête.

— Il va partir, nounou !

Elle avait presque crié. Elle lui avait donné sans y penser le surnom de son enfance. Elle le faisait encore parfois, dans les moments où elle se sentait perdue, où le fardeau qu'elle portait devenait trop lourd et où elle aurait vraiment aimé que sa mère soit encore à ses côtés pour la conseiller, ou simplement la prendre dans ses bras.

— Je lui ai parlé, hier soir, reprit-elle d'une voix plus contenue. Il renonce à Keroual et le laisse à Yaël.

Une fois encore, Aesa la fixa, les yeux ronds et la bouche ouverte. Cela faisait trop de nouvelles pour elle. Trop d'événements qui allaient bousculer le rythme du manoir, inchangé depuis dix ans. Bouleverser le cocon qu'elle s'était efforcée de construire autour d'eux, en vertu de la promesse faite à leur mère mourante. Un cocon que Ronan et elle s'étaient déjà bien employés à écorner.

— Qu'est-ce qui nous arrive depuis un an, Anne ? Pourquoi j'ai la sensation que tout s'effrite et m'échappe ? Je voulais tant vous protéger, tous les trois !

— Mais tu l'as fait ! Tu nous as protégés, quand nous étions si fragiles, après la disparition de maman. Ton amour nous a permis de devenir des adultes. Tu n'as failli en rien. À présent, nous sommes en âge de faire des choix, parfois dangereux, comme tu le déplores, ou, dans le cas de Yaël, d'assumer les conséquences de nos actes. Ainsi va la vie.

Cette fois, ce fut elle qui pressa affectueusement les mains d'Aesa, ses mains de travailleuse infatigable aux ongles courts et à la peau sèche. Cherchant son regard, pour bien la convaincre de la véracité de ses propos, elle poursuivit avec douceur :

— Ronan ne se sacrifie pas, sois rassurée sur ce point. Vois-tu, la confiscation du château d'Aubin l'a en réalité libéré d'un poids.

La veille, tous deux étaient sortis à la tombée de la nuit. Ils avaient quitté le manoir et marché au clair de lune sur la petite route qui menait au hameau des Noës. L'air était encore chaud et embaumait le foin.

Ronan avait accueilli sobrement la nouvelle de la future paternité de leur cadet.

— Yaël vivra à Keroual avec sa famille, avait-il aussitôt déclaré.

— Le domaine te revient. Tu n'as pas à renoncer.

On trouvera une solution. J'ignore encore laquelle, mais nous allons y réfléchir ensemble...

— Anne..., l'avait-il interrompue avec beaucoup de douceur. Même sans cette histoire d'enfant et de mariage, je ne comptais pas faire valoir mon droit d'aînesse sur Keroual. J'y ai beaucoup réfléchi, depuis la mort de papa. J'allais bientôt t'en parler.

Elle s'était arrêtée de marcher et l'avait observé, en proie à une sourde inquiétude.

— Ce n'est pas uniquement une question de légitimité. Il s'agit de qui nous sommes et de ce que nous voulons vraiment, avait-il poursuivi. Yaël et moi avons su de longue date quelle serait notre place, notre rôle. Du moins, jusqu'à ce que les événements de 1789-1790 emportent nos certitudes.

Elle comprenait ce qu'il voulait dire.

— C'est vrai. Dès qu'il a été évident que Ninnen n'aurait pas de frère, votre avenir a été scellé : à toi le titre de comte, le château d'Aubin, les terres et les fermes, à Yaël notre cher Keroual et ses métairies.

— Exactement ! C'est pourquoi il est hors de question que je le dépossède de ce qu'il considère depuis des années comme son héritage, tu comprends ? Surtout maintenant qu'il va avoir charge de famille.

— Qu'est-ce que tu vas faire, alors ?

— Dans un premier temps, j'ai l'intention de rejoindre notre oncle en Angleterre. Ensuite, je ne sais pas.

Voilà... La crainte confuse qui dormait au fond d'elle depuis toujours, et sur laquelle elle n'avait jamais voulu mettre de mots, s'était réveillée et lui mordait le ventre comme un animal sournois. Son jumeau, son autre elle-même, allait rompre leur fusion originelle. En vingt-sept ans, ils n'avaient pas dû passer plus de dix journées entières loin l'un de l'autre, et toujours avec la certitude de se retrouver bientôt. Mais là… Là, c'était très différent.

— Comment t'expliquer, Anne ? Jusqu'à mes vingt-trois ans, je ne me suis jamais demandé ce que je voulais véritablement. J'ai commencé à apprendre auprès d'oncle Loïc ce que je devais savoir en tant que futur comte, puis… toutes ces choses sont arrivées, qui ont détruit ce qui aurait dû constituer mon avenir.

— Et maintenant que tout cela n'est plus, devina-t-elle, tu peux enfin t'écouter…

— Oui. Et ce que je comprends de moi, c'est que je n'ai pas l'âme d'un propriétaire terrien, dont la tâche est de diriger, conserver, faire fructifier, dans le but de transmettre. Tu sais, Yaël est exactement le maître qu'il faut pour Keroual. C'est un terrien, au fond, un vrai, contrairement à moi, et un organisateur, en dépit de sa nonchalance.

— Il ne l'a guère montré jusque-là, lâcha-t-elle, amère.

— Laisse-lui un peu de temps, il te prouvera que je ne me trompe pas.

Anne, elle, en doutait, même si elle ne demandait qu'à en être convaincue. Peut-être Yaël n'avait-il besoin que d'une bonne motivation : celle d'apprendre qu'il n'avait pas perdu son héritage. Était-ce vraiment aussi simple que cela ? Leur frère n'avait-il agi, ces derniers mois, avec autant de frivolité que parce qu'il avait vu s'effondrer les certitudes qui l'avaient défini jusque-là ?

— J'aimerais tant te croire ! Et… pour l'aide aux émigrés ? Tu as donc décidé d'arrêter ?

— J'ai quatre passages à faire d'ici la fin du mois. J'honorerai ces engagements, puis je m'en irai. Ensuite…

Il eut ce geste familier de la main qui signifiait : « On verra bien, il est trop tôt pour y penser. »

Elle ne lui avait rien confié de son désarroi, qui s'ajoutait à tant d'autres troubles et inquiétudes.

Ils étaient rentrés au manoir en silence, mais elle savait que, tout comme elle, Ronan redoutait les effets inconnus de cette future séparation.

Anne rapporta brièvement cette conversation à Aesa, qui hocha la tête et essuya une larme furtive avec le coin du torchon.

— Bien, dit-elle, bien... Mais toi, Anne ? Que deviendras-tu, dans tout ça ?

— Je n'y ai pas encore réfléchi. Cette nouvelle m'est tombée sur la tête comme un coup de massue. Toi, il faudra que tu restes au manoir. Yaël aura besoin de toi. Il est encore si immature ! Tu seras la voix de sa raison.

Quant à Urielle... Anne préférait ne pas penser à la réaction de sa sœur de lait, lorsqu'elle apprendrait le mariage de Yaël et l'arrivée de cet enfant. Empêtrée dans ses propres soucis sentimentaux, emportée par les événements qui s'étaient précipités, tant du côté de Malo que du côté de la rébellion, elle n'avait pas été très disponible pour elle, ces derniers temps.

Comment allait-elle lui annoncer la nouvelle ?

Un gémissement étouffé leur parvint soudain depuis la fenêtre ouverte. Urielle ?

Non, non, non ! Pas comme ça ! Elle n'aurait pas dû l'apprendre comme ça !

Le regard alarmé que lui adressa Aesa indiqua à Anne qu'elle avait deviné, elle aussi, le secret de sa fille.

Anne se précipita à la fenêtre. Urielle s'était élancée dans l'allée en pleurant. Le bruit de ses sanglots et de sa respiration hachée lui parvenait malgré la distance.

Elle courait de façon désordonnée, trébuchant à moitié dans ses jupes.

Anne quitta aussitôt la cuisine, gagna la cour et se lança à sa poursuite.

— Urielle ! appela-t-elle. Urielle, attends !

Quand tout cela s'arrêterait-il enfin ? Quelle dose d'inquiétude, d'anxiété, de douleur ou de chagrin un être humain pouvait-il endurer, avant de perdre la tête ?

Urielle filait toujours. Ses bras battaient l'air, comme si elle essayait désespérément de s'envoler. Le ruban qui retenait sa tresse était tombé, et ses longs cheveux blonds flottaient dans son dos. Elle était l'image même de l'affolement et de la désolation. Pourquoi fallait-il toujours souffrir ? Pourquoi les événements ne s'agençaient-ils jamais au mieux des souhaits de chacun ?

Chapitre 13

Les préparatifs s'enchaînèrent assez vite, après cela. La situation ne pouvait guère attendre. Les parents de Liz Sénéchal, la fiancée de Yaël, puisqu'il y avait fiancée désormais, souhaitaient que le mariage ait lieu le plus vite possible, ce qu'Anne comprenait fort bien. Avec une couturière habile, la grossesse de Liz ne serait peut-être pas encore visible, le jour de la célébration, mais peu de personnes seraient dupes, plus tard, lorsque son ventre s'arrondirait sans ambiguïté, puis que l'enfant viendrait au monde. Tout le monde saurait alors que Pâques avait été fêté avant les Rameaux.

Grâce à son statut de magistrat, le père de Liz avait obtenu une publication très rapide des bans, et la date de la cérémonie avait été fixée au 16 prairial. Elle se déroulerait à l'église de Plévenon en fin d'après-midi. Quant au repas du soir, il se ferait au manoir et serait suivi d'un bal.

La question du lieu – le petit hôtel particulier des Sénéchal à Erquy ou le manoir de Keroual – n'avait pas vraiment fait débat. Charlotte Sénéchal, la mère de Liz, avait argué que le manoir était un décor bien plus majestueux pour un mariage, et que le jardin offrait des possibilités qu'eux-mêmes ne pourraient proposer aux invités.

Elle semblait ravie de voir sa fille entrer dans leur famille. Anne se demandait bien pourquoi. Les branches d'Aubin, l'aînée comme la cadette, avaient perdu une part très importante de leurs richesses, les titres de noblesse attachés aux deux domaines n'existaient plus depuis 1790 – l'un de ces domaines, d'ailleurs, ne leur appartenait plus ! – et se marier dans la précipitation, à bientôt cinq mois de grossesse, n'était pas le meilleur viatique pour l'avenir. Sans doute le prestige de l'aristocratie, même relégué au rang de souvenir honni de la moitié de la population, exerçait-il encore un peu son emprise sur elle.

Elle avait aussitôt pris en main la direction de l'organisation, lancé de nombreuses idées d'aménagement du jardin, pour que le repas y soit servi, établi plusieurs menus possibles et... bousculé dans ses prérogatives une Aesa qu'Anne entendait grogner toute seule dans la cuisine par moments.

Même si Charlotte avait tendance à agir en maîtresse des lieux, Anne devait bien convenir que cela l'arrangeait. La préparation de la rencontre entre les chefs de la rébellion bretonne, le départ annoncé de Ronan... Malo, qui la troublait au-delà du raisonnable, alors qu'il n'aurait pas dû occuper à ce point ses pensées... Tant de choses la préoccupaient qu'elle se sentait soulagée, au fond, que la mère de Liz fasse à sa place ce que sa propre mère aurait fait, si elle avait encore été là. Elle s'était efforcée d'oublier la mauvaise impression que Charlotte lui avait faite, le jour de leur rencontre, et rendait grâce à son efficacité.

Il ne se passait plus un jour sans qu'elle ne reçoive un billet qui l'informait des démarches effectuées :

location de mobilier et de tentes pour le jardin, d'une estrade pour les musiciens, suggestions à propos de la décoration florale des tables, de celle de l'intérieur du manoir, de l'église, choix des faire-part et des invitations. La tête lui en tournait !

Elle faisait des efforts méritoires pour s'y intéresser et lui répondre : après tout, le futur marié était son petit frère. Mais elle n'avait pas la tête à la fête.

Depuis le moment où elle avait surpris leur conversation sous la fenêtre de la cuisine, Urielle était la tristesse même. Elle leur avait fait jurer, à Aesa et elle, de ne pas trahir son secret. Jamais Yaël ne devait apprendre qu'elle éprouvait de l'amour pour lui. Elles avaient juré. Urielle essayait de faire bonne figure, de conserver son attitude habituelle, mais Anne voyait bien à quel point il en coûtait à sa sœur de lait, et elle en avait le cœur brisé.

Elle aurait voulu que tous ceux qu'elle aimait soient heureux. Hélas, le vent de changement qui soufflait sur la France depuis bientôt cinq ans était en train d'emporter dans ses rafales le tranquille équilibre que, bon an mal an depuis la disparition de sa mère, ils avaient réussi à se construire tous ensemble. Le cocon protecteur éclatait d'un coup, la famille s'éparpillait. Et pour quels destins ? Yaël, contraint par l'honneur d'épouser une jeune fille que, probablement, il n'aimait pas d'un amour profond. Ronan, qui partait à l'aventure comme une plume emportée par la brise, sans projet véritable. Urielle, obligée de voir celui qu'elle aimait en épouser une autre.

Quant à elle… Elle avait fait des choix. Elle s'était engagée dans une cause qui devait primer sur tout. Il n'y avait pas de place pour le rêve ni l'amour.

Un soir, après le souper, Urielle et elle allèrent faire un tour dans le jardin, pour profiter de la douceur de l'air. Était-ce à cause du crépuscule naissant ? Du contour des choses qui s'estompait ? Des doux parfums dont le printemps les enveloppait ? Urielle, qui avait refusé jusque-là de s'épancher à propos de ses sentiments et qui faisait la brave, lui parla à cœur ouvert.

— C'est au-dessus de mes forces, Anne… Au-dessus de mes forces !

— Je sais…

Elle la prit dans ses bras et Urielle éclata en sanglots.

— Oh ! Urielle… Ma chérie !

Elle la laissa pleurer, désolée d'être impuissante à soulager sa peine. Lorsque les larmes d'Urielle se calmèrent, elles allèrent s'asseoir sur un petit banc, près du mur à l'échauguette. Les pierres avaient emmagasiné la chaleur de l'après-midi, et la leur restituaient.

— Je ne pourrai pas rester au manoir, après le mariage.

Anne lui prit les mains et les pressa affectueusement.

— Je comprends. Personne n'exigera cela de toi.

— Qu'est-ce que je vais faire ? Où est-ce que je vais aller ?

L'annonce de cette grossesse et l'organisation précipitée du mariage n'avaient pas non plus laissé à Anne le temps de réfléchir en détail aux implications matérielles et à leur solution.

Elle répondit cependant :

— Les Prigent ont fait savoir il y a peu qu'ils laisseraient la métairie à la Saint-Martin. Ils prennent de l'âge et veulent aller vivre à Saint-Brieuc, auprès de leur fille et de leur gendre. Comme la ferme appartient au domaine, nous pourrions y habiter toutes les deux.

— Nous ? Mais… Yaël ne te chasse pas.

— Bien sûr que non ! Pas plus que toi, d'ailleurs. Ce serait simplement en attendant de meilleures perspectives.

Elle ignorait totalement ce que pourraient être ces perspectives, mais cet arrangement temporaire lui donnerait le temps d'y réfléchir.

— Tu ne vas tout de même pas vivre dans une ferme, Anne !

— Et pourquoi pas ? Il faut bien s'adapter aux temps qui courent…

— Rien ne t'oblige à te sacrifier pour moi. Tu seras bien mieux si tu restes à Keroual.

— Non. Si tu ne te vois pas y vivre avec…

Elle allait dire « Yaël et sa femme », mais elle laissa la phrase en suspens, craignant d'évoquer l'idée d'une famille devant Urielle, et enchaîna :

— … Moi, je ne me vois pas rester au manoir dans le rôle de la tante vieille fille et dévouée, même si j'aime énormément mon frère. J'ai du bien personnel, une petite rente qui me vient du côté de ma mère, et la vente des collections de notre père nous a fourni des liquidités non négligeables. Nous vivrons ensemble en amies, comme depuis toujours.

— À la Saint-Martin, tu dis ? répéta Urielle. C'est dans six mois d'ici.

Elle secoua la tête et deux larmes roulèrent sur ses joues.

— Je ne pourrai pas, Anne. Pas six mois avec…

Elle s'interrompit et se détourna pour écraser ses larmes. Anne n'eut aucun mal à compléter mentalement : « … avec, sous les yeux en permanence, le gros ventre de Liz ».

— Il y aurait peut-être une autre possibilité…

Urielle fixa sur elle un regard plein d'espoir.

— Une tante de mon père vivait à Matignon, dans une maison de ville. Il nous emmenait lui rendre visite, de temps en temps, quand nous étions petits. Papa l'a louée quelques années, après le décès de cette femme, mais l'endroit est inoccupé depuis quatre ou cinq ans.

— Une petite maison à Matignon, oui ! Ça, c'est une idée… Ce serait suffisamment près pour que maman et moi puissions nous voir souvent, et j'y trouverai plus facilement du travail qu'à Plévenon.

— Pas vraiment petite. Si je me souviens bien, il s'agit d'une maison de maître de sept ou huit pièces, avec un escalier à vis dans une tour Renaissance. La façade donne sur la rue principale et, derrière, se trouve un jardin clos avec quelques arbres fruitiers. J'ignore dans quel état elle est, en revanche, ajouta Anne prudemment. Et puis, tu ne serais pas obligée de travailler, tu sais.

— Si, Anne. Jusqu'à présent, j'ai fait ma part au manoir, mais à Matignon je ne pourrai pas accepter de vivre uniquement de ta générosité. Grâce à la bonté de tes parents, à leur largesse d'esprit, j'ai eu, moi, la bâtarde d'une nourrice, une très bonne éducation.

— Ne te qualifie pas de bâtarde, Urielle, l'interrompit Anne, tu n'en as jamais été une pour nous, mais un membre de la famille !

— C'est pour cela que je parle de bonté et de largesse d'esprit, comme bien peu de gens en ont. Il n'empêche. Lorsque nous aurons emménagé dans cette maison, je travaillerai. Je pourrai enseigner dans une école de filles, ou être dame de compagnie. Et peu importe si l'endroit est défraîchi ! Je mettrai les bouchées doubles pour le rendre habitable.

Chapitre 14

7 prairial (26 mai)
Manoir de Keroual

Le lendemain dans la matinée, on apporta à Anne une lettre de Malo. Un court billet, plus exactement, dans lequel il revenait sur leur dernière entrevue et renouvelait son souhait de s'entretenir avec elle.

Anne,

J'ai commencé mille fois une lettre pour vous expliquer longuement qui je suis, vous exposer mes projets, et, mille fois, je l'ai déchirée. Je ne suis pas un littérateur et je préférerais vous parler en tête à tête. Les paroles me viennent plus facilement que les grandes phrases.

Je ne vous connais pas beaucoup, mais je ne pense pas que vous soyez le genre de personne à faire le procès d'un homme sans entendre ses justifications.

L'argument ne la laissa pas insensible, car c'était pourtant ce qu'elle avait fait : par deux fois – devant chez le commandant, le soir du concert, puis à Plévenon devant l'apothicairerie –, elle n'avait pas permis qu'il y ait de véritable dialogue entre eux.

Offrez-moi une chance de vous expliquer qui je suis et pourquoi j'ai fait certains choix.

Pourquoi tenait-il tant à se justifier auprès d'elle ? Se pouvait-il que son avis lui importe ? Cette pensée la titilla agréablement, mais elle lui fit vite barrage, non sans mal.

Malo terminait en lui fixant un rendez-vous.

Retrouvons-nous cet après-midi, sur la lande, voulez-vous ? Au pied du phare. 16 heures, est-ce que ce serait possible ? Sinon, je vous y attendrai demain à la même heure, et après-demain encore. J'espère vraiment que vous viendrez !

Soyez assurée de toute ma considération,

Malo Jakez

C'était un rendez-vous assez peu formel, mais depuis l'épisode du nez cassé, aucune de leur rencontre n'avait vraiment été formelle.

Elle aurait pu lui envoyer une réponse au fort, un refus net d'avoir la moindre conversation privée avec lui. Elle ne le fit pas. Elle voulait se donner le temps de réfléchir.

Plage des Sables-d'Or

La plage était déserte à cette heure de l'après-midi. Anne chevauchait au pas, à la lisière de l'eau. Linotte, sa jument de selle, devait sentir sa mélancolie, car elle s'appliquait à placer posément une patte devant l'autre sur ce terrain de jeu où, d'ordinaire, Anne la lançait au grand galop, et riait des gerbes d'écume qu'elles soulevaient sur leur passage.

Il était 16 heures passées et elle ignorait encore si elle

rejoindrait Malo au lieu fixé. Elle éprouvait le besoin de réfléchir, de mettre de l'ordre dans la tempête d'émotions qui l'agitait, loin de la ruche qu'était devenu le manoir. C'est pourquoi elle avait décidé de faire le détour par cet endroit où Ronan et elle aimaient particulièrement venir à cheval.

L'anse de sable blond, très large et très profonde, constituait une particularité géographique rare autour du cap, dont le bas des falaises abritait plutôt une multitude de criques à l'accès difficile, parfois même impossible par la terre.

Les nuages s'amoncelaient peu à peu au-dessus de sa tête, à l'image de son humeur ; il pleuvrait sûrement plus tard. Pour le moment, une lumière douce, voilée, fondait la mer et le ciel en une même étendue bleu argenté, qu'interrompait par endroits une crête d'écume ou une trouée d'azur pâle. Les vagues s'échouaient mollement sur la grève, gagnaient du terrain à vue d'œil avec la marée, et leur clapotement régulier berçait sa morosité.

Quoi que Malo puisse lui dire, quelle que soit l'histoire qu'il ait à lui raconter, il demeurait le commissaire politique chargé de sa perte, même s'il l'ignorait. Il y avait un gouffre entre eux, un gouffre dont il n'avait pas connaissance, mais qu'en aucun cas elle ne devait essayer de franchir, sous peine d'y perdre la vie. Et c'était bien le plus terrible…

Si Esper devait se tenir aussi loin de lui que possible, Anne n'aspirait qu'à le voir, l'entendre, le serrer contre elle et sentir ses mains, sa bouche sur sa peau. Cet élan charnel qui la poussait vers lui depuis leur premier baiser dans la cour du manoir la bouleversait par sa force et sa nouveauté, et la grisait à la fois. Elle s'était sentie si incroyablement vivante dans ses bras ! Tout comme

Esper se sentait incroyablement vivante, les nuits où elle partait en mission, le frisson du danger en bandoulière.

Elle n'aurait pas dû se trouver là, à hésiter entre rentrer au manoir et filer sur la lande. Elle n'aurait pas dû hésiter entre les intérêts supérieurs qu'elle servait, aux côtés de Boishardy et des autres chefs rebelles, et ce mouvement de tout son être vers Malo. Qu'étaient les émois de la chair, face aux idéaux ? Sa raison répondait « rien ». Son corps et son âme, eux, criaient « tout, quand il s'agit de lui » ! Était-elle en train de tomber amoureuse ? Il ne le fallait pas, non. C'était la pire chose qui pouvait lui arriver, hormis l'arrestation d'Esper. Lutter contre le désir, elle s'en sentait capable. Mais lutter contre les sentiments…

Elle s'aperçut soudain que Linotte avait à présent les sabots et la moitié des jarrets dans l'eau. Il était temps de rejoindre la terre ferme et de prendre une décision : retour au manoir ou chemin de la lande ? Le ciel s'était encore assombri et il lui sembla recevoir d'infimes gouttes de pluie. Elle grimpa l'étroit talus d'herbes folles pour regagner le chemin caillouteux. À gauche ou à droite ?

Elle se décida brusquement, et lança sa monture au galop vers le hameau de La Latte.

Elle y était venue, seule, quelques jours auparavant, pour rendre le petit pingouin torda à son milieu naturel et à ses congénères. Dès qu'elle avait ouvert le panier à rabats dans lequel elle l'avait transporté, il s'était élevé dans le ciel. Il avait tournoyé quelques secondes au-dessus de sa tête, comme pour la remercier de ses soins, puis il s'était éloigné vers le large, poussant des cris rauques.

Elle l'avait suivi des yeux, autant qu'elle l'avait pu. Lorsqu'il n'avait plus été qu'un point minuscule dans l'azur, elle était repartie. Elle n'avait pas eu envie de s'attarder. Le souvenir de sa rencontre avec Malo, à quelques pas de là, était trop vif.

Elle laissa Linotte aux bons soins d'un palefrenier que son père connaissait bien, comme chaque fois qu'elle venait ici, puis gagna à longues enjambées la pointe du cap.

Lande de Fréhel

Anne, si vous saviez avec quelle impatience je vous attends ! J'aligne les mots dans ma tête, je les pèse, les trie… J'espère trouver ceux qui ne feront pas naître à nouveau sur votre visage cette expression qui m'a tant blessé, l'autre jour. Je l'avais pourtant anticipée, cette haine, mais je n'avais pas imaginé qu'elle m'affecterait autant. Pas plus que je n'avais imaginé rencontrer sur cette lande que j'aime, qui a si souvent nourri mes rêves de voyages, une femme telle que vous.

Vous aviez neuf ou dix ans, quand je suis parti à la rencontre de ces rêves. Vous n'étiez qu'une silhouette enfantine entraperçue dans le jardin de Keroual, tout comme je n'étais pour vous que cet adolescent mal habillé, dégingandé et un peu ridicule, qui arrivait dans sa vieille carriole, pour déposer ses paniers à l'office. Il y avait loin, bien loin, alors, de ce garçon de presque dix-sept ans au corsaire qui, de votre propre aveu, vous a impressionnée, ainsi que vos amies – vos complices, plutôt – par le récit de certains de ses exploits.

C'est l'histoire de ce garçon, puis de cet homme gagné aux idées de Voltaire, Diderot, Montesquieu, Rousseau, Condorcet, que je voudrais vous raconter. C'est le parcours de cet autodidacte, qui n'a jamais compté que sur lui-même pour devenir ce qu'il est aujourd'hui. Pour que vous compreniez pourquoi j'ai accepté la mission qui m'a fait revenir au pays, moi qui n'ai quitté mon bateau, quinze ans durant, que pour de courtes escales dans les ports du monde.

Mais je sais déjà que je passerai bien des éléments sous silence, pour ne pas compromettre ma mission présente. Je ne vous révélerai pas que j'ai grandi tout près de vous, pas plus que je ne révélerai à quiconque ma bonne connaissance des sentiers de faux saulniers et des grottes qui émaillent les falaises de notre si beau cap.

C'est ma botte secrète, non pas contre vous, mais contre ceux que je dois combattre. Il y a bien peu de risques qu'une demoiselle de qualité comme vous fraye avec cet Esper ou ses acolytes, bien peu de connexions possibles. Mais une parole innocemment répétée, qui sait le chemin qu'elle peut parcourir et quelles oreilles elle peut atteindre.

Je souhaite avant tout vous parler de cette ambition que je nourris pour le château de votre oncle. Je ne peux croire que vous ne m'approuverez p…

Brusquement, elle fut devant lui. Telle qu'il l'avait vue la première fois. Avec sa redingote et ses bottes de cavalière.

Il l'enveloppa d'un regard ébloui. Comme il aimait cette Anne-là, libre et sûre d'elle ! Autant que la jeune femme en robe et dentelles, peut-être même plus.

Son tricorne posé légèrement de biais sur ses cheveux noirs, elle le fixait de ses beaux yeux verts, dans lesquels, à son grand soulagement, il ne décela aucune animosité. Le ciel, couvert un instant plus tôt et annonciateur de pluie, s'était déchiré, comme cela arrivait si fréquemment en Bretagne. De la trouée bleue ainsi dégagée ruisselait une lumière pailletée d'or qui la nimbait, telle une apparition.

Elle était venue…

Il se leva d'un bond de la marche sur laquelle il s'était

assis pour l'attendre, devant la porte du phare, abasourdi par l'émotion qui s'emparait de lui.

Il descendit promptement les deux autres marches et saisit sa main fine pour lui faire un baisemain.

— Merci d'être là, Anne.

Il adorait la douceur de son prénom. Chaque fois qu'il le prononçait, il avait l'impression de la caresser. Il traînait sur le « n », comme si le bout de ses doigts glissait indéfiniment sur sa peau dorée par le grand air. Encore une chose qu'il aimait, chez elle, quand tant de femmes exhibaient, sous leurs ombrelles ou leurs chapeaux à larges bords, une pâleur de poupée maladive.

Elle parut troublée par ce geste ; il lui sembla que ses doigts tremblaient légèrement. Se pouvait-il qu'elle ne le déteste pas autant qu'il le croyait ? Se pouvait-il que son contact l'émeuve encore, malgré leur altercation devant l'hôtel particulier des Pruvost, puis la manière très distante dont elle l'avait accueilli, en sortant de l'officine de l'apothicaire ?

— Jusqu'à peu, je n'étais pas certaine de vous rejoindre.

Il porta une nouvelle fois sa main à ses lèvres, jouant de son trouble, heureux de voir sa bouche s'entrouvrir pour laisser échapper ce qui ressemblait fort à un soupir lascif.

— Mais vous l'avez fait, souligna-t-il. C'est donc que je vous intéresse un peu ?

La question était audacieuse, et il craignit aussitôt d'être allé vite en besogne, de lui paraître présomptueux.

Ce qu'elle confirma en lui retirant sa main, et en déclarant avec brusquerie :

— Vous avez dit vouloir me parler, monsieur. Eh bien, me voici, je vous écoute.

Ce « monsieur » fit éclater d'un coup la petite bulle de bonheur qui maintenait Malo au-dessus du sol depuis quelques minutes. Il chercha aussitôt son regard : il était plus amène que ses paroles. Les yeux ne trompent pas. Il reprit confiance.

Oh ! pourquoi était-elle ici ? Sa volonté faiblissait, quand il était près d'elle, quand il la touchait. Et ce n'était pas sa pauvre tentative pour le maintenir à distance par des paroles un peu sèches qui l'aiderait. Il était si beau ! Elle se sentait défaillir, lorsqu'elle le regardait. Elle n'était pas une jeune fille ignorante des choses de l'amour. Elle savait ce que son corps réclamait et dont Malo lui avait donné un avant-goût, dans le jardin du commandant. Il exerçait une telle attraction sur elle !

Mais c'était avant qu'elle ne sache qui il était. À présent, la donne avait changé. La raison devait primer. Elle devait en trouver la force ! Hélas, cela semblait assez mal parti.

En un autre pays, peut-être, en une autre époque, elle aurait pu se laisser aller à rêver. Elle aurait pu lui tendre les lèvres, tandis qu'il sondait son regard, et que le bleu profond de ses yeux lui parlait de terres lointaines où ils n'auraient pu vivre que pour s'aimer. Or, ici et maintenant, elle était Esper, et Malo celui désigné pour la traquer. Elle était folle d'avoir cédé à la tentation de le revoir en tête à tête. Elle devait repartir. Tout de suite. Sans l'écouter.

— Si nous marchions un peu, proposa-t-il, avant qu'elle ait pu ouvrir la bouche pour prendre congé.

Il avait l'air nerveux, lui aussi.

— J'aimerais vous expliquer mon grand projet, ce à quoi je souhaite dédier le château d'Aubin.

Dédier le château ? Comment cela ?

Elle demanda, malgré sa résolution de faire demi-tour :

— Votre grand projet ? Vous n'entendez pas simplement l'habiter ?

Plus question de tourner les talons pour l'instant, il avait piqué sa curiosité.

— Je vous l'ai dit, l'autre soir, je suis un enfant du peuple. Ce que je possède, je ne l'ai pas trouvé dans ma corbeille de naissance. Je l'ai acquis à force de volonté. J'ai travaillé dur pour l'obtenir, car je suis parti de rien et je n'ai pas reçu d'éducation.

Elle jeta un coup d'œil à sa stature puissante, son habit bien coupé, ses bottes de cuir souple, son gilet brodé, sa chemise de toile fine. Puis elle essaya de l'imaginer enfant, vêtu de coton grossier, mal chaussé peut-être, courant les rues... De quel endroit, au fait ? Où avait-il grandi exactement ? Près de la mer, pour avoir eu l'envie de naviguer. Il se nommait Jakez. Un patronyme représentatif. Avait-il vécu en Bretagne, ou bien portait-il seulement le nom d'un lointain ancêtre breton ?

Elle voulut le lui demander, mais il reprit :

— À ceux qui, comme moi, n'ont pas eu la chance d'apprendre, il est difficile de gravir les échelons de la société. Et ce, malgré leurs capacités.

— À l'inverse, commenta-t-elle, bien des responsabilités ont été confiées à des incapables, uniquement parce qu'ils ont eu les moyens de s'acheter une charge ou de l'offrir à un fils ou un neveu.

Elle défendait, certes, une certaine idée de la royauté, mais elle aspirait à une société qui ne reposerait pas sur le seul pouvoir de l'argent.

Malo poursuivit son explication, même si elle ne comprenait pas encore très bien le rapport avec le château d'Aubin.

— Pour ne parler que de ce que je connais le mieux, un matelot reste un matelot le plus souvent. Un très petit nombre d'entre eux peuvent espérer devenir gabier, enseigne ou lieutenant. Encore moins peuvent obtenir un grade de commandement. Je ne trouve pas que cela soit juste, parce que, la plupart du temps, ce n'est pas une question de qualités personnelles, d'effort, ou de ténacité.

— Cela va probablement vous surprendre, mais je partage votre point de vue.

Il lui lança un coup d'œil étonné, tandis qu'ils avançaient, côte à côte, sur l'étroit sentier de terre.

— Dès que j'ai été en âge de penser par moi-même, enchaîna-t-elle, j'ai compris que je n'étais noble que par le hasard de ma naissance. Je n'ai jamais pensé que cela faisait de moi quelqu'un de meilleur, de plus intelligent ou de plus méritant que les métayers de mon père, par exemple, ou que ma sœur de lait. L'abolition des privilèges m'a montré que j'avais raison, ajouta-t-elle avec une grimace désabusée. J'ai cependant eu la chance de recevoir une bonne éducation. Cela me servira quoi qu'il advienne. Mais ne reprenons pas notre dispute de l'autre soir. Un grand projet pour le château, disiez-vous ?

Ne reprenons pas notre dispute. Lui tendait-elle un rameau d'olivier ? Pourvu que ce soit bien cela ! Elle avait la tête légèrement tournée à l'opposé de lui ; à cause du tricorne, il ne voyait que l'arrondi de sa joue et le coin de sa bouche rose. Une joue si joliment veloutée, une bouche terriblement tentante...

Il la désirait comme il n'avait jamais désiré personne, et cela pour une raison toute simple, qui le frappait à cet instant de son évidence : il l'aimait ! Ruben avait raison. Cupidon l'avait frappé de sa flèche. Comment cela avait-il pu arriver ? Il avait si bien verrouillé son cœur !

Des quelques femmes qu'il avait croisées durant ses brefs passages à terre, il avait accepté uniquement ce qu'elles étaient disposées à lui donner : un moment de plaisir et d'oubli. Et voilà qu'il était amoureux ! Cet amour le submergeait à présent, comme l'eau d'une digue qui vient brutalement de céder submerge tout sur son passage.

Il stoppa net, effaré par cette révélation.

Anne s'arrêta également, et leva vers lui des yeux interrogateurs.

— Alors ? Ce projet ? s'impatienta-t-elle.

Il devait plus que jamais la convaincre qu'il n'était pas un mauvais homme. Il devait plus que jamais la convaincre de la justesse de ses motivations. Il en avait tant besoin ! Il ne pourrait plus supporter son mépris ou sa haine, maintenant.

— J'ai l'intention de faire de l'ensemble de la propriété une école de marine, et non pas d'y vivre en châtelain, même si je l'habite en ce moment.

— Une école ?

— De marine. Gratuite. Elle accueillera des enfants du peuple qui y recevront une éducation de base. Et ceux qui le souhaiteront seront formés pour occuper ensuite des postes d'officiers.

Il n'était pas un simple opportuniste en quête de vengeance. Tandis qu'il guettait la réaction d'Anne, sa haine pour le comte d'Aubin lui parut complètement secondaire. Lorsqu'elle réagit à son annonce par un sourire radieux, elle disparut même complètement.

— Je vous avoue que j'ai eu très mauvaise opinion de vous, l'autre soir, à plus d'un égard. Mais je dois reconnaître que ce projet est très généreux. Vous êtes le vivant exemple de ce que vous défendez.

— Non, j'en suis malheureusement le vivant contre-exemple. Si je suis assez vite devenu capitaine de navire, mon histoire est loin d'être celle de la majorité des hommes du peuple. Je sais qu'au fond de vous vous approuvez.

Le jeune Le Bihan m'a appris tout ce que votre père et vous-même avez fait pour sa famille. Pas plus que moi, vous ne supportez l'iniquité et la misère.

— Vous connaissez Mathéo ? Il vous a parlé de moi ?

— Il a été affecté au fort, comme vous le savez sans doute. J'ai discuté avec lui plusieurs fois. Typiquement le genre de garçon qui aurait eu sa place dans mon école. Courageux et débrouillard. J'ai de la sympathie pour lui.

— Alors, faites qu'il reste au fort et ne soit pas envoyé au combat loin d'ici. Sa famille a déjà beaucoup souffert.

— Ce n'est pas à moi d'en décider. Mes pouvoirs ne vont pas jusque-là. Mais je vous promets de veiller sur votre protégé autant que je le pourrai.

— Merci ! Il y a quelque chose que j'aimerais savoir… Comment un ancien corsaire du roi, désireux d'aider ses semblables, peut-il devenir commissaire politique ?

Elle était à la fois désarçonnée par cette facette qu'elle découvrait de Malo et reconnaissante pour Mathéo.

— Traquer des gens pour les envoyer à la guillotine et, en même temps, songer au bien ? poursuivit-elle.

Elle ne comprenait plus. Il y avait bien trop de Malo en lui, tout à coup, sans compter celui qui lui inspirait ce désir inextinguible, en dépit de sa volonté de demeurer de marbre.

— Pour moi, les deux ne sont pas incompatibles, le premier n'étant que temporaire et conjoncturel. Mais nous entrons là dans une autre partie de mon histoire…, murmura-t-il en lui prenant les mains en un geste très doux, que je ne souhaite pas aborder aujourd'hui. N'allons pas plus loin sur le sujet. Ne nous disputons pas, c'est vous qui l'avez demandé.

Sur ces mots, il se pencha et couvrit ses mains, ses poignets, de baisers.

Elle se sentit aussitôt flancher. Elle n'aurait pas dû lui

permettre de la toucher. Mais la douceur de ses lèvres sur sa peau… Mais sa voix grave et basse, qui vibrait jusqu'au fond d'elle-même… Son souffle tiède…

— Dis-moi que tu comprends, Anne.

Les yeux aimantés à ses lèvres pleines, elle fut incapable de répondre. Ce brusque passage au tutoiement, comme la promesse de plus d'intimité à venir, la privait de ses forces. Elle devait réagir pourtant ! Tout de suite ! Ne pas le laisser saper sa détermination.

— Anne…, répéta-t-il, d'une manière si sensuelle qu'elle se sentit mollir aussi sûrement que s'il avait soufflé son prénom contre sa bouche.

Il était si près ! Elle n'avait qu'à renverser légèrement la tête en arrière pour lui offrir ses lèvres, son cou. La tentation était bien la pire des choses, quand elle prenait les traits de cet homme !

Elle se décida soudain. Au diable ses résolutions !

Elle inclina la tête, et, lorsque la bouche de Malo se pressa sur la sienne, elle ferma les yeux.

Elle retrouva avec délice ses caresses, ses baisers. Elle osa à son tour glisser les mains sous sa redingote et sentir sous ses doigts le dessin de ses muscles, la fermeté de son corps.

Elle était folle ! Folle d'imprudence. Seulement, c'était si bon d'être dans ses bras ! Elle ne voulait pas penser à l'après. Pas encore. Il le faudrait bien, pourtant. S'ils s'attardaient, le gardien du phare finirait par arriver pour sa veille du soir et de la nuit. Il ne devait pas les trouver là, ensemble.

Elle mit fin à leur étreinte à regret et le repoussa avec douceur.

— Je dois rentrer maintenant.

— Est-ce que je vous reverrai bientôt ?

— Je ne sais pas.

— Et quand le saurez-vous ?

Elle ne put s'empêcher de sourire.

— Il se pourrait… que demain ou après-demain il me vienne l'idée de me promener par ici.

Il sourit lui aussi.

— À la même heure qu'aujourd'hui, peut-être ?

— Peut-être.

— Simple hypothèse, naturellement.

— Naturellement.

C'était bien cela, elle était devenue complètement folle !

Chapitre 15

8 prairial (27 mai)
Manoir de Keroual

— Anne, vous êtes là ?

Anne reconnut sans mal la voix haut perchée de Liz. Elle se redressa et rattacha grossièrement une mèche échappée de son chignon.

— Oui.

Les fenêtres de la nourricerie, où elle s'activait à dépoussiérer et cirer les meubles de bois clair, étaient grandes ouvertes. Un soleil encore timide y poussait ses rayons. Elle en sentait la douce chaleur sur son visage. Comme la pièce, située juste à côté de la salle d'étude, sous les toits, donnait sur l'arrière du manoir et le jardin, elle n'avait pas entendu l'attelage arriver.

Elles devaient décider, ce matin-là, de la couleur de la cretonne neuve qui recouvrirait les murs.

Liz fit son entrée, les bras chargés d'échantillons de tissus. Elle les laissa tomber, ainsi que son réticule, sur le plus proche des quatre lits d'enfant. Celui d'Anne autrefois. Ses frères, Urielle et elle avaient dormi et joué là jusqu'à leurs dix ans respectifs, âge auquel on leur avait attribué une chambre individuelle.

— Bonjour, Anne ! Oh ! mais pourquoi est-ce que c'est vous qui vous chargez du nettoyage ? s'écria Liz, tout en défaisant les rubans de sa capeline, qu'elle ôta et jeta sur le lit, à côté des échantillons.

Elle avait un visage assez enfantin – elle n'était âgée que de dix-huit ans –, des yeux mordorés, des cheveux châtain clair bouclés et la peau laiteuse. Petite et menue – sa grossesse ne se devinait pas encore –, habillée à la dernière mode, elle ressemblait à une poupée de porcelaine fragile et raffinée.

Anne comprenait qu'elle ait pu inspirer de l'intérêt à son frère, l'envie de la protéger, peut-être, ou la vanité d'être admiré d'elle. Elle avait en effet une façon de le regarder si fervente, elle l'approuvait toujours avec un tel enthousiasme – pour ce qu'en avait vu Anne, du moins, le peu de fois où elle s'était trouvée en leur présence à tous deux – qu'un homme ne pouvait que se sentir flatté d'inspirer un tel sentiment.

Il n'y avait rien de tel dans le regard qu'Urielle portait sur Yaël. Mais il s'y trouvait, outre son amour secret qui voilait par moments son beau regard brun, la complicité des êtres qui se connaissent bien, unis dans la confiance. Il s'y trouvait aussi une absence de complaisance, que seule permettait la tendresse liant ceux qui avaient partagé le même nid.

— Demandez donc à votre gouvernante de le faire ! Ou à sa fille. Urielle est bien sa fille, n'est-ce pas ? Ce n'est pas un travail pour vous !

— Aesa a déjà bien assez de labeur comme ça, répondit Anne, et sa fille… est également occupée.

Il ferait beau voir qu'elle demande une aide quelconque

à Urielle pour la chambre du bébé ! La pauvre souffrait déjà assez comme cela.

— Ça ne me dérange pas, poursuivit-elle. Il y avait si longtemps que je n'avais passé un moment ici.

Son regard balaya la pièce, qu'un mur percé d'une arche large partageait en deux espaces distincts : celui pour le jour et celui pour la nuit. Au pied de chacun des lits, protégés de la poussière par des couvre-lits de velours pastel, se trouvaient encore les coffres en osier dans lesquels ils enfermaient leurs trésors. Aux murs, dans leurs cadres, les illustrations de contes pour enfants qu'elle avait si souvent contemplées.

— J'y ai passé tant de temps, dans mon enfance, et j'y ai de si bons souvenirs…

S'occuper seule de cette pièce, même si Yaël aurait eu largement le temps de le faire plus tard, était une façon pour elle de dire au revoir à ce lieu qui avait abrité son enfance. Bientôt, une autre histoire s'y écrirait, celle de l'enfant à naître, des frères et sœurs qu'il aurait peut-être, d'autres voix que les leurs, d'autres rires, y résonneraient. L'endroit aurait complètement cessé de lui appartenir.

— Maman fait *entièrement* rénover la chambre d'enfant de notre maison d'Erquy !

Au manoir pas de rénovation, simplement quelques rafraîchissements. La vente des collections du cabinet de curiosités avait rapporté une belle somme, comme elle l'avait appris à Urielle, mais il leur faudrait l'utiliser avec circonspection. Depuis 1790, les revenus de la terre avaient beaucoup diminué, et certains placements que son père et son oncle avaient faits avant 1789 s'étaient effondrés avec la Révolution.

Elle était sincère en affirmant à Liz que cela ne l'ennuyait pas de mettre la main à la pâte. Même si elle n'ignorait pas ce que ces préparatifs avaient de douloureux pour

Urielle, elle ne voulait pas d'une régularisation furtive et honteuse de la situation pour Yaël et Liz, mais une véritable fête et quelques attentions en amont.

Le rafraîchissement de la chambre de leurs parents, restée inoccupée depuis le décès de leur père, faisait partie, avec la nourricerie, de ces attentions. C'était la plus grande du manoir et la plus lumineuse de toutes. Elle comprenait deux garde-robes et leurs cabinets de toilette attenants. La chambre des maîtres par excellence, car c'était bien ce que Yaël et Liz allaient devenir : le maître et la maîtresse de Keroual. Anne espérait que la prévision de Ronan se réaliserait : que leur cadet ne tarderait pas à démontrer ses aptitudes supposées à diriger et faire fructifier le domaine.

— Maman pense que votre grand salon sera vraiment parfait en pièce de repos, le jour du mariage, et le petit pour les dames qui souhaiteraient se repoudrer et se recoiffer. Qu'en dites-vous ?

— Que c'est une bonne idée. Alors, ces échantillons ? On s'y met ?

Elles firent plusieurs essais, plaquant les pans de tissu sur les murs à différents endroits pour juger de leur effet selon le jeu de la lumière. Elles tombèrent d'accord sur un jaune pâle décoré de branches stylisées autour desquelles virevoltaient des abeilles.

— Cette cretonne rendra parfaitement bien sur les murs ! déclara Liz en battant des mains comme une petite fille devant un jouet neuf. Je suis sûre que nous avons fait le bon choix ! Maman dit toujours que le jaune réveille une pièce et donne bonne mine !

Elle se précipita sur son réticule, qu'elle avait laissé à côté de son chapeau, et en sortit un petit carnet.

— J'ai commencé une liste de prénoms. Voulez-vous l'entendre ?

Sans attendre la réponse d'Anne, elle s'installa sur le bord d'un lit, face à l'une des fenêtres.

— Maman affirme qu'il y en a beaucoup trop, que je dois en supprimer la moitié au moins. Vous me donnerez votre avis, n'est-ce pas ? Et vous m'aiderez à réduire la liste.

Tandis qu'elle lisait et commentait ses choix, les agrémentant d'anecdotes à propos de certaines de ses amies déjà mères, Anne en voulut soudain à son frère d'avoir préféré à Urielle cette petite créature incapable de tenir une conversation sans citer sa mère toutes les deux ou trois phrases. Ce ressentiment était absurde et malvenu... Les préférences du cœur ne se commandaient pas ; elle était bien placée pour le savoir.

Liz s'immobilisa soudain, sa liste sur les genoux, et passa doucement la main sur son ventre, la tête gracieusement penchée sur le côté. Elle avait l'air d'un petit oiseau songeur posé sur une branche.

— J'ai cru sentir le bébé bouger, hier, reprit-elle, mais maman dit que c'est trop tôt, que j'ai dû prendre mon souhait pour une réalité.

L'image qu'elle offrait emplit subitement Anne de mélancolie et d'envie. Comment ne pas se projeter un peu ? Comment ne pas songer que, probablement, aucune autre pièce, semblable à celle-ci, n'accueillerait jamais nulle part ses propres enfants ?

Aesa leur assurait, à Urielle et elle, que rien n'était encore perdu, que l'on voyait fréquemment des veufs encore jeunes préférer en secondes noces des femmes qui n'étaient plus de jeunes premières frivoles ou immatures. Elles pouvaient encore espérer être demandées en mariage. Elles pouvaient encore espérer devenir mères un jour. Le beau tableau qu'elle leur dressait là, alors qu'elles avaient l'une et l'autre, déjà gravé dans le cœur, le visage d'un homme qui ne leur était pas destiné !

Pour sa part, elle préférait la solitude, par égard pour la jeune Anne d'autrefois, celle qui rêvait, dans le secret de sa chambre, de brûler de passion, un jour, et de faire les pires folies par amour. Elle songea à la dernière lettre de sa cousine et à l'annonce de son tout prochain mariage avec Lord Gregson. Elle ne la jugeait pas. Certes non ! Mais elle ne s'imaginait pas faire elle-même un mariage de raison, quelles que soient les qualités du futur marié.

Elle n'avait pas cessé de penser à Malo et à ce qu'il lui avait confié de ses projets pour le château. Au-delà du désir qu'il lui inspirait, un homme différent du portrait qu'elle s'était fait de lui se dessinait. Un homme dont la personnalité la séduisait, les idées également. Un homme pour qui elle aurait commis les pires folies, s'il n'avait pas été ce commissaire politique envoyé en Bretagne afin de détruire ce pour quoi elle s'était engagée.

L'immobilité de Liz dura peu. Elle se leva brusquement et reprit son babil.

— Maman a demandé à Lucie, notre bonne, de descendre du grenier le berceau où j'ai dormi, bébé. Il est blanc. Pensez-vous qu'on doive le peindre en jaune, pour l'assortir à la couleur des murs ?

Mais Anne ne l'écoutait déjà plus.

— Liz, veuillez m'excuser, mais je dois…

Comme Liz se tournait vers elle, Anne lui désigna la porte d'un geste.

— … Je… J'ai failli oublier un rendez-vous à Plévenon.

— Ah bon ? Vous vous en allez, alors ?

— Oui, je vous prie de m'excuser. Je suis sincèrement désolée.

Elle ne l'était pas du tout.

— Nous poursuivrons un autre jour, n'est-ce pas ? demanda Liz. Je tiens à votre avis.

Anne marmonna une réponse inintelligible, tout en quittant la pièce.

Malo n'était pas pour elle, c'était un fait. Les circonstances de leur rencontre rendaient tout projet avec lui impossible, mais elle venait de prendre conscience qu'elle s'en moquait. Peu importait ce que le commissaire politique ferait d'Esper, s'il l'attrapait. Peu importait la mort. Elle voulait lui appartenir, corps et âme, une fois au moins. Elle voulait tenir dans ses bras, une fois au moins, cet homme magnifique, et devenir sienne.

La veille, ils s'étaient fixé un rendez-vous, à demi-mot, sur la lande… Y serait-il ?

Elle alla passer ses habits d'homme, demanda à Yann de lui seller Linotte et, sans plus attendre, fila vers la lande au galop.

Chapitre 16

Phare de Fréhel

Malo était là. Il attendait, comme la fois précédente, assis sur une marche, devant la porte du phare. Il se leva lorsqu'il la vit, mais avant qu'il ait pu prononcer un mot, elle le prit par la main.

— Viens, dit-elle.

Le cœur battant beaucoup trop vite, elle l'entraîna à l'intérieur de l'édifice, qu'elle savait vide à cette heure, et ouvert – il l'était toujours. Elle avait besoin de sentir ses mains sur elle. Elle avait envie de goûter à la force sauvage de ses baisers, à sa bouche, avide de prendre et de donner, à son souffle mêlé au sien. Elle avait envie de frémir tout entière, dans l'attente de sensations plus merveilleuses encore. Une fois. Juste une fois être à lui. Oublier ce qui les opposait, ne penser qu'à l'instant. Éloigner à jamais la tentation en y cédant, de tout son corps, de tous ses sens. De toute son âme. N'être qu'Anne avec Malo, quoi qu'il puisse advenir, plus tard, d'Esper et du commissaire politique Jakez.

Ils traversèrent sans un mot le magasin des huiles, au rez-de-chaussée, puis empruntèrent l'escalier en colimaçon. Elle monta la première ; sa main, tremblante, tenait toujours celle de Malo.

Ils laissèrent, sur leur gauche, la salle minuscule où le gardien du phare prenait ses repas, et poursuivirent jusqu'à la chambre de veille, juste sous la lanterne. C'était une pièce aux parois lambrissées de bois clair que l'air salin avait rongé par endroits, et dans lesquelles une alcôve avait été aménagée, avec un lit de repos.

Anne contourna la petite table placée au centre. Il s'y trouvait une lampe éteinte, une pipe, une blague à tabac, ainsi qu'un numéro de *La Gazette de Paris*. Elle s'approcha de l'étroite fenêtre ouverte sur la mer. Le ciel était d'un bleu presque transparent, inespéré, compte tenu des nuages qui l'avaient obscurci peu avant. Les flots miroitaient sous le soleil tardif de l'après-midi, et une brise légère, chargée de senteurs maritimes, parvenait jusqu'à elle.

Elle inspira profondément, intimidée soudain par son audace. Elle avait si peu d'expérience de l'amour physique, même si elle n'était plus vierge ! Qu'allait penser Malo, lui qui avait probablement connu des femmes bien plus expertes aux jeux de la volupté ? Un marin… Un corsaire, même ! Ne disait-on pas que ces hommes avaient une maîtresse dans chaque port ? Sa hardiesse, le jour de leur rencontre, sa façon de braver certaines conventions lui avaient peut-être laissé croire qu'elle était aussi libre dans ses mœurs que sur son cheval ? Qu'elle avait déjà eu plusieurs amants ? Serait-il déçu ? Ce serait terrible, s'il l'était, puisqu'ils n'auraient que ce moment, aucun autre.

Malo la rejoignit près de la fenêtre, mais resta derrière elle, et posa les mains sur ses épaules. Elle perçut aussitôt son souffle chaud dans son cou, sa proximité vibrante, qui réveillait en elle jusqu'à la plus infime de ses fibres.

— Y a-t-il plus belle chose au monde que cette eau qui nous offre la promesse infinie de l'inconnu ? demanda-t-elle tout bas.

Elle ne savait pas vraiment de quel inconnu elle parlait. Celui des terres lointaines, des îles, où elle aurait adoré voyager, si les circonstances n'avaient pas fait de sa vie ce qu'elle était ? Ou celui qu'elle était sur le point de découvrir dans les bras de Malo ?

— Oui, il y a plus belle chose, répondit-il en la faisant pivoter doucement face à lui.

Il y avait sur son visage une telle expression de tendresse et de désir mêlés qu'elle en fut bouleversée.

Elle l'avait résolument conduit à l'intérieur du phare. À présent, elle se sentait affreusement vulnérable. Elle avait eu tort de croire que céder à la tentation l'éloignerait d'elle pour toujours. Ce qui allait se passer entre eux installerait au contraire en elle une faim de lui inextinguible, parce qu'il ne serait jamais à elle, et qu'elle ne serait jamais à lui. Pas comme des amants heureux, en tout cas.

Que leur arrivait-il ? Pourquoi avait-il fallu qu'ils se rencontrent, alors que tant de choses les séparaient ? Pourquoi avait-il fallu qu'ils se plaisent ? Que leurs corps s'appellent avec cette urgence qui la laissait frémissante et désemparée ? Ils n'avaient pas la même lecture de la situation. Pour Malo, elle n'était qu'Anne de Keroual, nièce de l'homme dont il avait acquis le château, royaliste, alors qu'il était républicain. De son point de vue, rien de tout cela n'était, au fond, insurmontable…

Oh ! Malo, si tu savais tout ce qui nous sépare, en réalité !

Mais pas en cet instant. Dans ce phare, elle ne voulait être qu'un corps tremblant entre ses bras, qu'une âme émerveillée.

— J'ai tellement envie de toi, souffla-t-il, en suivant

avec douceur, du bout des doigts, le dessin de sa joue puis celui de son cou.

Le tutoiement, cette fois encore, fut comme une caresse intime. Elle lui tendit les lèvres. Elle ne voulait plus penser. Juste être à lui. Et qu'il lui appartienne…

Il lui enserra le visage de ses larges paumes, et la sonda de ce regard si semblable au grand large qu'elle ne se lassait pas de contempler.

— Tu ne regretteras pas ? Tu sais qui je suis, maintenant.

— Il n'y a que toi et moi pour le moment, Malo. Rien ni personne d'autre…

Il l'embrassa alors sur le front, le nez, la bouche, le cou, faisant glisser sur elle ses lèvres chaudes avec une lenteur délicieuse. Les yeux fermés, elle s'abandonnait aux sensations qu'il faisait naître sur sa peau. Il lui ôta sa veste et la laissa tomber sur le plancher grossier. Puis il défit sa lavallière, écarta légèrement les pans de sa chemise pour lui embrasser la gorge, et tracer du bout de la langue un sillon entre ses seins.

Elle chancela soudain, emportée par un flot de sensations affolantes. Il la saisit fermement par la taille, puis revint à sa bouche, qu'elle lui abandonna sans réserve. Elle rouvrit les yeux lorsqu'elle sentit qu'il lui enlevait sa chemise. Il la contempla longuement. Avidement. Elle éprouva un tel plaisir à être ainsi exposée à son regard, en pleine lumière, que la pointe de ses seins durcit, alors qu'il ne les avait pas encore touchés.

— Tu es si belle, Anne… Si belle !

Lui aussi était très beau, avec ses cheveux noirs, ses joues ombrées de barbe, sa bouche sensuelle et ses yeux si bleus. Avec cette puissance physique acquise par des années de navigation et de combats en mer. Sa beauté sauvage annihilait toute volonté en elle. Elle faiblissait face à lui, elle n'était plus qu'attente… Attente du baiser suivant, de la caresse suivante. Attente de le sentir en elle, de lui appartenir.

Du bout de l'index, il fit le tour d'une aréole, puis de l'autre, et elle fut saisie d'un long frisson, qui se répercuta entre ses cuisses.

— Moi aussi, je veux te regarder.

Elle commença à le déshabiller, les mains tremblantes, non de crainte de ce qui allait suivre, mais parce qu'elle avait une conscience aiguë de son caractère unique et éphémère.

Une fois, une seule… Puis Esper réendosserait son habit de combat. Une fois, une seule, pour entrevoir un avenir qui ne serait jamais le sien. Aurait-elle voulu qu'il le soit ? En cet instant, regrettait-elle les choix qu'elle avait faits ?

Elle chassa bien vite de son esprit ces questions dérangeantes, qui ne la mèneraient à rien. Elle était ce qu'elle était, dans cette époque de troubles. Elle était ce qu'elle était dans ses convictions et ses engagements. Elle était avec Malo. Rien d'autre ne comptait. Rien ne devait troubler ce moment qui n'appartenait qu'à eux.

Lorsqu'il fut torse nu, elle parcourut du plat de la main sa peau mate et douce, ses pectoraux bien dessinés, les muscles de son ventre qui tressaillirent sous ses paumes. Il lui avait dit qu'il n'avait jamais été blessé au visage, avant son nez cassé, mais elle avait sous les doigts les preuves de ses autres blessures.

Une longue et fine cicatrice lui barrait le creux de la taille, à droite.

— Un souvenir que je dois à l'épée de Sir Christopher Chapman.

— Le capitaine de la Royal Navy devenu pirate, se

rappela-t-elle. Mais, je ne me souviens pas que tu as mentionné cet… accroc, devant mes amies.

Il eut un sourire amusé.

— Petite coquetterie de corsaire !

Elle remonta la main jusqu'à son épaule droite, qui présentait un creux dans la chair de la taille d'un écu. La marque d'une balle de pistolet. Elle l'interrogea du regard.

— L'abordage d'un navire espagnol.

Sans doute en découvrirait-elle d'autres, lorsqu'il serait entièrement dévêtu.

Elle se plaqua contre lui, et lui tendit les lèvres à nouveau. Il s'en empara avec une fièvre qui fit pulser le désir dans le sang d'Anne et l'embrasa.

Elle retrouvait avec ivresse les sensations merveilleuses qu'il lui avait procurées au cœur du labyrinthe, dans le jardin du commandant, et lui rendit son baiser avec une urgence dont il n'avait pas la moindre idée.

Puis tous deux se débarrassèrent de leurs bottes et de leurs pantalons, et furent bientôt nus l'un devant l'autre. Malo la souleva dans ses bras et traversa en trois enjambées le petit espace qui séparait la fenêtre de l'alcôve.

Il la déposa avec douceur sur le lit étroit et s'allongea à côté d'elle, tout près, en appui sur un bras. Sa main libre parcourut sa peau frissonnante. Sa gorge, ses seins, son ventre, ses cuisses, puis son ventre encore, évitant cet endroit d'elle qui pulsait, dans l'impatience de ses caresses.

Elle se cambra, pour aller à la rencontre de sa paume, mais il s'amusait de son désir, de son impatience, tournant autour de son intimité sans jamais la toucher, alors qu'elle n'avait qu'une envie, s'ouvrir à lui pour l'accueillir enfin. Elle changea alors de tactique, se plaça elle aussi en appui sur un coude, face à lui, et saisit son sexe, tout en cherchant sa bouche.

Elle l'embrassa langoureusement, sa langue jouant avec la sienne. Dans le même temps, ses doigts parcouraient son érection, serraient et relâchaient son membre, tandis qu'elle cueillait dans sa bouche son souffle saccadé, les soupirs et les gémissements qu'il étouffait. Elle le sentait durcir plus encore, percevait la tension de tout son corps.

Soudain, il la renversa sur le dos et se positionna sur elle, lui ouvrant les cuisses d'un genou. Il darda sur elle un regard enflammé, et elle n'eut plus qu'un désir, plus qu'un souhait, se perdre dans leur étreinte, s'abandonner totalement à lui, jusqu'à ce que le plaisir l'emporte.

Il la pénétra avec une vigueur qui la stupéfia et la ravit en même temps. Elle s'ouvrit plus encore, pour l'accueillir au plus profond d'elle. C'était si enivrant de le sentir aller et venir, l'emplir toute ! De le savoir en elle et autour d'elle, son corps musculeux au-dessus d'elle, ses yeux arrimés aux siens. De respirer son odeur, à laquelle se mêlait, légère, celle du tabac blond et de l'air iodé…

Elle accompagnait son rythme, ses va-et-vient de plus en plus rapides, de plus en plus amples. Peu à peu, elle perdait pied, tandis que le plaisir montait, la submergeait, effaçait de sa mémoire tout ce qui n'était pas Malo.

L'orgasme l'atteignit comme un coup de grain. Elle cria. Un long cri libératoire, qui accompagna les derniers soubresauts du plaisir, tandis que Malo la rejoignait dans une longue et dernière poussée. Puis il se laissa rouler sur le côté, l'entraînant avec elle, et la tint serrée contre lui, dans leurs odeurs mêlées, la moiteur de leurs corps encore réunis par la fulgurance des sensations partagées.

Jamais elle ne s'était sentie aussi vibrante qu'en cet instant. Jamais elle n'avait ressenti un tel sentiment de plénitude et de complétude. Elle ferma les yeux, pour que rien ne vienne perturber cette merveilleuse sensation. Le monde se chargerait bien assez tôt de lui rappeler où se trouvaient ses devoirs.

Pour l'instant, elle voulait simplement rester dans les bras de Malo, dans la chaleur de Malo, le ventre pulsant et frémissant d'avoir été sienne avec une telle intensité.

Encore abasourdi par ce qui venait de se passer, Malo serrait Anne contre lui comme un trésor fragile et précieux, la gorge serrée, incapable de prononcer une parole.

Il avait été heureux de la voir, de constater qu'elle était revenue. Mais il ne s'attendait certainement pas à lui faire l'amour dans ce phare ! Elle s'était donnée à lui avec un tel abandon, une telle fougue et un tel naturel en même temps ! Comme si elle et lui, c'était une évidence.

Est-ce que cela voulait dire qu'elle ne le regardait plus en ennemi ? Qu'il comptait pour elle, malgré leurs convictions politiques différentes ?

Cette perspective l'emplit d'allégresse. Ruben pourrait s'en donner à cœur joie, à son prochain passage en Bretagne. Et il ne s'en priverait pas ! Peu importait, s'il pouvait faire des projets avec elle.

Il avait cru mentir aux invitées d'Anne, le jour de sa visite au manoir. *« Il vient un moment où l'on aspire à la douceur d'un foyer, d'une famille… »* Peut-être n'avait-il pas menti tant que cela, en fin de compte. Il avait hâte, à présent, que sa mission se termine. Que cette réunion secrète ait enfin lieu, et vite ! Que ce coup de filet soit réussi, qu'ils appréhendent Boishardy, Esper et les autres chefs dans les plus brefs délais ! Il pourrait alors parler d'avenir à Anne, en dépit de leurs différences. Elles n'étaient sans doute pas aussi inconciliables qu'elle semblait le croire. En tout cas, il était persuadé, pour sa part, qu'il n'était rien qu'un amour véritable ne pouvait surmonter.

Mais il ne lui révélerait pas ses sentiments tout de suite. Il ne voulait pas prendre le risque de l'effaroucher ou de l'importuner, en lui parlant trop vite d'amour. L'aimait-elle seulement ? L'aimerait-elle un jour ? Pour quelle raison cette belle jeune femme, qui n'était plus vierge, s'était-elle offerte à lui, il l'ignorait. Et il ne voulait pas le savoir pour le moment. Il souhaitait juste espérer. C'était si bon, d'espérer !

Il jeta un coup d'œil à la pendulette placée dans une niche. Bientôt 18 heures. Il desserra légèrement son étreinte.

— Anne, le gardien va revenir sous peu pour sa veille du soir et de la nuit. Il faut partir.

— Chut, Malo, ne parle pas, s'il te plaît.

Elle se pressa de nouveau tout contre lui, enfouissant le visage dans son cou.

— Garde-moi encore dans tes bras. Le monde autour de nous n'existe pas…

Chapitre 17

12 prairial (31 mai)
Phare de Fréhel

— Quelles vilaines pensées assombrissent ce joli front ?

Ils étaient dans le phare. C'était la troisième fois qu'ils s'y retrouvaient. Malo s'était assuré que le gardien ne pourrait pas les surprendre. Il avait envoyé Jousserand convenir avec lui d'un horaire, moyennant gratification.

Anne avait parfaitement conscience de la folie de son attitude, mais c'était comme une course en avant dont elle s'interdisait d'imaginer l'arrivée. La voix de la raison la prévenait pourtant que la réalité la rattraperait à un moment ou un autre, pour une conclusion qui ne serait sans doute pas très heureuse. Une voix beaucoup plus séduisante l'incitait au contraire à profiter de l'instant, sans se projeter. Et c'était ce qu'elle faisait. Elle se construisait des souvenirs pour plus tard… Quel que soit ce « plus tard ».

Elle avait remis ses vêtements et enfilait ses bottes cavalières.

Malo, qui se tenait à l'autre bout de la petite pièce, dos à la fenêtre, revint vers elle et s'accroupit à ses pieds.

Il lui lissa le front du plat du pouce pour en chasser le pli soucieux, interrogeant son regard.

— J'espère que ce ne sont pas nos rendez-vous ici qui te préoccupent.

Elle lui sourit et lui caressa la main.

— Non, rassure-toi.

— Mais autre chose t'ennuie, je le vois bien. Est-ce que tu veux en parler ?

Devait-elle lui faire part de ses tracas domestiques ? Le peu de temps qu'ils avaient à partager, voulait-elle qu'il serve à cela ?

— C'est gentil, Malo, mais c'est inutile.

— Et pourquoi pas, si cela peut te faire du bien ?

— Parce que je ne pense pas que nous en soyons au point où tu doives subir la litanie de mes soucis personnels.

— Ne puis-je vraiment pas t'aider, d'une façon ou d'une autre ? insista-t-il. Ne sommes-nous pas un peu amis, aussi ?

Devait-elle lui parler du mariage de Yaël, dont elle espérait qu'il ne serait pas désastreux ? Trahir le secret d'Urielle ?

Il la contemplait avec tant de tendresse, à cet instant, qu'elle se décida brusquement : elle avait tellement besoin de se confier à quelqu'un d'extérieur au cercle familial !

— Mon frère cadet doit se marier dans quelques jours. Par obligation. Il a… Il a mis une jeune fille dans… l'embarras.

— Liz Sénéchal, oui.

Elle le regarda, stupéfaite.

— Je sais qu'ils doivent se marier, précisa-t-il. J'ignorais en revanche l'existence de *l'embarras*. Je connais les Sénéchal depuis très peu de temps. C'est la commandante Pruvost qui nous a présentés, et Mme Sénéchal m'a invité au mariage. Tu l'ignorais ?

— Oui. En fait, je… J'ai dû…

Elle n'aurait pas osé lui adresser une invitation, mais une vague d'allégresse la souleva à l'idée que Charlotte Sénéchal l'avait fait. Cette femme avait un côté âpre, déterminé, qui la rendait sèche dans ses relations avec les autres, mais Anne se sentit soudain toute disposée à l'indulgence.

— Pour des raisons… personnelles, reprit-elle, j'ai confié l'entière organisation du mariage à la future belle-mère de mon frère. Nous n'avions pas encore évoqué la liste des invités.

— Ça te contrarie, que je vienne ?

— Non. Tu ne seras pas le seul républicain. Le père de Liz fait partie des magistrats nommés en 1792. Charlotte Sénéchal a vu grand, et je suis sûre que tous les notables du cap seront de la fête.

— Tu me parais bien amère, tout à coup.

— Même pas. Yaël et Liz sont très jeunes encore, et je veux que leur vie commune démarre sous les meilleurs auspices, puisque vie commune il doit y avoir. Je me doute que Charlotte n'a pas choisi ses propres invités dans l'ancienne aristocratie locale. J'espère sincèrement que cette journée de célébration constituera une parenthèse pour chacun, et que les convictions des uns et des autres ne s'inviteront pas à table. Par respect pour les mariés.

— Tu peux être certaine que, pour ma part, je laisserai derrière moi mon habit de représentant spécial. C'est donc ce qui t'inquiète ? Que la fête dégénère en joute politique ?

— Un peu, mais pas seulement.

— Quoi d'autre, alors ?

Devait-elle poursuivre ? Elle en avait trop dit ou pas assez. Alors, elle vida son sac.

— Ma sœur de lait vit avec nous depuis toujours et

elle… elle est amoureuse de Yaël. S'il est prévu que sa mère, qui est notre gouvernante, reste au manoir avec le couple, Urielle refuse de continuer à y vivre, le gros ventre de Liz sous les yeux. Et puis, en quelle qualité ? Certainement pas celle de servante de la nouvelle maîtresse de maison !

Elle s'interrompit un instant. Malo était toujours accroupi devant elle, les mains posées sur ses cuisses, qu'il caressait doucement.

— Urielle n'est pas une domestique. D'ailleurs, sa mère elle-même occupe une place bien plus importante que cela dans notre cœur. La signification des mots est bien loin de la réalité des choses, parfois. Vois-tu, Urielle a été élevée avec mes frères et moi. Elle a étudié avec nous, joué avec nous, un peu comme une pupille que mes parents auraient accueillie.

Malo faillit se trahir en disant qu'il se souvenait bien d'Aesa. Les choses avaient évolué tellement vite, entre Anne et lui, qu'il en oubliait par moments qu'il ne lui avait pas encore avoué son « lien », si l'on pouvait le nommer ainsi, avec la famille de son oncle. Il redoutait sa réaction, et de perdre tout ce qu'il avait gagné depuis le soir où elle avait appris qu'il était le nouveau propriétaire du château.

— Elle va donc devoir quitter le manoir, tout comme moi d'ailleurs, après le mariage, poursuivit Anne.

— Où iras-tu ?

— Nous nous installerons toutes les deux à Matignon, dans une maison qui fait partie des biens immobiliers de la famille. Du moins, jusqu'à ce que nous y voyions plus clair dans nos projets, toutes les deux.

— Si loin ! s'exclama-t-il.

— J'avais envisagé la possibilité de rester à Plévenon et d'occuper l'une de nos métairies, qui sera libre à la Saint-Martin. Urielle trouvait que c'était trop près du manoir. Sans compter que cela nous aurait privés du loyer de l'exploitat…

— Laisse-moi prendre soin de toi, Anne ! l'interrompit-il, avant même de prendre la pleine mesure de ce qu'il disait.

Les mots étaient sortis tout seuls, et il n'était pas certain de comprendre ce qu'il mettait derrière, ce qu'il souhaitait véritablement en les prononçant.

Sa déclaration fut suivie d'un silence, atterré pour lui, interloqué pour Anne.

— Nous aurons de quoi vivre dignement, si c'est ce qui te préoccupe, dit-elle enfin. Ce n'est pas pour l'aspect matériel des choses que je me fais du souci. C'est parce que ma sœur de lait est malheureuse et que je ne peux rien faire pour alléger sa tristesse.

En fait, ce n'était pas à une simple aide financière qu'il pensait, contrairement à ce qu'elle avait compris. Alors qu'est-ce que c'était ?

Que pouvait-il lui offrir, concrètement, alors que lui-même n'avait qu'une idée très vague de ce que pourrait être son avenir dans un an, deux ans d'ici ? Même si c'était une jeune femme hardie, qui ne craignait pas de braver certaines conventions, elle n'en restait pas moins une personne de qualité, qui avait été élevée avec des principes d'honneur, une aristocrate dans l'âme. Il ne pouvait pas l'installer au château – et encore, pour combien de temps ? – ni dans une maison, comme une maîtresse entretenue livrée au mépris des autres. Pire, cachée, comme s'il avait honte d'elle !

Quant à la demander en mariage… Il l'aimait, oui, il l'aimait, seulement, un enracinement aussi fort qu'un foyer, une famille… Il n'y avait jamais songé. Il n'était pas prêt et ne savait pas s'il le serait un jour. Il vivait à terre depuis deux ans, mais il ne se passait pas un jour sans que la mer lui manque. Sans que le pont d'un bateau lui manque. Et tout ce qui allait avec… La nuit sur l'immensité sombre… Le bercement des vagues ou leur fureur, au contraire. Le goût des embruns et du sel sur ses lèvres… La liberté d'aller partout, d'être sans attaches.

Où serait la place d'Anne, dans tout cela ?

Finalement, mieux valait qu'elle se soit trompée sur la signification de ses paroles. Cette erreur lui offrait une retraite honorable en apparence, même si, au fond de lui, il avait un peu honte de son égoïsme.

Anne avait feint de croire qu'il lui proposait de l'argent. Elle ignorait à quoi il pensait réellement, mais elle ne voulait rien d'établi entre eux. Ne pas être officiellement sa maîtresse. Son épouse ? La question ne se posait pas – ce n'était pas une demande en mariage qu'il venait de lui faire. Franchir le cap de ces rencontres impromptues, de ces moments de volupté dérobés, ne ferait que nourrir en elle des rêves qu'elle ne pouvait se permettre d'encourager. Elle l'aimait, elle profitait du bonheur de l'avoir un petit peu à elle, en attendant le jour où il repartirait. Rien de plus. Parallèlement, elle se préparait à la souffrance qui surviendrait alors, mais refusait que se mette en place quoi que ce soit susceptible de transformer une douleur affrontable en un enfer sur terre.

Si toutefois Anne survivait à Esper. S'il y avait un après…

Chapitre 18

Nuit du 13 au 14 prairial (1er et 2 juin)
Criques et falaises du cap Fréhel

La petite barque glissait sans bruit sur une mer exceptionnellement calme, même aux abords des brisants. C'était à peine si quelques vaguelettes en faisaient danser le fond. À la lueur de la pleine lune, Anne apercevait, au-dessus d'elle, les taches blanches et grises, à peine mouvantes, des oiseaux marins accrochés à la roche de la Grande et la Petite Fauconnière.

Comme pour chacune des expéditions d'Esper, elle avait revêtu son épais manteau – qui lui tenait beaucoup trop chaud en cette saison, mais modifiait avantageusement sa silhouette –, des habits d'homme, des bottes mousquetaires et son tricorne. La bande d'étoffe habituelle lui couvrait le bas du visage. Il était peu probable qu'elle croise qui que ce soit là où elle se rendait, mais trop de prudence n'était jamais inutile.

Il faisait si clair qu'elle ne distinguait presque pas les étoiles. Encore deux ou trois minutes à ramer en suivant le découpage des falaises. L'embarcation pourrait ensuite bifurquer en direction de la grotte où l'émissaire de Boishardy avait dû déposer le supplément d'armes convenu.

Entre les embuscades tendues aux escouades apportant le courrier militaire de Paris et l'attaque du convoi de munitions, ses compagnons et elle en avaient dérobé une soixantaine, mais ce n'était pas suffisant. Le groupe de Boishardy en avait fourni une vingtaine d'autres. La grotte où elles étaient entreposées lui avait été indiquée par Yann. Elle avait servi autrefois de repaire à une poignée de faux sauniers.

On y accédait par voie d'eau, comme elle était en train de le faire, mais l'endroit était également atteignable par les falaises et d'autres grottes. Cette seconde voie d'accès était beaucoup plus tortueuse et dangereuse. On pouvait facilement s'y fourvoyer, sans compter que le sol, fragilisé par l'érosion maritime, risquait de s'ouvrir sur des gouffres.

Il lui avait fallu des jours et des jours, puis des nuits et des nuits, pour s'y retrouver, d'abord sous la houlette de Yann, puis seule.

Lorsqu'elle avait rejoint les rangs des Chouans, dans le sillage de Boishardy, un ami de longue date de la famille Keroual, elle pensait qu'elle n'avait rien à perdre. Âgée de vingt-six ans, alors, avec, comme avenir, celui tout tracé de dame patronnesse…

Puis Malo était arrivé. Il y avait ces après-midi magiques dans le phare. Il avait réveillé ses sens endormis, et semé dans son cœur les graines d'une chose terrible et magnifique : l'espoir. Il ne lui était plus égal de vivre ou de mourir, désormais. Elle s'était engagée dans la cause chouanne et elle mènerait à bien sa dernière mission, car on comptait sur elle. Ensuite, Esper retournerait à l'ombre d'où elle était sortie. Anne pourrait alors peut-être rêver d'avenir…

Elle pénétra enfin dans l'étroit chenal entre les récifs. L'entrée de la grotte – à peine une faille dans laquelle nul n'aurait songé à s'engager sans savoir ce qu'il y avait au-delà – se situait tout au bout.

Elle amarra la barque à une pointe rocheuse, alluma son fanal, et se dirigea vers l'ouverture, en prenant garde à ne pas glisser sur la roche humide.

Tête courbée, la main posée sur son tricorne pour ne pas l'accrocher à la roche, elle s'engagea dans le long boyau qui menait à la cache d'armes. Le sol sablonneux était gorgé d'eau de mer, et une forte odeur de sel et de vase lui emplissait les narines.

Elle s'arrêta net au dernier quart du parcours et éteignit sa lanterne, en alerte et le cœur battant : un halo lumineux vacillant, en provenance de la cache, arrivait jusqu'à elle. Elle entendit des cliquetis. Des objets qu'on soulevait, puis reposait.

Quelqu'un était là et manipulait les armes. Ce n'était pas Yann, qu'elle avait laissé au manoir. Un homme de Boishardy, venu ajouter quelques derniers fusils ou pistolets ? Une autre personne, qui n'aurait pas dû se trouver ici ?

Retenant son souffle, elle avança, son poignard à la main. S'ils étaient deux, elle ne pourrait pas intervenir. Elle tendit l'oreille. Aucun signe de conversation. S'il n'y en avait qu'un, elle bénéficierait de l'effet de surprise.

Elle parvint à l'entrée de la salle. C'était bien ce qu'elle pensait : un homme se tenait penché au-dessus des armes, une lanterne à la main. Il en saisissait certaines, les examinait, puis les réalignait contre la paroi. De toute évidence, il découvrait la présence de ce petit arsenal ; ce n'était donc pas un Chouan. S'agissait-il d'un fouineur qui avait découvert la grotte par hasard ?

Était-ce un garde national ? Non, ou, du moins, n'en portait-il pas l'uniforme.

Il lui tournait le dos. Il était plutôt grand et bien bâti. Elle ne décelait aucun mouvement à proximité. Il n'y avait personne d'autre.

Sa seule chance était de le surprendre par-derrière et de lui plaquer son poignard sous la gorge. Elle avait un moyen très simple de savoir s'il s'agissait d'un allié ou non. S'il faisait partie du groupe de Boishardy, il lui donnerait la phrase de reconnaissance. Sinon, il lui faudrait le tuer. Et cela lui répugnait.

Elle inspira longuement, déterminée à aller jusqu'au bout s'il le fallait, et s'approcha de lui sans bruit…

Fournier, leur espion infiltré, ne leur avait pas menti. Il y avait bien des armes. Et beaucoup plus qu'il ne s'y attendait ! Il avait sous les yeux la preuve que les Chouans étaient bien plus organisés qu'ils ne le pensaient à Fort la Latte. Pistolets d'arçon, tromblons de marine anglais, fusils à silex. Réserves de poudre…

La présence des tromblons confirmait, s'il en était besoin, les accointances des rebelles outre-Manche. Cet arsenal confirmait également ce que Fournier leur avait appris : qu'une réunion secrète des insurgés aurait bien lieu au cap Fréhel. S'ils s'y prenaient bien, le commandant Pruvost aurait son opération d'envergure.

Fournier connaissait l'existence de la cache, mais pas son emplacement. Comme la plupart des hommes d'Esper, sans doute. Question de prudence. Lui-même, cela faisait plusieurs nuits qu'il furetait, éclusait les grottes dont il connaissait l'existence, à la recherche de ces armes. Il fallait dire que celle-ci était probablement la plus difficile d'accès de tout le cap. Peu de personnes savaient y venir.

Son cousin lui en avait montré le chemin, autrefois. Sa mémoire des lieux fonctionnait encore bien !

Il ne lui restait plus qu'à faire demi-tour et rentrer. Il ferait part de sa découverte à Pruvost au plus vite. Ils laisseraient les armes en place : Esper et Boishardy ne devaient pas soupçonner qu'ils bénéficiaient d'un indicateur dans leurs rangs, pas tant que la date et le lieu de cette réunion ne seraient pas connus d'eux.

Ensuite, ils n'auraient plus qu'à mettre en place ce grand coup de filet dont le commandant s'enorgueilliss…

Il sentit trop tard le déplacement d'air derrière lui. Une main encombrée de la lanterne, il voulut attraper, de l'autre, son pistolet glissé dans sa ceinture. Mais avant qu'il ait pu parer l'attaque, on l'avait saisi à la gorge, et le tranchant d'un poignard lui appuyait sous le menton.

Qu'il bouge, esquisse la moindre riposte, on l'égorgerait sans remords, il n'en doutait pas. Il se maudit de ne pas s'être montré plus prudent. Cela ne lui ressemblait pas. Mais il était troublé. Obsédé par le souvenir de ce qui s'était passé dans le phare. Il en avait oublié ce que quinze ans de navigation et de combats en mer lui avaient appris.

— Tout doux, monsieur, si vous ne voulez pas que cette lame fasse son œuvre, avant que vous ayez pu justifier de votre présence ici.

Une voix basse, feutrée. Une poigne ferme. Et un poignard assurément affûté.

— Prouvez-moi que vous avez de bonnes raisons d'être là. Donnez-moi la phrase de reconnaissance.

La phrase de reconnaissance ? Il ne l'avait pas. Et comme l'homme, derrière lui, était probablement un rebelle, il ne donnait plus très cher de sa peau. Son existence allait donc se terminer ici, dans cette grotte obscure et puante. Cet homme traînerait son corps jusqu'à la mer. À cet endroit, peu de chances qu'on repêche son cadavre.

— Décidez-vous, monsieur ! Ma patience s'émousse, contrairement à ma lame.

Jamais il n'aurait imaginé qu'il finirait égorgé, pour avoir stupidement manqué de prudence à cause du souvenir d'une femme brune magnifique, jouissant entre ses bras. Il s'était toujours dit qu'il mourrait au cours d'un affrontement naval, et qu'on l'enverrait par le fond avec les honneurs dus à son rang de capitaine. Ce qui revenait au même, en fin de compte, puisque, cette nuit, il nourrirait les poissons.

— Alors, cette phrase, ça vient ? insista Anne, de sa voix contrefaite.

Elle répugnait à l'idée de tuer cet homme de sang-froid. Malheureusement, elle ne pouvait prendre le risque de le laisser en vie. Trop de choses importantes étaient en jeu. Elle frémit. Bien sûr, il y avait eu des blessés parmi ses compagnons, au cours des opérations qu'elle avait dirigées. Il y avait eu des morts, aussi, du côté des soldats, le jour de l'attaque du chariot d'armes. Mais c'était dans le feu de l'affrontement. Alors qu'en cet instant… Elle déglutit et raffermit sa prise sur le manche de son arme blanche.

— Je ne la connais pas, répondit enfin l'homme. Alors finissons-en. Mais avant, apprenez-moi par la main de qui je vais mourir.

— Esper, répondit-elle machinalement, tandis qu'elle prenait pleinement conscience de la situation.

Cette voix…

Foudroyée par un éclair un jour d'orage, en plein

milieu de la lande, elle n'aurait pas éprouvé plus grand choc. C'était la gorge de Malo, là, sous son poignard !

Son cœur fit un bond énorme dans sa poitrine. Elle en fit un, elle aussi, et la lame acérée entama la chair contre laquelle elle reposait. Aussitôt, un filet chaud et poisseux lui coula sur la main. Sous l'effet de la douleur, Malo sursauta également et tourna légèrement la tête. La lueur de la lampe qu'il tenait toujours à la main éclaira son profil.

C'était bien lui. C'étaient bien ces longs cils, cette bouche sensuelle qui lui avait donné tant de plaisir. Est-ce qu'elle l'avait blessé gravement ? Allait-il se vider de son sang ?

— Esper en personne, répéta-t-il d'une voix dure, si loin de l'intonation caressante avec laquelle il disait « Anne ». Quel honneur !

Il parlait clairement. L'estafilade qu'elle lui avait faite ne devait pas être très profonde. Dieu merci !

— Et quelle belle prise pour moi ! Le commissaire politique ! Rien que cela ! ironisa-t-elle, camouflant sa voix. Mais gardez-vous de faire le moindre geste, monsieur. Comme vous avez pu le constater, l'objet que je tiens à la main ne demande qu'à servir encore.

Elle tentait de gagner du temps. Comment sortir de cette impasse ? Si elle baissait la garde ne serait-ce qu'une seconde, il pourrait facilement la désarmer et la poignarder avant qu'elle ne comprenne ce qui lui arrivait. Avant que lui-même ne comprenne qui il tuait. Il n'était pas question qu'elle lui ôte la vie, pas Malo, non… C'était au-dessus de ses forces. Mais ils ne pouvaient pas rester indéfiniment dans cette position.

Elle sentait son bras fatiguer, et il lui fallait prévenir au plus vite Yann et quelques autres de ses compagnons, pour qu'ils déplacent les armes sans délai. Dès qu'il aurait regagné le fort, Malo reviendrait avec des gardes pour les saisir. Si toutefois il était capable de retrouver le chemin de la grotte.

— Comment êtes-vous sûr que je suis bien le commissaire politique ?

— Lorsque quelqu'un a juré votre perte, mieux vaut savoir très vite à quoi il ressemble.

Comme tout cela sonnait faux ! Comme elle avait envie de lui dire bien autre chose ! Mais elle était coincée dans son rôle et elle devait mettre fin au plus vite à cet affrontement.

Si elle le poussait violemment en avant, pour le faire tomber par terre, elle pourrait s'enfuir par l'enfilade de passages à travers les falaises. Tant pis pour la barque.

Elle n'avait pas repéré d'autre embarcation, à l'extérieur, et elle ignorait comment il était parvenu jusqu'à la cache, mais il y avait assez peu de chance qu'il puisse la suivre dans le dédale de la roche. Quoi qu'il en soit, c'était son unique option.

Elle le lâcha brusquement, appliqua aussitôt les deux mains dans son dos, et le poussa si fort qu'il atterrit lourdement contre les fusils alignés. Jurant comme un charretier, il les entraîna dans sa chute. Le fracas résonna sous la voûte et se répercuta de paroi en paroi.

Le temps qu'il se remette sur pied, Anne s'était déjà engouffrée sans bruit dans la première artère. Elle se guidait de ses mains dans les endroits sombres, et grâce au clair de lune dans les passages à ciel ouvert, entre les hautes cheminées de granite.

Cet Esper était vraiment un fantôme, comme l'avait déclaré Ivon Le Guennec, mais il n'était pas le seul à connaître la voie d'accès à cette cache par l'intérieur des falaises. C'était d'ailleurs par là qu'il était venu, et non par la mer.

Il s'extirpa de sa gangue de fusils et s'élança à la suite du rebelle, prenant garde, cependant, à rester à distance, afin de ne pas se faire remarquer. Esper traçait sa route en habitué des lieux, et sortit du couloir rocheux pour s'engager dans une combe recouverte d'une végétation assez dense.

Malo lui laissa prendre de l'avance dans le sentier escarpé, que l'on devinait à peine sous les frondaisons. Ils remontèrent ainsi à hauteur du cap, à l'est, au niveau de la pointe de la Latte. Les bois y remplaçaient la lande. Idéal pour circuler sans être vu.

Sans surprise, Esper fila ensuite sur le tracé d'un ancien chemin de faux sauniers, où ils marchèrent à grands pas durant un bon quart d'heure, Malo toujours en arrière et caché. Bientôt, le clocher de l'église de Plévenon apparut dans une trouée d'arbres.

Au fur et à mesure qu'ils avançaient, Malo sentait croître en lui un pressentiment désagréable. Esper ne se dirigeait pas vers le centre du bourg, mais il obliqua sur un sentier qui ne menait qu'à un seul endroit : la petite colline dominant le domaine de Keroual, niché dans son vallon.

Il allait au manoir ?

Tandis que le rebelle poursuivait jusqu'en bas, Malo s'immobilisa sur la hauteur et s'appuya au tronc d'un arbre, abasourdi. Esper, lié à Keroual ? C'était bien la dernière chose à laquelle il s'attendait ! Est-ce qu'il vivait là ? Est-ce qu'il s'y cachait simplement à l'occasion ?

Arrivé à la porte de la cuisine, le rebelle ôta son tricorne et, à la lueur laiteuse de la lune, Malo aperçut plus nettement ses cheveux. Ils étaient noirs. Comme ceux d'Anne, et comme ceux de son jumeau, qu'il avait croisé au village. Ronan de Keroual serait Esper ? Et Anne sa complice ?

Le doute, amer et douloureux, s'insinua aussitôt en lui. Est-ce qu'Anne s'était donnée à lui par calcul, dès qu'elle avait su qui il était et compris qu'elle lui plaisait ? Espérait-elle lui soutirer sur l'oreiller des informations favorables à son frère et aux rebelles ?

Il s'efforça d'apaiser la colère sourde, mêlée de souffrance, qui le faisait presque suffoquer, afin de réfléchir plus calmement. Non. Il ne devait pas tirer de conclusions hâtives de ce qu'il avait vu. Il était loin. Il avait pu se tromper. Et puis, Anne lui avait paru si sincère, dans son abandon… Esper n'était peut-être pas Ronan, en dépit des apparences, et la famille ignorait probablement ce qui se tramait au manoir. Le rebelle jouissait sans doute d'une complicité parmi la domesticité. Oui, ce devait être cela. Il avait besoin de croire que c'était cela. Qui vivait au manoir, hormis les de Keroual et Aesa ? Cette dernière n'avait-elle pas appelé un certain Yann, le jour où elle avait failli les surprendre en train de s'embrasser dans la cour ?

Il se renseignerait, avant d'entreprendre quoi que ce soit. Et, pour commencer, il ferait établir une surveillance discrète et sûre autour du manoir, de jour comme de nuit.

Chapitre 19

18 prairial (6 juin)

Anne revenait en cabriolet de Plévenon, où elle était allée confier à la malle-poste pour Fougères puis Paris les précieuses notes et observations de son père sur le cap Fréhel, sa faune et sa flore. M. d'Aubenton avait bien voulu les accueillir dans la vaste bibliothèque du Muséum d'histoire naturelle, où, lui avait-il écrit, il ne doutait pas qu'elles constitueraient une base documentaire sans pareille pour les botanistes et naturalistes.

Elle s'était levée très tôt – la voiture quittait la place du village à 8 heures du matin très précisément –, et elle espérait, comme chaque fois que Ronan partait accompagner des émigrés, le trouver dans la cuisine du manoir, rentré sans problème et attablé devant un grand bol de café.

Cela faisait deux jours à présent que Yaël était marié, trois qu'Urielle avait quitté le manoir pour s'installer temporairement à l'hôtellerie du village. La maison de Matignon serait bientôt prête, et elles y emménageraient toutes les deux. Elle-même resterait au manoir d'ici là.

Officiellement pour terminer de s'occuper des notes de son père – ce qu'elle venait de faire –, et afin que ses frères et elle se répartissent les meubles, la vaisselle, les objets, les tableaux de leur héritage. Chose qu'ils n'avaient pas jugée utile de faire jusque-là, puisque tous trois vivaient sous le même toit. Urielle et elle avaient par ailleurs chacune leur trousseau. Ronan, qui avait également averti Yaël de son souhait de partir, avait convenu avec lui que sa part demeurerait à Keroual.

Officieusement, Anne avait encore besoin d'une base sur place pour les activités d'Esper, notamment leur point d'orgue : la réunion des chefs de la rébellion bretonne, qui se tiendrait au cap.

L'avant-veille, en fin d'après-midi, ils avaient quitté le manoir pour l'église de Plévenon dans une voiture de location aux poignées décorées de rubans. Yaël en marié un peu sombre, mais déterminé à assumer les conséquences de son inconséquence, magnifique dans un habit couleur d'ardoise qui rehaussait sa blondeur. Ronan, la taille bien prise dans un habit au vert aussi profond que celui de ses yeux. Urielle, faisant front courageusement sous la capeline qu'Anne lui avait offerte pour son anniversaire, semblable à une fée de la lande dans sa robe de mousseline rose à petits bouquets. Aesa et Yann, un peu mal à l'aise dans leurs habits neufs. Et elle, partagée entre la joie de passer la soirée avec Malo et la peine de savoir que deux des personnes qu'elle aimait le plus au monde cacheraient sous le masque d'une humeur de bon aloi leur tumulte intérieur. Elle n'avait jamais été coquette, mais s'était sentie particulièrement mise en valeur par la robe qu'elle s'était fait faire pour l'occasion, d'un vert doux agrémenté de dentelle et de broderies ivoire. Ce qui avait aussi été l'avis de Malo.

La soirée avait été douce, joyeuse pour les invités ayant

tous, comme Malo, laissé derrière eux leurs convictions politiques pour profiter du repas champêtre, puis du bal. Elle devait sans doute en remercier M. Sénéchal, un républicain modéré, qui avait su, ici ou là, intervenir discrètement, lorsque les discussions menaçaient de prendre une tournure dangereuse.

Liz, petite poupée noyée dans la dentelle, avait apporté, par sa légèreté d'oiseau pépiant sans cesse et ses manières charmantes, la gaieté qui convenait à l'événement.

Urielle avait quitté la soirée avant que ne soient servis les desserts. Depuis, elle n'était pas revenue à Keroual.

Sur le point de s'engager dans l'allée du manoir, Anne aperçut un homme en uniforme de la garde nationale y avançant à grands pas. Il avait presque atteint le porche de pierre et sa gargouille. Il s'arrêta et se retourna, lorsqu'il entendit le bruit des sabots de Pâquerette. Il plaça la main en visière, face au soleil, puis, dès qu'il la reconnut, il rebroussa chemin et se mit à courir vers elle, en faisant de grands gestes. C'était Mathéo Le Bihan.

— Vot' *gevell*[1], mademoiselle Anne ! cria-t-il. Vot' *gevell* !

Il parvint à sa hauteur, rouge et essoufflé.

— Y l'ont arrêté !

Anne descendit du cabriolet et le saisit machinalement par le bras, le sang glacé d'effroi.

— Qu'est-ce que tu dis, Mathéo ?

Il la fixa de ses yeux ronds et répéta :

— Vot' *gevell*, mademoiselle, Y… y l'ont arrêté. Il est en prison… là-bas, au fort.

Elle se mit à trembler, tandis que l'affolement montait en elle. Bien sûr, le danger, la possibilité d'une arrestation,

1. Jumeau.

Ronan et elle en avaient parlé. Souvent. Mais tout cela restait du discours. Tant que rien de grave n'arrivait, on avait tendance à se croire invincible. Jusqu'au jour où la réalité nous rattrapait.

— Mmmais... arrêté... Comment ça ? bégaya-t-elle, comme si la chose pouvait être comprise de différentes manières. Où ?

— Dans le marais, de l'aut' côté du manoir. Des gardes surveillaient, ici, d'puis plusieurs jours. M'sieur Ronan, y pouvait pas y couper. Mais j'savais rien, mademoiselle. J'vous jure !

Anne essayait de mettre bout à bout les informations, et l'enchaînement des événements lui apparut alors dans toute son horreur. Tout était sa faute ! Elle avait été trop sûre d'elle, persuadée que Malo ne pourrait pas la suivre par la voie des falaises. Or, il l'avait suivie depuis la grotte ! Quelle autre explication ? Elle l'avait mené bien tranquillement jusqu'à Keroual en croyant l'avoir semé, et il en avait déduit que Ronan était Esper.

Ou bien, il n'avait rien à voir avec cette arrestation : Ronan avait peut-être été trahi par quelqu'un d'autre, l'un des passeurs... N'importe qui.

N'importe quelle raison, mon Dieu, mais que Ronan n'ait pas été arrêté sur ordre de Malo !

Car, s'il l'avait vraiment suivie et s'il était à l'origine de la capture de son frère, cela signifiait que rien de ce qui s'était passé entre eux ne comptait. Qu'il était prêt à faire son devoir, à remplir sa mission, sans considération des liens qu'ils pouvaient avoir noués. Et cette pensée lui était insupportable.

— Si j'avais su, pour les gardes, poursuivait Mathéo, vous pensez bien... J'serais venu. Ou j'vous l'aurais fait dire par ma sœur...

Il triturait nerveusement son tricorne, et malgré son

affolement, Anne mesura le dilemme qu'il avait dû affronter.

— Mais j'suis un bleu, vous comprenez. On m'dit rien, là-bas, juste c'que j'dois faire et puis c'est tout.

— Mathéo…

Elle lui ôta le tricorne des mains avec douceur, pour qu'il cesse de le malmener.

— Je te crois. Maintenant dis-moi : qui a ordonné l'arrestation de mon frère ? Le commissaire politique ?

— Non, mademoiselle, c'est le commandant Pruvost. Et j'peux vous dire que l'commissaire, il était pas à la noce quand il a su ! Ça criait, dans l'bureau. J'ai pas compris ce qui s'disait, mais ce qui est sûr, c'est qu'le citoyen Jakez, il était pas content.

Ainsi, Malo n'y serait pour rien ? Cette perspective la soulagea, même si cela n'arrangeait en rien la situation de Ronan.

— Anne, qu'est-ce qui se passe ?

Aesa les avait rejoints. Anne l'avait vue se presser vers eux, les jupes retroussées pour aller plus vite. Elle avait dû voir Mathéo depuis la cuisine.

Elle posa sur elle des yeux égarés.

— C'est Ronan, c'est ça ?

Anne lui lança en retour un regard d'avertissement, avant qu'elle n'en dise trop devant le jeune homme.

— Il est au Fort la Latte, déclara-t-elle le plus calmement possible. Je vais m'y rendre immédiatement pour savoir ce qui lui est reproché.

— Je t'accompagne, proposa Aesa.

— Non, je préfère y aller seule !

Elle avait répondu un peu brusquement et s'en excusa d'un regard. Elle avait l'intention de demander à parler à Malo en tête à tête. Elle ne voulait pas de témoin lorsqu'elle se retrouverait face à lui.

Elle saisit les rênes, pour faire faire demi-tour à la jument. Puis Mathéo et elle prirent place sur le siège, et firent le chemin jusqu'au fort dans un silence tendu.

Le cœur d'Anne battait fort et de façon désordonnée. Elle était au-delà de l'inquiétude, au-delà de l'effarement, incapable d'aligner deux pensées cohérentes. Elle ne pouvait que pousser la pauvre jument hors de sa zone de confort pour arriver le plus vite possible, comme si Ronan avait déjà la tête sur la guillotine, et que seule une prompte arrivée pouvait empêcher le bourreau d'actionner le couperet.

— Commissaire Jakez, Mlle Anne de Keroual demande à vous voir.

— Très bien. Faites-la entrer, répondit Malo, tandis que son cœur se mettait à battre plus vite, mais pas de plaisir, d'appréhension : le moment redouté arrivait.

Nos rencontres se suivent et ne se ressemblent pas.

Il aurait donné n'importe quoi pour ne pas avoir à faire ce qu'il s'apprêtait à faire. Il espérait que Pruvost, qui se trouvait dans son bureau, en profiterait pour vider les lieux. Il n'avait déjà que trop supporté sa présence, ce matin-là. Sans compter leur échange pour le moins virulent à propos de l'arrestation du frère d'Anne et de ses propres ordres, qui avaient été outrepassés.

Le soldat jeta un regard embarrassé à Pruvost, puis ajouta :

— Elle a demandé à vous voir seul, citoyen.

Mais le commandant s'installa plus confortablement sur son siège. Il n'avait manifestement pas l'intention de bouger.

— Elle vient pour son frère ! Je me demande bien comment elle a su qu'il était là, déclara ce dernier, tout en coulant à Malo un regard sournois qui signifiait sans ambiguïté : « Mais, vous, vous le savez, pas vrai ? »

Il laissa passer un instant, puis reprit :

— Peu importe. Elle s'imagine sans doute qu'il lui suffira d'exiger sa libération !

Malo sentit tout son corps se crisper. Il ne comprenait toujours pas comment cette arrestation avait pu se produire. Ou, plus exactement, comment Pruvost avait appris qu'il faisait surveiller le manoir de Keroual.

Il ne pouvait pas penser aux conséquences dramatiques qui allaient s'ensuivre sans que son estomac se torde affreusement. Tout cela allait faire tant de mal à Anne. Tant de mal ! Sans compter ce regard chargé de sous-entendus de Pruvost, qu'il trouvait assez inquiétant : est-ce que quelqu'un les avait aperçus et reconnus, dans le labyrinthe végétal, et l'en avait informé ?

Il allait devoir marcher sur des œufs, avec lui. Il le sentait retors et peu fiable. Aussi répondit-il à contrecœur au garde qui avait annoncé Anne :

— Je pense qu'elle n'a rien à dire que le commandant ne puisse entendre.

— Mlle de Keroual a insisté, monsieur. Vous seul.

— Ces aristos ! Ils n'ont pas encore assimilé que c'était fini pour eux. Terminés les privilèges et les passe-droits ! Terminé les je veux, je ne veux pas !

Malo eut une furieuse envie de lui écraser le poing sur la figure pour le faire taire. Il prit cependant sur lui pour répondre, le plus calmement possible :

— J'ai rencontré Mlle de Keroual à votre soirée musicale, et elle ne m'a pas donné l'impression d'être ce genre de personne.

Puis il se fit violence pour répéter, alors qu'il aurait voulu empoigner Pruvost et le jeter hors de son bureau :

— Le commandant est tout à fait fondé à assister à cet entretien, quoi que cette demoiselle ait à me dire.

Il avait, certes, demandé une surveillance discrète du manoir, mais bien précisé qu'aucune intervention d'aucune sorte ne devait être entreprise sans son ordre formel. Les deux jeunes gardes qu'il avait affectés à cette surveillance lui étaient tout acquis, il en était certain. Ils exécraient autant que lui Pruvost et son autorité brutale et méprisante.

Il aurait dû garder la main. D'où la fuite était-elle venue ? C'était incompréhensible ! Surtout, quels atouts Pruvost pensait-il avoir dans la manche pour faire fi de l'autorité d'un représentant de la Convention ? En matière de chasse aux Chouans, c'était lui et lui seul qui donnait les ordres et prenait les décisions.

Mais une chose l'emportait sur ces prérogatives, si toutefois leur étreinte inconsidérée dans le jardin n'avait pas été surprise, ni rapportée à cet homme : faire en sorte qu'il n'apprenne jamais qu'Anne était sa maîtresse, ni même qu'elle éveillait chez lui les plus tendres sentiments.

Le garde se retira et, quelques minutes plus tard, Anne entra dans la pièce. Elle avait l'air terriblement défaite, ce que Pruvost constata avec un sourire cruel, tandis que Malo en eut le cœur brisé. Ce qu'il s'apprêtait à lui annoncer...

— Bonjour messieurs, commença-t-elle d'une voix altérée, qu'elle s'efforçait probablement d'empêcher de trembler.

Elle jeta un regard contrarié au commandant, avant de fixer Malo.

— On me dit que mon frère a été arrêté, monsieur. Est-ce vrai ?

Il acquiesça d'un signe. C'était lui qui avait envoyé le jeune Le Bihan la prévenir, dès que celui-ci était arrivé au fort. Mathéo était attaché à Anne, et il avait pensé que la nouvelle serait moins difficile à entendre, si elle l'apprenait de quelqu'un de familier.

— C'est certainement un malentendu…

— Il a été arrêté au petit matin, rentrant au manoir de Keroual…, intervint Pruvost, aussitôt interrompu par Anne :

— Depuis quand est-ce un délit de rentrer chez soi ?

— … D'une bien étrange manière, poursuivit Pruvost sans prendre en compte sa question. Pataugeant dans un marais, avec l'air de se cacher !

Anne pinça les lèvres, manifestement déstabilisée. Elle chercha, une fois encore son regard, mais Malo était tétanisé par la tournure que prenaient les événements. Il sentait le commandant prêt à jouer au chat et à la souris avec elle, pour le plaisir de l'humilier, alors que tout était dit, qu'il n'y avait rien ni personne à sauver.

— Mon frère, comme bien des jeunes hommes de son âge…, hum… fréquente certain établissement de plaisir, à Plévenon… Il a sans doute choisi cet itinéraire pour plus de discrétion. Il croit que j'ignore cette fréquentation, mais…

— Mademoiselle de Keroual, commença alors Malo, au supplice, j'ignore ce que vous savez de tout cela, mais votre frère est détenu ici en tant que l'un des chefs de la rébellion chouanne en Bretagne.

Il vit tant de douleur dans ses yeux, mais si peu d'étonnement, qu'il sut qu'il ne lui apprenait rien. Ainsi, ce qu'il avait craint, le matin où il avait suivi Esper jusqu'à Keroual, était vrai : elle n'ignorait rien des activités de son frère, ce qui faisait d'elle sa complice.

Oh ! Anne ! Anne… Pourquoi est-ce que tu nous fais ça !

Elle se reprit très vite et feignit la stupéfaction la plus totale, à contretemps, malheureusement.

— Un chef de la rébellion chouanne ?

Elle lâcha un petit rire qui sonna faux et fit mal à Malo.

— Puis-je vous demander ce qui vous permet de l'affirmer, monsieur ? Avez-vous des preuves ?

— La meilleure qui soit, mademoiselle ! triompha Pruvost, avant que Malo ait eu le temps de reprendre la parole.

Il fit taire le commandant d'un regard, puis, rassemblant son courage, se prépara à asséner le coup fatal, la mort dans l'âme :

— Votre frère a avoué, mademoiselle de Keroual. Il a reconnu être Esper, un rebelle activement recherché dans la région.

Anne sentit ses jambes se dérober sous elle et elle dut prendre appui sur un meuble bas, à l'entrée de la pièce où elle était restée, pour ne pas tomber. Malo s'avança immédiatement pour la soutenir et lui lança un regard si désespéré, si implorant, qu'elle prit conscience de toute l'étendue de son mal-être. Si elle en croyait cette altercation que lui avait rapportée Mathéo, il s'était vraisemblablement joué, entre le commandant et lui, des choses qui ne pouvaient être dites à voix haute, du moins pas en cet instant.

— Est-ce que je pourrais le voir ? demanda-t-elle d'une voix à peine audible.

— Je vais vous faire conduire auprès de lui, répondit Malo, tandis que le commandant Pruvost lâchait un gloussement moqueur.

Il se dirigea vers la porte, qu'il lui ouvrit, l'invitant d'un geste à sortir. Elle lui passa devant, très raide.

Lorsqu'il eut refermé derrière lui et qu'ils se trouvèrent enfin seuls dans le couloir, il lui prit la main.

— Anne, je n'y suis pour rien. Tu dois me croire. Tout cela m'a échappé, j'ignore comment.

L'heure n'était plus aux reproches, ni aux questions pour savoir comment cela était arrivé. C'était arrivé, voilà tout. Ce qu'il lui importait de savoir, à présent, c'était si Ronan pouvait encore être sauvé.

— Est-ce que ses aveux seront suffisants devant un tribunal ? N'est-il pas nécessaire de fournir des éléments…

Elle s'interrompit, consciente de l'inanité de sa question.

Le commandant Pruvost l'avait dit : quelle meilleure preuve pour la justice qu'un accusé qui revendiquait les faits ?

Malo secoua la tête. Tout, en lui, trahissait son accablement. Pour un homme censé triompher avec cette prise de choix du point de vue de la cause qu'il servait, il semblait aussi malheureux qu'elle.

— C'est fini, Anne. En reconnaissant qu'il était Esper, ton frère a signé son arrêt de mort.

Elle fut conduite au sous-sol du fort par un soldat. Ils longèrent des couloirs sombres et suintants, où circulait un air glacé, chargé d'odeurs de corps sales, de relents aigrelets de soupe froide et d'humidité.

Ils s'arrêtèrent enfin devant la porte d'une cellule, que son guide déverrouilla à l'aide d'une énorme clé. Ronan était allongé sur une paillasse, les mains sous la tête. Il se leva aussitôt qu'il la vit entrer.

— Anne !

Il se précipita vers elle et la prit dans ses bras.

— Vous avez dix minutes, annonça le garde, qui referma la porte.

— Le manoir était surveillé depuis quelques jours, Ronan, chuchota-t-elle, pour que personne ne puisse l'entendre du couloir. C'est Mathéo Le Bihan qui me l'a appris. Mais lui-même ne l'a su que ce matin. Oh ! Ronan ! Je crois bien que c'est ma faute ! Il se peut que j'aie été suivie, la nuit où je suis allée vérifier la cache d'armes.

— Ou la faute d'un des passeurs du groupe. Je ne te l'ai pas dit pour ne pas t'inquiéter, mais Valpré a été arrêté hier matin. Comme moi, près de chez lui, alors qu'il rentrait au petit matin.

— Il y aurait un traître parmi vous ? Pourquoi tu es sorti, cette nuit, si tu savais que c'était risqué ?

— Pour ces gens, Anne… C'était une question de vie ou de mort pour eux.

— Et pour toi, alors ? cria-t-elle presque.

— Chut… Chut… Écoute-moi.

— Et cet aveu ? reprit-elle à voix basse. Ça n'a pas de sens ! Tu aurais pu dire que tu étais chez la Guéguen… Ou t'inventer une amourette. T'inspirer de Yaël ! Quelle preuve auraient-ils eue contre toi ? C'était ta parole contre celle d'un autre.

— Quoi que j'aie pu dire ou prétendre, je ne crois pas que je serais ressorti d'ici la tête sur les épaules. Ces républicains prennent bien trop de plaisir à faire exécuter les nobles. S'ils croient avoir attrapé Esper, ils ne te chercheront plus.

Elle secoua la tête farouchement.

— Je ne peux pas accepter ça !

— Si, Anne, parce que je sais que tu aurais fait la même chose pour moi, si l'inverse s'était produit.

— Je ne peux pas, Ronan, je ne peux pas !

— Anne écoute-moi, s'il te plaît…

— Non, non.

Elle refusait de le laisser parler. Comment pouvait-il croire un seul instant qu'il avait la moindre chance de la convaincre ?

— Anne, regarde-moi…

Il lui saisit le menton et l'obligea à relever la tête. Elle le fixa à travers ses larmes. Il avait l'air si calme ! Si déterminé !

— Tu dois me laisser faire.

Elle fit de nouveau « non » de la tête.

— Je t'en prie, Nane.

Puis il scanda :

— Laisse-moi faire ça pour toi.

— Pourquoi as-tu avoué ? demanda-t-elle, une fois encore. Si tu n'avais rien dit, on aurait pu…

Il l'interrompit, posant l'index sur sa bouche.

— On a très peu de temps, et c'est peut-être la seule visite qu'on t'autorisera. Peu importe comment les choses *auraient dû* se passer. Les faits sont là : c'est moi qui me trouve dans cette cellule, alors, qu'au moins ma capture te protège. Mais tu dois me promettre d'arrêter, Anne. Fais immédiatement savoir à Boishardy que c'est fini pour toi. Je ne sais pas comment ça se fait, mais l'étau se resserre dangereusement depuis quelque temps. À croire que ces républicains bénéficient de complicités dans nos rangs.

Il la saisit par les épaules et l'enveloppa d'un regard empli de tendresse.

— Promets-moi ! Je ne partirai pas en paix, si tu ne promets pas. Nous avons joué et j'ai perdu. Alors, tant qu'à perdre, autant que toi, tu en sortes indemne.

Elle éclata en sanglots et il la serra de nouveau dans ses bras.

— Promets, murmura-t-il dans son cou.

Elle prit une longue inspiration et se redressa légèrement, l'éloignant d'elle pour le regarder. Ils allaient s'obstiner, aussi têtu l'un que l'autre, sans parvenir à rien, alors que c'était peut-être la dernière fois qu'ils se voyaient en tête à tête, qu'ils se voyaient même tout court, et elle ne voulait pas de tension entre eux.

— Je te promets d'arrêter, concéda-t-elle, honteuse de son mensonge, incapable d'accepter qu'il se sacrifie pour un choix qui n'était pas le sien.

Il y avait encore une chose à tenter qui pourrait peut-être les sauver tous les deux. L'idée germait, prenait forme.

— La visite est terminée, annonça le garde en faisant glisser le panneau de la petite ouverture dans le bois de la porte.

Il leur laissa encore quelques minutes, puis ouvrit.

Ils se serrèrent la main très fort, comme lorsqu'ils étaient enfants, dans la nourricerie, allongés l'un à côté de l'autre dans leurs petits lits rapprochés, et qu'ils se chuchotaient des secrets dans le noir.

— Dis à Yaël de ma part que je suis désolé, vraiment désolé, d'apporter cette ombre sur son mariage. Est-ce qu'il connaît la vérité, maintenant ?

— Non. J'ai quitté le manoir aussitôt que j'ai su. Seule Aesa m'a vue partir.

— Alors, continue à ne rien leur dire.

— Ça va être difficile.

— Le moins ils en sauront, le mieux ce sera pour eux.

Il la fixa un instant et quelque chose d'indéfinissable passa dans son regard.

— Eh bien, Nane, il semble que je sois arrivé en fin de partie…

— Non, ne dis pas ça ! Je vais tout faire pour obtenir d'autres visites. On va se revoir. Je ne te laisse pas, Ronan.

Pas plus que je ne te laisserai endosser ce qui relève de ma responsabilité.

Elle avait un plan. Elle le mettrait à exécution sans attendre. Le soir même. Dès que la nuit serait assez profonde.

Chapitre 20

Nuit du 18 au 19 prairial (6 et 7 juin)
Château d'Aubin

Quelqu'un était dans la pièce ! Jousserand ? Est-ce que c'était déjà le matin ? Malo entrouvrit les paupières et, sans avoir à bouger la tête ni remuer, jeta un coup d'œil par la fenêtre. Les volets intérieurs n'étaient pas fermés, quant aux rideaux, il n'y en avait pas. Vieille habitude de ses nuits sur *La Belle Dame sans merci,* il aimait fixer l'obscurité et y voir danser les étoiles.

Non, il faisait encore nuit. Si quelqu'un s'était introduit dans le bureau, ce n'était pas Jousserand. Et si ce n'était pas lui, quiconque se trouvait là n'avait rien à y faire !

Il s'appliqua à feindre la respiration régulière du sommeil et à rester parfaitement immobile sur la couchette qu'il avait installée dans la pièce. En alerte maximale, il tendit l'oreille. Pas un bruit. Pas un souffle.

Il huma l'air. Il lui sembla capter par intermittence comme une fraîcheur provenant de l'extérieur. Son instinct ne l'avait pas trompé. Quelqu'un se tenait là, à quelques mètres. Quelqu'un dont les vêtements dégageaient une odeur assez volatile et vaguement chargée d'humidité.

Un voleur ? Comment était-il entré ? Jousserand aurait-il oublié de fermer l'une des portes ou portes-fenêtres du rez-de-chaussée ?

Il se sentit soudain terriblement vulnérable, nu sous le drap rêche et la courtepointe légère, qu'il avait repoussés à moitié dans son sommeil. L'intrus se trouvait hors de son champ de vision, probablement derrière lui, à côté de la porte. S'il pouvait l'apercevoir, ce serait moins angoissant.

Allez, déplace-toi, mon joli… Approche et contourne le lit, que je puisse évaluer la situation.

Tant qu'il ne localiserait pas précisément son visiteur indésirable, toute tentative d'action serait vouée à l'échec, d'autant plus qu'il ne bénéficiait pas de la position la plus stratégique, couché sur ce lit de camp, presque au ras du sol, sans arme ni vêtements.

Cela faisait cinq bonnes minutes qu'Anne regardait Malo dormir. Ses yeux s'étaient habitués à l'obscurité. Il était sur le dos, une main posée sur l'abdomen, la tête tournée vers la fenêtre. Le drap le couvrait à mi-corps et elle voyait sa poitrine se soulever et s'abaisser régulièrement. Cette poitrine nue qu'elle avait caressée, embrassée… Contre laquelle elle s'était blottie. Et plus bas, sous le tissu… Non, elle ne devait pas penser au corps de Malo. Elle ne devait pas se souvenir. Mais les images étaient récalcitrantes. Elles s'imposaient, sans y être invitées. Quant aux sensations… Son corps entier la trahissait. Il répondait à la présence de Malo endormi, se tendait vers lui, accueillait au creux de son ventre une chaleur inopportune.

Elle fit un effort pour se concentrer sur la cicatrice encore visible qu'il avait au cou, à l'endroit où elle l'avait blessé avec son poignard. Cette marque lui rappelait pourquoi elle était là. Ronan. Convaincre Malo que son frère n'était pas Esper. Rien d'autre.

À peine entrée au château, elle était montée au premier étage. Elle avait parcouru sans un bruit les grandes chambres, persuadée qu'il s'était installé dans l'une d'elles.

Elle avait ouvert les portes une à une, silencieusement, étonnée de trouver les pièces vides. Puis elle avait réalisé : les meubles, les tableaux, les bibelots avaient été volés, eux aussi. Les républicains auraient dit « confisqués par la volonté du peuple et pour le bien de la République », mais elle ne pouvait se résoudre à utiliser leur vocabulaire. Pour elle, il s'agissait d'une spoliation, d'un pillage pur et simple.

Cette désolation, alors qu'elle avait connu le château au temps de sa splendeur, l'avait toute retournée. C'est qu'elle avait des souvenirs partout, ici.

Même si elle avait grandi à Keroual, le château d'Aubin, Ninnen, sa tante si douce avaient contribué à faire d'elle ce qu'elle était. Les lieux et ceux qui les avaient habités étaient partie prenante d'elle-même. Et constater que tout cela n'était plus... On dit souvent que la réalité est moins pire que ce que l'on peut imaginer, mais cette fois, c'était l'inverse. Songer que le château avait été pillé, essayer de visualiser les pièces vides, était moins triste que d'affronter, physiquement, le vide, les hautes fenêtres nues, les parquets sans tapis, les murs dépouillés de leurs ornements.

Elle avait fini par découvrir Malo au rez-de-chaussée, dans l'ancien bureau de son oncle, meublé des plus sommairement pour ce qu'elle pouvait en distinguer. Il était allongé sur un lit qui en avait à peine le nom. Au-delà de l'émotion qui l'avait étreinte à sa vue, elle avait été stupéfaite de constater qu'il se contentait d'une installation aussi spartiate. Il avait donc réellement l'intention de ne pas vivre là en châtelain, et de créer son école de marine ? Elle n'en avait pas vraiment douté, lorsqu'il le lui avait annoncé, mais elle en avait à présent la preuve.

Ce qui lui rendit plus pénible encore ce qu'elle s'apprêtait à faire. Elle aurait voulu s'allonger à côté de lui, sur cette couche étroite, et se blottir dans sa chaleur. Au lieu de cela, elle vérifia que le bandeau de tissu était bien en place sur son visage, son tricorne suffisamment enfoncé sur son crâne et ses yeux. Puis, elle s'approcha de lui, se pencha et pointa la lame de son poignard sur sa cicatrice, appuyant d'un coup sec pour le réveiller.

Il sursauta, mais elle s'y attendait et veilla à ne pas le blesser, cette fois. Il tourna la tête vers elle, les yeux grands ouverts.

— Esper ! souffla-t-il.

Il s'agissait plus de l'expression d'une intuition que d'une reconnaissance, car il n'avait pas pu la voir dans la grotte. À aucun moment, il ne s'était suffisamment tourné vers elle. Qu'aurait-il vu, d'ailleurs, hormis un visage masqué ? Et lorsqu'elle l'avait poussé, la seule chose qu'il aurait pu, à la rigueur, saisir d'elle, en dépit de sa chute pesante sur les fusils, c'était son dos. Par ailleurs, Ronan, qui s'était accusé, dormait en prison.

Il tenta de se redresser, mais elle l'en dissuada d'une nouvelle pression de la lame sur son cou.

— Ne bougez pas ! Ne tentez rien et tout se passera bien. Je ne suis pas ici pour vous tuer.

Je ne suis pas ici pour vous tuer… C'était bien le plus incompréhensible, dans cette histoire ! Depuis leur « rencontre » dans la grotte, Malo n'avait cessé de se demander pourquoi Esper ne l'avait pas égorgé, alors qu'il le tenait à sa merci. De même, cette nuit. Il s'était introduit dans le château – comment d'ailleurs ? –, et n'aurait pas intention de se débarrasser de lui ?

— Que voulez-vous, en ce cas ? demanda-t-il.

— Que nous discutions… Vous avez arrêté un homme, au petit matin. Un homme qui prétend être moi.

— D'où tenez-vous cette information ? Et qui vous dit qu'elle est exacte ?

Qui donc, au fort, avait pu l'informer des aveux de Ronan de Keroual ? La réponse était, hélas : beaucoup de monde ! Dans sa jubilation d'avoir mis la main sur Esper, Pruvost, exultant d'avoir outrepassé ses ordres, avait fait connaître son triomphe à tous les officiers et toute la garnison. Ou alors, les Chouans avaient, eux aussi, un espion infiltré. Ce que son visiteur indésirable parut confirmer.

— J'ai mes sources, *citoyen Jakez*. Mais, quoi que cet homme ait pu vous dire, il vous ment ! *Je suis* Esper !

— Pourquoi cet homme s'accuserait-il à la place d'un autre, au péril de sa vie ? Car c'est la guillotine qui l'attend.

Il le demandait, mais en connaissait déjà la raison. Si Ronan de Keroual n'était pas le chef rebelle, mais seulement l'un de ses compagnons, il était sans doute prêt, comme tous les Chouans, à se sacrifier pour servir les idées qu'il défendait. S'accuser, alors qu'il était déjà prisonnier, c'était les égarer, Pruvost et lui, semer le doute, et permettre à ses acolytes et à son chef de gagner du temps. Tout comme, dans la grotte, l'homme qui l'avait menacé avait pu prétendre qu'il était Esper, au cas où lui-même serait parvenu à le maîtriser ou le tuer. Était-ce la même personne, aujourd'hui ? Oui. Cette voix basse, particulière, ne s'oubliait pas.

— Faut-il vraiment que je vous l'explique ? Vous n'en avez pas la moindre idée ?

— Si, bien sûr.

— Sachez donc que je n'ai pas l'intention d'accepter ce sacrifice. Esper ne permettra jamais qu'un autre homme paie à sa place.

— Et si c'était vous, l'imposteur ? Qu'est-ce qui me prouve que vous n'êtes pas l'un de ses compagnons, et que votre présence ici n'a pas pour but de me faire douter de l'identité de mon prisonnier ?

— Demandez donc à votre soi-disant Esper ce qui s'est passé, voici peu, dans certaine grotte du cap… Demandez-lui aussi de vous raconter d'où vous vient cette jolie petite entaille au cou…, ajouta-t-il en appuyant dessus, une fois encore. Je doute qu'il en sache tous les détails.

De toute évidence, celui qui le tenait au bout de son arme en avait, lui, une idée très précise. Ou voulait l'en persuader.

— Il a pu s'en vanter auprès de vous, si, comme je le crois, vous êtes l'un de ses compagnons, et non lui-même. Bien joué, je le reconnais, mais il m'en faudra plus pour me convaincre !

— Vous examiniez les armes. Vous les souleviez, les unes après les autres, puis vous les reposiez. Vous ne m'avez pas entendu approcher.

Il ne mourrait pas cette nuit, Malo en était certain, à présent. Pour une raison qu'il avait du mal à comprendre, cet homme cherchait à tout prix à innocenter Ronan de Keroual. Assez peu « militaire » comme attitude, si son visiteur nocturne était bien, comme il l'affirmait, le véritable Esper. D'ordinaire, un chef n'hésitait pas à sacrifier certains de ses hommes, s'il l'estimait nécessaire à l'intérêt supérieur qu'il défendait et à sa mission.

C'était le jeu de la guerre, un jeu que tous les combattants acceptaient ; et ici, en Bretagne, ils l'étaient bel et bien, en guerre…

Il y avait autre chose, mais il ne parvenait pas à cerner quoi. Rassuré sur la suite probable des événements, il décida de pousser plus loin la confrontation, en faisant un test.

— C'est vrai, je les examinais. J'avais posé une lanterne à mes pieds et j…

— Non ! Vous la teniez à la main. Gauche.

En effet.

— Vous m'avez aussitôt saisi au cou, par-derrière, et m'avez fait cette estafilade dans le feu de l'action, continua Malo.

— Je vous ai placé le poignard sur la gorge, mais c'est un peu plus tard que je vous ai blessé. Je vous ai demandé une phrase de reconnaissance. Vous m'avez répondu mot pour mot : « *Je ne la connais pas. Alors finissons-en. Mais avant, apprenez-moi par la main de qui je vais mourir.* »

Malo inspira bruyamment. Ou cet homme avait écouté par le menu le déroulé de la scène, qui lui avait été contée avec force détails, ou il était bien son agresseur de la grotte.

Était-elle parvenue à faire naître en lui un doute raisonnable ? Elle ne devait pas se laisser troubler par cette poitrine offerte à sa vue, par cette bouche qu'elle avait dévorée avec fougue, et qu'elle distinguait suffisamment, à présent, par ces yeux, dont la couleur, en revanche, se fondait encore à la pénombre. Difficile de demeurer impassible, dans son rôle, alors qu'elle savait ce que c'était qu'être dans sa chaleur, contre sa peau, entre ses bras…

Comme il faisait mine de se redresser, elle pressa de nouveau la lame sur la blessure, et lui répéta, une nouvelle fois à la lettre, une partie de leur échange de cette nuit-là.

— Gardez-vous de faire le moindre geste, monsieur ! Comme vous avez pu le constater, l'objet que je tiens à la main ne demande qu'à servir encore.

— C'est également ce que vous m'avez dit. Peut-être êtes-vous bien Esper, après tout…

L'avait-elle enfin persuadé ?

— … Ou bien, on vous aura relaté cette… *entrevue*… avec tant de précisions que je salue l'excellence de votre mémoire !

— Cessons, monsieur. Vous détenez un imposteur, libérez-le ! Pensez-vous vraiment que je raconte point par point au tout-venant mes conversations, dans l'éventualité où je serais emprisonné au fort et où j'en aie à débattre avec vous ?

Malo conserva le silence quelques instants, comme s'il examinait très sérieusement ce dernier argument, puis il lâcha :

— Assez peu vraisemblable, en effet. Mais possible néanmoins.

Cela ne se passait pas du tout comme elle l'avait imaginé ! Il n'était pas si crédule. Comment avait-elle pu penser qu'elle pourrait sauver Ronan avec de si faibles arguments ? Elle avait agi sur un coup de tête, ce qui ressemblait pourtant bien peu à Esper, affolée à l'idée de cette épée de Damoclès au-dessus de la tête de son frère. Mais cette discussion tournait en rond et ne le disculpait en rien.

Il ne lui restait plus qu'une carte à jouer, une carte

extrêmement dangereuse pour elle. Malo ne l'avait pas fait arrêter, l'autre jour, bien qu'il ait certainement compris ce qu'elle faisait à Plévenon, avec son grand panier. Et s'il n'avait rien dit, c'était parce qu'à ce moment-là ils s'étaient embrassés dans la cour du manoir, puis dans le labyrinthe végétal, le soir du concert. Elle lui plaisait déjà, alors.

Depuis, il y avait eu d'autres moments, si intenses, dans le phare. S'ils avaient compté pour lui – ce qu'elle espérait de toute son âme, car c'était sur ce point que cette dernière carte reposait –, ce qu'elle s'apprêtait à faire avait peut-être une chance de fonctionner.

Elle se pencha vers lui, le cœur battant à tout rompre, le tenant toujours en respect au bout de son poignard. Puis elle murmura près de son oreille, sans contrefaire sa voix, cette fois :

— Tu t'es trompé de jumeau, Malo.

Se redressant aussitôt, elle retourna le lit de camp d'un violent coup de pied. Malo tomba par terre et roula jusqu'à la porte-fenêtre, emberlificoté dans le drap et la courtepointe. Tandis qu'il jurait copieusement et essayait de se dégager, elle quitta le bureau en trois bonds.

Elle s'élança en courant dans le grand couloir, puis franchit la porte de service qui ouvrait sur un couloir secondaire menant aux cuisines et à l'office.

Elle était arrivée aux abords du château d'Aubin vers 4 heures du matin. Elle avait sellé Linotte sans un bruit, pour ne pas réveiller Yann, qui dormait dans un petit logement attenant à l'écurie, et elle avait galopé d'une traite jusqu'à Pléneuf.

Elle avait traversé le bourg endormi au pas, puis avait de nouveau lancé sa jument au galop jusqu'à la chapelle du château, située à l'orée du petit bois de pins. Elle avait mis pied à terre et attaché Linotte à la branche basse d'un arbre. La pleine lune était passée, mais elle distinguait tout de même la masse sombre du château, dont les toits pointus semblaient déchirer le ciel.

Une galerie souterraine de deux cents toises environ reliait le petit édifice au château. Bien que cela leur ait été formellement interdit, Ninnen et elle l'avaient empruntée de nombreuses fois, dans leur adolescence, juste pour le frisson de la désobéissance.

Par bonheur, la chapelle n'était pas fermée à clé. Son oncle et sa tante la laissaient ouverte en permanence, lorsqu'ils vivaient encore là, afin que tous, maîtres comme valets, puissent venir y prier à loisir. Et personne n'avait songé, depuis leur exil, à la verrouiller. C'était là que ses frères, sa cousine et elle avaient été baptisés.

Cela faisait des années qu'elle n'y avait pas mis les pieds. La même odeur qu'autrefois lui avait assailli les narines. Une odeur d'encens et de tissus anciens. Elle avait trouvé cela si étrange... Leurs vies avaient tellement changé, depuis quatre ans, tant de repères avaient été bouleversés. Elle-même se sentait si différente. Pourtant, cet endroit était resté le même.

Dans la pénombre, elle avait gagné sans mal le petit autel de bois, et retrouvé le mécanisme de déverrouillage du passage. L'un des panneaux – curieusement celui sur lequel était peinte une *Fuite en Égypte,* œuvre d'un peintre régional spécialisé dans les scènes religieuses – s'était ouvert sur un escalier en pierre étroit. Une puissante exhalaison d'humidité et de moisissure était alors remontée de la galerie.

Elle avait allumé un falot et s'y était engagée sans hésitation.

À présent, le cœur battant à tout rompre, elle faisait le chemin inverse, après avoir récupéré sa lanterne, incapable de déterminer si elle était complètement folle ou si son idée avait été une idée de génie.

Que ferait Malo de ce qu'elle lui avait murmuré ? Rien, hormis libérer Ronan, espérait-elle. Mais n'était-elle pas trop présomptueuse de penser qu'elle lui plaisait au point d'avoir un tel pouvoir sur lui ? Qui lui garantissait qu'une escouade de gardes nationaux n'allait pas se présenter au manoir, pour l'appréhender, elle aussi ?

Elle affirmerait si bien qu'elle était Esper, alors, que Ronan serait disculpé. À moins qu'ils ne soient guillotinés tous les deux… Les républicains ne s'étaient pas embarrassés de beaucoup de considérations, jusque-là, eux qui avaient décapité tant de nobles embastillés !

Linotte l'attendait calmement, broutant une touffe d'herbe étique au pied de l'arbre où elle l'avait attachée. Elle dénoua les rênes et grimpa en selle. Le château était toujours dans le noir, à l'exception d'une lumière qui se promenait dans l'aile des domestiques. Malo… Ou son majordome, qui prenait son service. Il s'en était fallu de peu.

Le jour ne tarderait pas à se lever. Déjà, la nuit perdait de son opacité et un voile bleu floutait les choses.

Elle traversa au pas le petit bois, prenant garde aux branches basses, et, lorsqu'elle eut rejoint la route, elle lança sa jument au galop.

TROISIÈME PARTIE

J'ai escaladé ces murs sur les ailes légères de l'amour :
car les limites de pierre ne sauraient arrêter l'amour.
Et ce que l'amour peut faire, l'amour ose le tenter.

WILLIAM SHAKESPEARE

Chapitre 21

19 prairial (7 juin)
Manoir de Keroual

L'emprisonnement de Ronan avait fait tomber une chape de désolation sur les habitants du manoir. Chaque fois qu'Anne croisait Aesa dans un couloir, celle-ci lui jetait un regard farouche de louve à qui l'on aurait volé ses petits. Anne entendait ce qu'elle ne lui disait pas : « Quel combat mérite de perdre quelqu'un qu'on aime ? » Et encore, Aesa ignorait tout de sa sortie nocturne et du risque qu'elle-même avait pris !

Depuis son retour du château d'Aubin, au petit matin, elle n'excluait pas la possibilité de voir surgir à Keroual une petite escouade de gardes nationaux venus l'arrêter, elle aussi. Elle avait fait un pari audacieux sur l'attirance de Malo pour elle et le pouvoir que cela lui donnerait sur lui. Mais elle n'était pas certaine qu'il la préfère, en fin de compte, à son devoir politique. Quoi qu'il en soit, les dés étaient jetés. Elle avait fait la seule chose qu'il lui restait à faire pour son frère, de son point de vue du moins, et compte tenu de l'urgence de la situation.

Lorsqu'elle était rentrée de Fort la Latte, la veille, après avoir vu Ronan dans sa cellule, une autre épreuve l'attendait. Elle avait expliqué à Yaël les raisons de l'arrestation de leur frère, même si celui-ci lui avait demandé de ne rien en faire. Aesa n'avait rien dit durant son absence : elle estimait que ce n'était pas à elle de parler. Il lui faudrait effectuer cette même démarche délicate, plus tard, avec Urielle.

Ses révélations avaient blessé Yaël, et elles blesseraient Urielle aussi. Il lui avait fallu un long moment pour le persuader que sa tenue à l'écart avait été une mesure de protection, non pas une défiance.

La matinée s'étirait, morose pour les uns et les autres. Ils déambulaient dans les pièces ou à l'extérieur plus qu'ils ne s'activaient réellement, sans parvenir à tromper l'insupportable attente.

Yaël avait fait seller son cheval et il était parti à Erquy chez le père de Liz. Il espérait obtenir du magistrat d'autres informations que celles qu'Anne avait eues de Malo. Elle l'avait laissé faire, si cela pouvait le rassurer d'agir, mais la situation était sans espoir, puisque Ronan avait avoué.

Sauf si sa visite nocturne au château d'Aubin avait porté ses fruits.

S'il restait la moindre chance de sauver son jumeau, elle se trouvait dans le cœur de Malo. Et là seulement.

Château d'Aubin

— … Et me voilà, nu comme un ver à 6 heures du matin, en train de la poursuivre dans le château, au risque de tomber sur Jousserand !

Ruben se laissa aller contre le dossier du fauteuil,

puis éclata de rire en se tapant sur la cuisse. La situation n'avait rien de comique pour Malo, même s'il s'efforçait d'en dresser un tableau humoristique à son ami.

L'Espagnol lui avait fait la surprise d'arriver vers 9 heures du matin pour une courte visite d'au revoir. Éconduit par la dame de ses pensées, il avait décidé, sur un coup de tête, de retourner dans son pays. Probablement ne se retrouveraient-ils pas avant longtemps.

C'est pourquoi Malo était content de lui changer un peu les idées avec ses mésaventures nocturnes, après lui avoir relaté l'enchaînement des événements qui l'avait conduit là.

Ils étaient dans le petit salon, où Jousserand venait de leur apporter un grand pot de café, une belle pile de crêpes et un assortiment de confitures.

— Le spectacle devait en valoir le coup ! J'aurais aimé être une souris.

— Anne en a été une, en tout cas ! Impossible de comprendre comment elle a fait pour entrer puis disparaître aussi vite.

La vérité, c'était que quatre heures plus tard il était toujours aussi abasourdi par ce qu'elle lui avait murmuré dans le noir. Il ne savait pas quoi en penser, ni que faire de cette révélation. D'ailleurs, en était-ce bien une ? Il peinait encore à la croire. N'avait-elle pas plutôt endossé les vêtements du rebelle uniquement pour essayer de le faire douter des aveux de son frère ? Ne s'était-elle pas accusée juste pour le troubler, parce qu'elle escomptait qu'il n'ordonnerait rien contre elle ?

Il s'était relevé aussi vite qu'il avait pu, après qu'elle avait renversé son lit de camp, et s'était lancé à ses trousses. Mais il n'avait trouvé qu'un couloir vide. Il avait alors remarqué que l'un des doubles battants menant à l'aile réservée aux cuisines oscillait encore.

Il avait traversé l'ancienne salle à manger des domestiques, où il avait mangé quelquefois, adolescent, en compagnie du nombreux personnel du château. Puis il avait exploré la cuisine proprement dite, domaine de Jousserand à présent, et le garde-manger. Il était ensuite passé à l'office, une pièce éclairée d'une haute fenêtre et décorée de boiseries claires. À l'époque, les services de vaisselle du comte et de la comtesse étaient exposés dans de grandes vitrines, et le linge de table rangé dans des placards aux portes pleines.

— Est-ce qu'une porte aurait été laissée ouverte par inadvertance ? suggéra Ruben.

— Tu imagines bien que j'ai fait le tour de toutes les ouvertures du rez-de-chaussée. Anne n'a pu sortir par aucune d'elles. Et puis, tu crois vraiment qu'elle serait venue jusqu'au château sans être certaine de pouvoir y entrer ?

Anne, bon sang ! Quelle audace ! Il n'en revenait toujours pas !

Il se perdit un instant dans la contemplation du contenu de sa tasse, comme s'il espérait lire, dans le fond de café, la réponse à tous ses doutes et toutes ses interrogations.

— Tu es sûr qu'il s'agissait bien d'elle ? lui demanda, pour la quatrième fois au moins, son ami.

— Qui d'autre ? répondit-il. Son frère est dans nos geôles depuis hier matin. La coïncidence serait un peu forte, tu ne crois pas ? Et puis, j'ai reconnu sa voix. Puisque aucune porte, fenêtre ou porte-fenêtre n'a pu lui offrir d'issue, il ne reste qu'une possibilité…

— Un passage dérobé, conclut Ruben.

— Qu'elle connaîtrait bien pour avoir fréquenté le château de son oncle. Cela se murmurait, parmi les serviteurs. On disait qu'il en existait un, vers l'extérieur. Il semble que mon aventure de la nuit tende à le prouver.

— Tu n'as pas eu envie de le chercher, en arrivant au château, si tu en avais entendu parler autrefois ? Moi, c'est l'une des premières choses que j'aurais faites !

Malo se leva de son fauteuil et fit quelques pas. Il était très nerveux, même s'il s'efforçait, devant Ruben, d'aborder les choses de manière légère. Son regard tomba sur la console où était alignée sa collection de verres en cristal et de carafes, cadeau du gouverneur de Saint-Domingue, du temps où il était corsaire du roi. Une bonne rasade de whisky ne lui aurait pas fait de mal, mais certainement pas à cette heure du matin !

Il se tourna vers Ruben, et reprit :

— À vrai dire, cette histoire de passage m'était sortie de la tête, jusqu'à ce que la disparition inexpliquée d'Anne me pousse à examiner sérieusement ce que je considérais comme une légende. Chaque château a la sienne. Le plus souvent, il s'agit simplement d'escaliers étroits creusés dans les murs pour relier la chambre maternelle à la nourricerie, située juste au-dessus.

— Ou de la présence d'un cabinet secret, renchérit Ruben, après avoir bu une gorgée de café. Il y avait une pièce de cette nature dans le manoir de mon enfance. On y accédait par une petite porte ménagée dans l'une des boiseries du bureau de mon père. Elle tenait plus d'un grand placard à l'accès sécurisé que d'une pièce à proprement parler, d'ailleurs. Il y conservait ses papiers importants et son or.

— J'ai sondé toutes les boiseries de l'office, tout à l'heure – et plutôt deux fois qu'une ! –, avec le spectre de Jousserand me découvrant à quatre pattes en costume d'Adam, en train de passer la main sur les moulures et les plinthes. Il m'a bien semblé que l'une d'elles sonnait creux, mais impossible de découvrir le mécanisme d'ouverture !

Il avait fini par renoncer, poussé par les contingences : il avait entendu une porte s'ouvrir et se refermer à l'étage, et il avait filé dans le bureau passer des vêtements.

— Est-ce que ce serait ça ? poursuivit-il, plus pour lui-même que pour son ami. Un endroit minuscule où elle serait restée cachée et d'où elle serait sortie plus tard, pour quitter le château en toute discrétion ?

— Cela ne résout pas le mystère de son entrée dans les lieux, fit remarquer Ruben, en posant sa tasse sur la table basse entre leurs deux fauteuils.

— Tu as raison. D'autant plus que ce genre de cabinet secret aurait eu sa place dans une pièce utilisée par la famille, pas à l'office. Ah ! Cette histoire me rend fou ! Mais ce passage, s'il existe, ou quoi que ce soit d'autre, n'est pas le plus important. Sérieusement, Ruben, j'ignore ce que je dois faire de ce qu'elle m'a dit, et ça me tue !

Sans s'attarder sur les détails, Malo l'avait mis au courant, dès son arrivée, du fait qu'il avait vu juste : son cœur de républicain convaincu était pris et bien pris dans les filets de la belle aristocrate.

— Relire *Tite et Bérénice* ? suggéra Ruben, pince-sans-rire.

Puis, se touchant tour à tour le front du revers de la main droite puis de la gauche, il mima l'indécision la plus désespérante.

— Mon amour ? Mon devoir ? Me taire ? La dénoncer ? Suivre mon cœur ou ma raison ? Le fameux débat cornélien dans toute sa splendeur et sa cruauté ! Pardon, Malo, ajouta-t-il devant sa mine renfrognée, la déception amoureuse me rend méchamment caustique. Sois certain que je comprends ton dilemme. Mais que te dire ?

Malo se remit à arpenter la pièce, en proie à la plus vive agitation. Il tournait mentalement en rond !

— Que si l'homme emprisonné au fort n'est pas Esper, il n'a rien à y faire, mais que, s'il persiste dans ses aveux, je ne pourrai probablement pas lui sauver la vie, au risque de désespérer Anne et de la perdre à jamais. Et que, s'il persiste, comme je crois qu'il va le faire, c'est qu'il protège le véritable rebelle…

— Lequel est sa sœur, compléta Ruben. Ce qui expliquerait la tentative d'Anne pour le faire innocenter. À l'inverse, s'il est Esper et qu'elle est venue s'accuser à sa place, on ne peut qu'applaudir cette impressionnante démonstration d'amour gémellaire !

— Et moi, dans tout ça ? cria presque Malo en s'arrêtant brusquement de déambuler devant les portes-fenêtres, et en pivotant vers lui. Où est-ce que je me situe, si elle est prête à mourir pour lui ? Je ne compte pas ? Est-ce que je n'ai été qu'un instrument dont elle espérait se servir pour obtenir des informations ? Des confidences sur l'oreiller ?

— Mon ami, mon ami ! lui dit Ruben en se levant à son tour et en s'approchant pour lui tapoter affectueusement l'épaule. Calme-toi. Que vas-tu décider, alors ?

Malo garda le silence un instant. Ce qu'il devait décider, il le savait : deux voix s'élevaient en lui pour lui dicter… exactement le contraire !

— Que te dit ton cœur ? demanda encore Ruben. Bah, inutile de me répondre. Ta réaction a parlé pour toi. Alors, te voilà donc réellement amoureux, toi aussi ? Qui aurait prédit que cela nous arriverait ! C'est ce que tes compatriotes nomment « l'ironie du sort », je crois ?

— C'est une belle chienlit, en tout cas ! Et qui me place dans une position infernale !

— Peut-être t'aime-t-elle, elle aussi, et se débat-elle dans les mêmes affres que toi ?

— Peut-être, répéta Malo sombrement.

Se pourrait-il que tu m'aimes un peu, Anne ? Que je n'aie pas été seulement pour toi une citadelle à prendre, dans une guerre où tout nous oppose ?

Il se décida brusquement.

— Tu m'excuses, Ruben ? Je te quitte un moment. Je dois aller à Fort la Latte immédiatement, j'ai un ordre à donner.

Manoir de Keroual

À la toute fin de la matinée, un cavalier surgit au bout de l'allée. Anne se trouvait dans la bibliothèque. Elle feuilletait un recueil de Ronsard, mais le cœur n'y était pas. Ni la tête. Elle lisait sans lire, abandonnant fréquemment le livre pour fixer la cour et au-delà, plongée dans un état second. C'est ainsi qu'elle vit le cavalier.

Ce ne pouvait pas être Yaël qui revenait déjà d'Erquy. Elle dut s'appuyer au dossier d'un fauteuil pour ne pas flancher. Malo avait-il fait son choix ? Envoyait-il des soldats l'appréhender ?

Mais l'homme n'était suivi d'aucun autre et ne portait pas d'uniforme.

Ronan ?

Oui, c'était bien lui !

Elle ouvrit la porte-fenêtre et courut à sa rencontre. Aesa l'avait vu, elle aussi, car Anne l'entendit pousser un cri depuis la cuisine, cri suivi d'un bruit de chaise renversée et d'un juron.

Dès qu'il fut dans la cour, Ronan sauta à bas du cheval et la prit dans ses bras.

— Qu'est-ce que tu as fait, Anne ?

— Ce qu'il fallait pour que tu sois là, apparemment !

Il lui saisit les épaules et sonda son regard, tandis qu'Aesa les rejoignait, les jupons retroussés sur les mollets pour aller plus vite.

— Si tu t'es mise en danger…

La présence même de son frère lui confirmait qu'elle avait fait le bon choix. Son stratagème avait fonctionné ; elle ne craignait rien de Malo.

— Est-ce que je serais ici, si c'était le cas ? répondit-elle.

— J'imagine que non. Aesa ! fit-il en ouvrant les bras à leur gouvernante.

Au lieu de s'y jeter, celle-ci détacha prestement le torchon accroché à la ceinture de son tablier et lui en donna un grand coup.

— Garde tes embrassades ! Voilà tout ce que tu mérites, pour m'avoir désespérée !

Ronan ne put retenir un petit rire, et Anne trouva que c'était bon de l'entendre.

— Et maintenant, tous les deux, allez-vous cesser, oui ou non ? Que vous faut-il de plus ?

— Tu ne veux vraiment pas me serrer dans tes bras, Aesa ? insista Ronan. Tu me gronderas plus tard.

Pour toute réponse, elle l'attrapa et le plaqua contre elle, grand gaillard qui la dépassait d'une bonne tête, tout en marmonnant des paroles qu'Anne ne comprit pas.

— Content de vous voir au manoir, monsieur, déclara Yann, que l'agitation dans la cour avait fait sortir de l'écurie.

— Content d'y être, Yann ! Est-ce que tu pourras ramener le cheval chez Yannick Bonjean, au hameau de La Latte ?

C'était le palefrenier chez qui Anne laissait Linotte, lorsqu'elle allait sur la lande.

— Dès que j'ai été libéré, ajouta Ronan, je suis allé à pied du fort jusque chez lui, et lui ai demandé une monture pour revenir ici sans tarder et vous rassurer.

Tandis que Yann acquiesçait, il se tourna vers Anne.

— Il faut qu'on parle, tous les deux. Certaines choses doivent être précipitées.

Château d'Aubin

Ruben était parti depuis une heure. Lorsque Malo était revenu du fort, ils avaient longuement discuté des nouvelles inquiétantes que son ami avait rapportées de Paris.

La condamnation à mort de Danton, le 16 germinal[1] de cette même année, à la suite d'un procès politique jugé d'avance, avait inauguré une nouvelle ère faite de radicalisations. Fort de son ascendant sur le Comité de salut public, ivre de pouvoir, Robespierre semblait ne plus avoir de limites.

La vague toujours plus grande de violences d'État et d'exactions individuelles, partie de la capitale, s'étendait peu à peu sur tout le pays. Le nombre de personnes décapitées à la suite de procès de comédie ne faisait que s'accroître. Les places publiques ruisselaient de sang au pied des guillotines.

Partout en France, des hommes, investis de la moindre parcelle d'autorité, s'engouffraient dans la brèche pour régler des comptes personnels, persuadés de leur impunité. Le grand mouvement humaniste et égalitaire de

1. Le 5 avril.

1789 sombrait dans une violence aveugle qui trahissait ses premiers défenseurs, ses premiers penseurs, et ne cessait de déranger Malo.

Il reconnaissait de moins en moins dans les décisions, dans les actes, la générosité d'une pensée progressiste, visionnaire, qui l'avait tant séduit. Même l'idée que, parfois, la fin justifiait les moyens lui semblait moins défendable, à l'aune de ce qui était en train de se mettre en place.

Tandis que la nuit tombait peu à peu, et qu'il évoquait à nouveau tout cela, installé au bureau, il ne pouvait s'empêcher de penser que le commandant Pruvost incarnait le type même de ces petits chefs avides d'exercer un pouvoir abusif et malsain.

Il se remémora leur altercation, à propos de l'arrestation de Ronan de Keroual, et du fait que ses ordres n'avaient pas été respectés. Il était sûr des deux soldats qu'il avait désignés pour surveiller le manoir ; le problème ne venait pas d'eux.

Plus il réfléchissait à l'arrogance de Pruvost vis-à-vis de lui, plus il était persuadé que ce dernier détenait quelque chose contre lui, une information capitale grâce à laquelle il se sentait autorisé à bafouer son autorité derrière son dos. Anne et lui avaient été surpris dans leur étreinte, dans le labyrinthe. Il ne voyait pas d'autre explication. Probablement par le lieutenant Guyader, qui avait dû s'empresser d'en informer son supérieur.

Juste après sa discussion avec Ruben, il avait filé au fort à bride abattue, pour donner l'ordre de faire libérer Ronan de Keroual. Il avait joué de son autorité de commissaire politique, mais si Anne ne lui avait pas menti, si elle était Esper, elle courait le plus grand danger. Son frère et elle avaient attiré l'attention de Pruvost sur eux ; il ne les lâcherait plus.

Il devait lui parler le plus rapidement possible. Lui demander de renoncer à ses activités secrètes. Il irait au manoir le lendemain. Fini, les masques réels ou symboliques, les semi-confidences, les courses-poursuites dans le château. L'un comme l'autre devraient jouer franc jeu, afin que Pruvost ne se mette pas à tourner autour d'elle comme un vautour qui attend de fondre sur son festin de mort.

Chapitre 22

19 prairial au soir (7 juin)

La nuit était tombée depuis un moment déjà. Seule dans sa chambre, Anne contemplait, le cœur serré, le médaillon ouvert qui contenait deux portraits miniatures d'enfants : ceux de Ronan et elle, peints par leur mère.

En toute fin d'après-midi, Yaël et elle avaient accompagné Ronan pour son départ en Angleterre. Un passage outre-Manche, décidé en urgence dans l'après-midi, et avancé par rapport au calendrier envisagé par son frère, mais conforme au projet initial. Il n'avait fallu que quelques heures pour l'organiser. Si sa libération devait tout à Malo, libération dont elle ignorait les tenants et les aboutissants, Ronan n'était pas à l'abri d'une nouvelle arrestation, d'un nouvel ordre donné à l'insu de Malo, aussi devait-il quitter la Bretagne.

Lorsque, vers 18 heures, la brume de mer avait enveloppé la barque où son jumeau avait pris place, en émigré, cette fois, et non plus en passeur, Anne avait cru que son cœur se déchirait en deux. Littéralement. Une douleur abominable, semblable à celle qu'elle avait ressentie, à dix-sept ans, devant le corps sans vie de sa mère. C'était une partie d'elle qui s'en allait, que la brume avalait. Et elle ignorait quand elle la retrouverait.

Dans l'immédiat, Ronan rejoignait Ninnen et leur oncle Loïc à Londres. Elle ne serait donc pas sans nouvelles de lui. Mais il n'avait pas l'intention de s'établir en Angleterre. Où irait-il, après ? Vers quel genre d'existence ? En accord avec Yaël, elle lui avait donné la moitié de l'argent de la vente des collections de leur père au Muséum d'histoire naturelle de Paris, et non pas seulement le tiers qui lui revenait. Il en aurait bien besoin, dans sa nouvelle vie.

Elle avait l'impression, ce soir, que tout ce qu'elle avait tenu pour acquis s'effritait et lui glissait entre les doigts. Après la disparition de leur mère, le manoir et la vie tranquille qu'on y menait avaient constitué pour eux un nid rassurant, où ils avaient fini de grandir, à côté d'un père lunaire mais chaleureux, et de la solide Aesa. Solide à tous points de vue : physiquement, dans sa détermination et sa volonté, dans son courage au quotidien, mais aussi et surtout dans l'amour qu'elle leur avait prodigué. Oui, elle les avait aimés comme elle aimait sa propre fille.

Et puis, le monde autour d'eux avait été chamboulé. Tous les repères grâce auxquels leur personnalité et leurs projets d'avenir s'étaient forgés avaient volé en éclats. Ronan et elle s'étaient engagés dans la Cause, mais, de même que du côté des républicains la faction jacobine durcissait sa position et faisait tomber des têtes à tout va, la violence ne cessait de croître chez les Chouans. L'outrance allait crescendo de part et d'autre, et elle s'y retrouvait de moins en moins.

Il y avait d'autres façons de lutter. C'est pourquoi elle avait décidé qu'Esper rendrait bientôt son masque. Ronan le lui avait encore demandé, juste avant de monter dans la barque. Elle s'était engagée à le faire et comptait bien tenir sa promesse… Une fois la réunion des chefs passée, ce qu'elle avait omis de lui préciser.

Ronan parti, Yaël marié… Elle devait penser à elle désormais.

Et puis, il y avait Malo. Malo qui avait gardé son secret, au risque de s'attirer de graves ennuis, tout commissaire politique qu'il était, si on découvrait qu'il n'avait pas dénoncé un rebelle. Que devait-elle en penser ? Son image ne l'avait pas quittée, depuis qu'Esper s'était introduite, de nuit, au château d'Aubin. Elle devait lui parler, le remercier, pour Ronan et pour elle, mais ne pas abattre toutes ses cartes, pas encore, pas tant que le rassemblement n'aurait pas eu lieu. Elle allait entamer une partie délicate et bien difficile, dans les jours à venir. Elle était déchirée entre son engagement et son amour pour lui.

Château d'Aubin

Anne s'était demandé de quelle manière elle se présenterait au château. Par la grande porte ou le passage souterrain depuis la chapelle ? Elle avait finalement opté pour l'arrivée la moins officielle des deux, celle qui contenait, par sa nature même, le parfum sulfureux du secret, des étreintes cachées.

Même si elle avait revêtu une tenue de cavalier pour chevaucher Linotte plus commodément, elle était venue cette fois sans arme et à visage découvert. Elle était Anne, seulement Anne, qui se languissait des baisers, des caresses de Malo.

À présent, dissimulée dans l'ombre devant la porte

entrouverte du petit salon, elle l'observait. Installé dans un fauteuil, il lisait à la lueur d'une lampe posée sur le manteau de la cheminée. Le cône lumineux qui découpait l'obscurité faisait briller ses cheveux noirs et lui livrait son visage sans ombres.

Il était absorbé par sa lecture, dans le calme environnant. Il offrait une telle image de douceur domestique qu'elle aurait donné n'importe quoi, en cet instant, pour être la femme qui pourrait, un jour, entrer d'un pas sûr dans la pièce, s'approcher du fauteuil et lui chuchoter amoureusement : « Ça y est, mon chéri, nos deux adorables petits monstres sont enfin endormis, la soirée est à nous ! » Des jumeaux, bien entendu… Aux yeux bleu océan et aux cheveux noirs.

Mais elle n'était que celle qui s'était donnée à lui dans un phare, dans le bruit des vagues et l'odeur des embruns. Elle n'était que celle qui venait quémander. Il était si beau ! Elle avait envie de le toucher, de l'embrasser en permanence. Elle mesurait mieux, maintenant, le sens de l'expression « lui appartenir ». Il ne s'agissait pas uniquement d'embrasement des sens, de possession physique, mais d'un tout, d'un élan, d'une béance, en elle, que seul Malo pouvait combler.

Il releva soudain la tête et scruta les ténèbres qui l'enveloppaient, de l'autre côté de la porte entrebâillée. Avait-il senti sa présence ? Elle resta immobile quelques secondes de plus, dans cet entre-deux où tous les avenirs étaient possibles. Là, dans le noir, elle pouvait encore devenir cette femme heureuse qui le rejoignait, le soir, au salon. Cette femme qu'il soulèverait dans ses bras pour la porter jusque dans leur chambre. Là, elle pouvait rêver qu'il était à elle, et à elle seule. Et qu'il le serait pour toujours.

Mais elle avait besoin de réponses à toutes les questions qui se pressaient dans son esprit, depuis qu'elle avait quitté le château la nuit précédente. Il aurait pu la faire arrêter : il ne l'avait pas fait. Il aurait pu expédier Ronan au tribunal à Fougères, et le livrer au bourreau : il ne l'avait pas fait. Certes, c'était précisément ce qu'elle avait escompté, et elle aurait dû se féliciter de la réussite de son plan, ne pas chercher plus loin. Or, il lui en fallait davantage.

Se décidant brusquement, elle poussa le battant et se montra.

À sa vue, Malo se leva d'un bond, jetant son livre dans le fauteuil derrière lui.

— Anne, enfin ! J'espérais tant cette visite !

En quelques enjambées il était près d'elle. Il la prit dans ses bras et la serra contre lui, presque convulsivement. Elle se laissa aller dans sa chaleur, comblée. Elle avait une première réponse. La principale.

— Si tu savais à quel point j'ai souhaité ce moment ! Je craignais que tu me tiennes à distance, désormais.

Il desserra son étreinte et la repoussa légèrement, les mains sur ses épaules, pour la regarder dans les yeux.

— Tu es partie si vite, la nuit dernière… Tu craignais donc que je te fasse du mal, après ton aveu ?

La gorge nouée, incapable de prononcer un mot, elle fit osciller sa tête de droite et de gauche, en une réponse mitigée. Il la reprit contre lui, lui effleurant au passage la tempe de ses lèvres.

— Comment le pourrais-je ? Mais je parle trop. Pardonne-moi. Je suis si heureux que tu sois là !

— Moi aussi, je suis heureuse d'être là, avec toi, Malo, dit-elle enfin.

Ils restèrent enlacés un moment, sans même s'embrasser, lui, l'enveloppant de ses bras, elle, lui enlaçant la taille. Elle sentait leurs deux cœurs battre en un mouvement syncopé. Celui de Malo résonnait presque à l'intérieur d'elle-même. Puis il pencha la tête et l'embrassa. Un baiser plein de douceur et de lenteur. Presque paresseux.

— Je voulais te remercier, pour Ronan. Lorsque je l'ai vu rentrer au manoir, ce matin, je n'en ai pas cru mes yeux.

— Tu n'as pourtant pas lésiné sur les moyens, dans ton ardeur à me prouver qu'il n'était pas le rebelle que je recherchais !

Il la fixa, les yeux pétillants d'amusement et d'autre chose encore. D'admiration.

— Bien que furieux d'avoir été jeté à bas de mon lit de camp comme un vulgaire chien galeux, j'ai admiré ton courage. Il en fallait une sacrée dose, pour t'aventurer seule dans le château, armée de ton seul poignard.

Elle laissa fuser un petit rire dont la dernière note s'attarda dans le silence du salon.

— Il est encore au manoir ? demanda Malo.

Elle fit « non » de la tête.

— Il se cache. Il a raison…

Elle ne confirma ni ne le détrompa.

— Bien qu'il ait avoué, j'ai usé de mon autorité de commissaire politique pour affirmer que j'avais obtenu la preuve qu'il n'était pas Esper, mais cette intervention, sans concertation ni justification de ce que j'avançais, ne m'a pas fait de Pruvost un allié. Déjà que cet homme ne m'aimait pas… Il ne faut pas qu'on voie ton frère dans le coin.

— On ne le verra pas, répondit-elle.

— C'est bien.

Puis il lui caressa la joue avec beaucoup de douceur.

— Par où es-tu entrée, sorcière aux si beaux yeux verts ? Je laisse quelques portes ouvertes, depuis ta visite, mais ce soir, je ne les ai entendues ni s'ouvrir ni se refermer. Tu es passée comme la dernière fois ? À travers les murs ?

Elle en resta un instant estomaquée. Avait-il mis le château sens dessus dessous et découvert la galerie souterraine ?

Mais il poursuivit, plus gravement, sans attendre sa réponse :

— Ce que tu m'as dit, l'autre nuit... Est-ce que c'était vrai ? Ou cherchais-tu seulement à me faire douter ? Tu savais que je n'ordonnerais rien contre toi.

Elle éluda, consciente qu'elle se livrait à un exercice de funambulisme délicat :

— Tu as fait relâcher mon frère, c'est tout ce qui importe pour moi.

Elle imaginait sans mal la tempête intérieure qu'il avait dû affronter, avant d'ordonner la relaxe de Ronan. Elle ajouta cependant :

— Je n'étais sûre de rien. Tu aurais pu décider de mon arrestation.

— Et j'aurais eu deux Esper pour le prix d'un ? Tous deux revendiquant farouchement d'être le rebelle ? Ça n'aurait pas tenu devant un tribunal !

— Je crois au contraire que la République se serait offert deux têtes plutôt qu'une ! Le Comité de salut public ne s'embarrasse pas de scrupules, si j'en crois le « procès » de Danton et de quelques autres.

Elle avait insisté sur le mot « procès », le chargeant d'une ironie mordante. Elle regretta aussitôt sa remarque. Elle n'était pas venue pour se disputer avec lui ce soir.

Il passa doucement le pouce sur ses lèvres et soupira.

— J'étais sûr de notre cause, en venant ici. Mais tu as raison. Les choses ont changé, depuis quelques semaines. Des actes ont été commis, à Paris et ailleurs, que je n'approuve pas. Ça n'en rend pas ma mission caduque pour autant. Mais oublions cela pour le moment, s'il te plaît. Soyons amis, ce soir…

C'était ce qu'elle désirait, elle aussi, mais Malo n'en avait de toute évidence pas terminé.

— Anne, j'ai besoin de savoir… Maintenant que ton jumeau est hors d'atteinte, est-ce que tu vas me dire la vérité ? Esper, c'était lui, ou c'est toi ?

— Que ferais-tu de cette vérité, Malo, si je te la donnais ?

Il saisit son visage en coupe, et plongea le regard dans le sien. Un regard intense, si plein de désir qu'elle en suffoqua presque.

— Rien…

Il laissa passer quelques secondes, comme s'il avait envie d'ajouter quelque chose qu'il hésitait encore à lui livrer. Puis il se décida :

— … parce que tu m'as ensorcelé.

Il n'avait pas dit qu'il l'aimait. Il avait envie d'elle, mais le désir était volatil, sans le puissant lest des sentiments. Il se lasserait un jour de son corps, de ses baisers. Bientôt peut-être.

Elle, elle l'aimait. Elle en était certaine, à présent. L'amour s'était insinué en elle dès le premier jour, même si elle n'en avait pas eu immédiatement conscience. Maintenant, il la consumait.

L'image d'un foyer heureux s'éloigna aussi vite qu'elle lui était apparue, un peu plus tôt. Qu'avait-elle cru, stupide créature qu'elle était ! « *Ça n'en rend pas ma mission caduque pour autant.* » Il fermerait peut-être les yeux sur le fait qu'elle était Esper, si elle le lui avouait, mais il n'épargnerait pas les autres, parmi lesquels elle comptait des amis. Elle ne devait pas attendre de lui plus qu'il ne pouvait lui donner. D'ailleurs, il ne lui avait jamais rien promis. Simplement, prisonniers l'un et l'autre d'un désir contre lequel ils ne pouvaient pas – ou ne voulaient pas – lutter, ils acceptaient tacitement d'oublier ce qu'ils étaient pour partager un moment d'ivresse.

Ils le feraient cette fois encore.

— Je ne suis qu'Anne, ce soir, Malo, dit-elle, prenant conscience un peu tard que ses paroles pouvaient être entendues comme un aveu. Et j'ai besoin de toi.

Lui seul pouvait lui faire oublier, dans le plaisir, la douleur du départ de Ronan.

Nouant les bras autour de son cou, elle l'attira à elle et lui tendit les lèvres.

— Comme au phare, juste toi et moi.

Elle n'avait pas mis de lavallière et les deux premiers boutons de sa chemise étaient défaits. Malo plongea dans son cou, sa gorge et les dévora de baisers.

— J'ai tellement envie de toi, souffla-t-il contre sa peau. Tu me rends fou !

— Patience… Nous avons toute la nuit devant nous.

Chapitre 23

20 prairial (8 juin)
Château d'Aubin

La lumière filtrait à travers les persiennes tirées. À moitié réveillée, Anne se tourna sur le dos et tapota la place à côté d'elle, dans le lit, à la recherche du corps de Malo. Elle ne rencontra qu'un bout de drap froissé.

Elle se redressa sur les coudes et balaya du regard la pièce vide de meubles, hormis le grand lit dans lequel elle se trouvait et où ils avaient dormi, après y avoir fait bien d'autres choses.

Malo l'avait surprise, la veille, en l'entraînant dans cette chambre à l'étage, meublée de cet unique et grand lit. Elle était à peu près certaine que, lors de son premier passage au château, il n'y était pas. Elle avait ouvert toutes les portes, alors, et n'avait trouvé que des pièces nues. Le fait qu'il ait abandonné son lit de camp méritait réflexion, mais pas ce matin.

Elle se sentait délicieusement lasse, encore engourdie de volupté, et voulait profiter de cette sensation. Ses vêtements se trouvaient toujours par terre, à l'endroit où ils avaient été jetés, mais ceux de Malo avaient disparu.

Elle aurait dû sauter sur ses pieds puis dans ses habits, et filer au manoir, où Aesa devait déjà s'activer. À la place, elle se laissa retomber sur les oreillers.

Elle était merveilleusement bien, quand elle était avec lui. Pour autant, y avait-il un avenir possible à cette relation ? Même lorsque Esper aurait quitté le devant de la scène, elle resterait royaliste, et Malo poursuivrait sa mission républicaine. La fille d'un vicomte épouser un commissaire politique, envoyé de la Convention ? Pourquoi y songeait-elle, d'ailleurs ? Pour qu'une telle chose se réalise, il aurait fallu qu'ils vivent tous deux à une autre époque ou en un autre lieu de la terre. Que leurs convictions profondes n'aient pas été antagonistes. Mais l'étaient-elles à ce point ? Malo avait eu, à plusieurs reprises, des paroles qui l'avaient touchée et avaient fait écho à certains de ses propres credo.

Sans compter que cette mission était temporaire. Il le lui avait dit, le jour où ils s'étaient rejoints au phare. Et il n'avait pas l'intention de vivre au château, dont il voulait faire une école. Il avait été marin longtemps. C'était plus qu'un métier : une seconde nature. Voyageur dans l'âme et dans toutes les fibres de son corps, il repartirait, libre comme sans doute il l'avait toujours été, sans bagages et… sans épouse, quoi qu'il ait pu répondre à Rose, lorsqu'il était venu au manoir. Maintenant qu'elle le cernait un peu mieux, elle en était convaincue.

Et puis, il restait l'obstacle principal : il ne l'aimait pas ! « *Ensorcelé* », c'était le mot qu'il avait employé. Un mot dont le sens originel, puissant, avait été galvaudé au fil des siècles. On s'en servait à présent pour badiner, pas pour faire une déclaration d'amour.

Elle poussa un long soupir qui résonna étrangement dans l'espace vide, sous le haut plafond. Elle devait arrêter de réfléchir à cela, car, quel que soit le chemin que prenait sa réflexion, elle en arrivait à la même conclusion : elle ne devait pas attendre de sentiments de la part de Malo. On ne pouvait exiger d'un lion qu'il vole.

Tant pis si, de son côté, les choses avaient évolué au point qu'elle aurait du mal à s'en contenter. Au moins conserverait-elle cela, le souvenir de ces moments intenses, de leurs corps-à-corps enfiévrés. Ce qu'Urielle, elle, n'aurait jamais avec celui qu'elle aimait.

— Bonjour, ma belle dormeuse !

Malo venait d'entrer dans la chambre. Il portait un plateau qui contenait une cafetière et une théière fumantes, deux tasses, un petit pot – de lait sans doute –, des madeleines, une assiette de fruits frais.

Anne s'assit dans le lit, les genoux ramenés sous le menton.

Il posa précautionneusement le plateau sur le lit, à la place qu'il avait laissée vide un peu plus tôt, puis s'assit sur le bord du matelas.

— Comme je ne savais pas ce que tu prenais le matin…

Elle lui tendit les bras et lui donna un baiser léger sur les lèvres.

— Hum… Quelle gentille attention !

— Thé ou café ?

Elle picora une fraise.

— Café, merci, répondit-elle.

Il lui en servit une tasse.

— Sucre ? Lait ?

— Rien !

— Noir et sans sucre, comme je l'aime, commenta-t-il avec un sourire en coin.

— Viens à côté de moi, dit-elle en soulevant le plateau, pour qu'il puisse s'installer plus confortablement sur le lit.

Puis elle le reposa sur ses jambes et lui servit à son tour une tasse de café. Ils alternèrent ensuite fraises, madeleines, café et baisers, jusqu'à ce que Malo pose le plateau par terre.

Anne crut que c'était parce qu'il voulait lui faire l'amour, mais il se tourna vers elle, lui prit simplement les mains, et sonda son regard de ses yeux qui l'aspiraient.

— Anne, je dois insister : est-ce que c'est toi, Esper ?

Elle poussa un soupir.

— Qu'est-ce que tu en penses ?

— Un « oui » ou un « non » serait bienvenu. Je n'aime pas jouer aux devinettes. Pas sur un sujet aussi important.

La lumière qui passait entre les rainures des volets sculptait son visage, mettant en valeur l'arrondi si sensuel de sa bouche qui appelait les baisers, le dessin de ses mâchoires. Comme elle le désirait ! Comme elle l'aimait, aussi !

— Pourquoi tiens-tu autant à le savoir ?

— Parce que si c'est vraiment toi, je ne suis pas sûr d'être en mesure de te protéger, si tu étais en danger.

— Si on me capture, tu veux dire ?

— Oui. Ce que j'ai fait pour ton frère, je ne suis pas certain de pouvoir le refaire pour toi.

— N'est-ce pas toi qui as toute autorité dans le domaine ?

— Si, mais le commandant Pruvost est un homme que j'ai du mal à cerner et dont je me méfie. Il a déjà outrepassé mes ordres, ce qui a d'ailleurs conduit à l'arrestation de ton frère. Il pourrait le faire encore. Il n'a pas apprécié du tout que je rende sa liberté à Ronan. Quelle qu'ait été la valeur de ses aveux, j'ai privé le commandant du plaisir d'envoyer un aristocrate de plus à la guillotine. Alors ? ajouta-t-il.

Il se mit à jouer avec le bord du drap, à la naissance de sa poitrine, lui prodiguant des caresses très légères.

— Je… Je tiens beaucoup à toi, continua-t-il, sans

la regarder, cette fois. Ce serait terrible, s'il t'arrivait quelque chose et que je ne puisse pas agir.

— Tu tiens beaucoup à moi ? répéta-t-elle, étourdie soudain par les battements frénétiques de son cœur à ses tempes.

Il releva la tête et rencontra de nouveau son regard.

— Il faut arrêter, Anne, tout de suite ! dit-il d'un ton âpre.

Elle eut un petit rire triste.

— C'est exactement ce que Ronan m'a demandé. Il me l'a fait promettre.

— Et tu l'as fait ? Tu le lui as promis ?

— Je le lui ai promis.

Plus que deux jours, et elle honorerait véritablement cette promesse.

— Et… ?

— T'a-t-on rapporté la moindre intervention d'Esper, depuis notre rencontre dans la grotte ?

Le visage de Malo s'illumina.

— Non, et j'en suis heureux. Je ne veux pas qu'on te fasse de mal.

Sur ces mots, il rejeta le drap et l'enlaça. Dans le même mouvement, il la fit pivoter sur le dos et se plaça au-dessus d'elle, en appui sur les coudes, pour faire pleuvoir sur son visage et dans son cou une pluie de baisers.

— Anne, reprit-il au bout de quelques minutes, ce que je ne comprends pas, dans tout ça…

— Je croyais qu'on venait de passer à autre chose, l'interrompit-elle, mutine, en lui saisissant le visage entre les mains pour lui butiner les lèvres à son tour.

Mais il était apparemment décidé à poursuivre et insista.

— Comment peux-tu souhaiter la restauration d'un

régime fondé sur l'inégalité ? Je te connais mieux, maintenant, et je sais que ça n'est pas toi, ça ne te ressemble pas.

Elle le repoussa doucement, et se redressa, la tête en appui sur la main.

— Tu te souviens de la soirée-concert chez le commandant du fort ?

— Et comment ! répondit-il, l'air égrillard, en lui chatouillant le bout d'un sein avec l'une de ses mèches.

— Je veux parler de notre dispute, dans la rue… Tu m'as accusée de vouloir retrouver mes privilèges.

— C'était stupide de ma part.

— Oui, parce que c'est complètement faux. Et autant te le dire tout de suite, il y a des choses, chez toi, que je ne comprends pas non plus… Tu rejettes l'idée de la royauté comme pouvoir absolu, mais n'est-ce pas un autre pouvoir absolu que Robespierre et ses partisans ont mis en place ? Ils s'octroient un droit de vie et de mort sur certains de leurs concitoyens, simplement parce que ces derniers sont nés nobles ou osent émettre des réserves à propos de leurs agissements ! L'ancien système, au moins, plaçait le noble en figure paternelle pour ceux qui dépendaient de lui. Les de Keroual ont toujours veillé sur leurs gens ! Ils les ont toujours aimés, aidés. Et les traditions rassurent.

— Tes parents peut-être, mais ils sont loin d'être représentatifs… L'aristocratie s'est approprié les richesses, sans offrir de contrepartie.

— Que vous leur avez confisquées pour enrichir une autre catégorie sociale : la bourgeoisie ! Où est le progrès, Malo ?

Il secoua la tête.

— Je crois qu'au fond nous voulons la même chose, toi et moi. L'éradication de la misère et une véritable égalité des chances. Quelque chose de grand est en marche,

Anne, une transformation radicale des fondements de la société, même si nous tâtonnons encore sur la voie à suivre pour sa réalisation. Mais ce qui est sûr, c'est que plus rien ne pourra l'arrêter, maintenant.

Elle ne répondit pas, déstabilisée. Il lui était difficile de rejeter en bloc le socle de culture qui avait constitué la base de son éducation et façonné sa vision des choses. L'idée de la monarchie parlementaire la séduisait, parce qu'elle alliait justement ce socle et les éléments nécessaires du progrès.

— Voilà encore ces méchants sourcils froncés ! Pardon, Anne, je ne voulais pas jeter d'ombre sur ce moment.

Lorsqu'il était entré dans la chambre, tout à l'heure, et qu'il l'avait vue dans *son* lit, dans *sa* maison, encore échevelée de la nuit, il s'était senti fondre d'une douceur qu'il n'avait encore jamais connue. La volupté, oui, il en avait fait l'expérience avant elle. À trente-quatre ans, le contraire aurait été surprenant. Mais cette évidence tranquille qu'il se trouvait à la juste place, avec la juste personne, et le bien-être qui en découlait, elle seule les lui procurait.

— Je t'aime, murmura-t-il, oubliant les réserves qu'il avait pu avoir durant les jours précédents.

Elle posa sur lui un regard brouillé de larmes.

— Tu m'aimes ? répéta-t-elle d'une voix tremblante.

Il l'attira à lui et la serra dans ses bras.

— Oh oui, je t'aime ! Et j'en suis bien le premier surpris, crois-moi !

Elle eut un petit rire heureux.

— Moi aussi, je t'aime, Malo. Depuis le jour de notre rencontre, je crois.

Lorsqu'elle reprit le chemin du manoir, plus tard, beaucoup plus tard, le soleil était presque au zénith.

La nuit suivante, ils se retrouvèrent au château. Anne ne passa pas par la galerie souterraine, mais laissa Linotte à l'écurie, dans un box jouxtant celui d'Astrolabe, puis elle entra directement dans le petit salon par la porte-fenêtre.

Ils se promenèrent dans le jardin, sous les étoiles. C'était une nuit particulièrement claire. Ils descendirent ensuite dans une crique, au bout de la propriété, pour se baigner. Nus. Les rochers formaient une petite retenue d'eau, un bassin peu profond que le soleil de la journée avait chauffé. Malo se cala sur un bord et l'installa tout contre lui, entre ses jambes, les bras enroulés autour de sa taille. L'eau clapotait doucement autour d'eux. Au-dessus, sur la falaise, des bruissements d'ailes, quelques cris d'oiseaux. Il lui dégagea le cou, ramenant sa chevelure sur l'une de ses épaules, et la picora de baisers. Puis ils restèrent un long moment blottis l'un contre l'autre, dans l'obscurité et la tiédeur de l'eau.

Le petit matin les cueillit, corps emmêlés, dans le grand lit de l'étage. Malo leur prépara un plateau, qu'il monta dans la chambre, mais Anne ne s'attarda pas : Aesa l'avait fixée d'un air si suspicieux, si sévère, la veille, lorsqu'elle était rentrée vers midi, qu'elle s'était crue revenue à l'époque où son ancienne nounou ne se gênait pas pour protester devant son père, lorsqu'il la lui ramenait toute crottée de leurs courses sur la lande, la natte défaite et les cheveux en botte de foin.

Tandis qu'il lui sellait Linotte, il lui demanda :

— Tu reviendras, ce soir ?

— Bien sûr !

Elle pencha la tête pour cacher son visage derrière le

rideau de ses cheveux. Elle ne viendrait pas, parce que c'était ce soir-là qu'aurait lieu le rassemblement, préparé de longue date, des chefs chouans. Mais elle ne pouvait pas le lui dire.

Elle avait honte de lui mentir, alors qu'il lui avait avoué qu'il l'aimait. Mais elle ne le ferait plus jamais. Esper le Chouan, Esper le rebelle traqué des soldats cacherait son visage ce soir pour la dernière fois. Il mènerait dans l'ombre sa dernière mission.

Au petit matin, elle ne serait plus qu'Anne, Anne l'amoureuse, Anne l'amante. Elle serait toute à lui et pour toujours, quels que soient les choix qu'ils feraient pour l'avenir.

Chapitre 24

22 prairial au soir (10 juin)

L'information leur parvint en toute fin d'après-midi, pour le soir même. Le rassemblement des chefs bretons aurait lieu à minuit, dans une grange désaffectée, à un quart de lieue du hameau de Ker Keren, en bordure du bois Bertrand. Malo voyait fort bien où cela se situait. Un accès discret par le bois et de multiples passages en cas de fuite nécessaire. L'endroit avait été fort adroitement choisi, mais puisqu'ils avaient une longueur d'avance, même s'il s'agissait d'une toute petite longueur, ils pourraient établir une stratégie et mobiliser sur l'intervention un nombre important de soldats.

Pruvost, quelques officiers et lui passèrent les deux heures suivant la réception du message de Fournier à mettre au point l'attaque. Elle serait donnée à 1 heure du matin.

La moitié des effectifs se mettrait en place à la lisière des arbres, une fois la réunion commencée, afin d'empêcher toute retraite, tandis que l'autre moitié donnerait l'assaut à la grange. Des Chouans postés aux abords feraient le guet, bien sûr, mais les gardes nationaux bénéficieraient de l'effet de masse et de surprise.

Malo était sur des charbons ardents, tout comme Pruvost, mais certainement pas pour la même raison. Le commandant allait avoir son grand exploit, qui lui vaudrait la reconnaissance de la Convention, peut-être même une nomination au Comité de sûreté générale. Quant à lui, la fin de cette opération marquerait également la fin de sa mission en tant que représentant spécial. Il pourrait alors se consacrer à son projet de création d'école navale et à son histoire avec Anne.

D'ici là, il rentrerait au château pour passer une tenue plus adaptée que celle qu'il portait, mais surtout pour y attendre Anne.

Elle devait le rejoindre vers 23 heures. C'était du moins ce qu'elle lui avait dit, le matin même, en repartant à Keroual. Mais à ce moment-là elle savait déjà tout de la réunion des chefs rebelles. Avait-elle bien passé la main, comme elle le lui avait affirmé ? Lui avait-elle dit la vérité ?

Sa présence ou non lui permettrait d'être fixé. Si elle venait, il aurait de son côté à justifier son départ du château. Elle ignorait que Fournier les avait informés, mais le fait qu'il reparte lui mettrait forcément la puce à l'oreille. Quel que soit le motif qu'il invoquerait. Elle pourrait alors décider de repartir, pour donner l'alerte. Il devrait donc la neutraliser et la confier à la surveillance de Jousserand. Seulement, la neutraliser de quelle manière ?

La vérité, c'est qu'au fond de lui il doutait qu'elle vienne. Il comprenait l'importance de cette réunion, même si son rôle était de l'empêcher d'aboutir. Et ce qu'il connaissait d'Anne lui laissait penser qu'elle n'aurait pas renoncé à son engagement juste avant un moment aussi capital pour la cause qu'elle défendait.

Ses doutes ne tardèrent pas à se confirmer : à minuit, elle n'était toujours pas là. Il attendit tout de même jusqu'à minuit et demi, s'accrochant à un lambeau d'espoir comme un naufragé à un morceau de bois flottant à la surface de la mer. En vain.

Il sella Astrolabe.

Alors, elle lui avait menti, comme elle avait menti à son frère… Esper n'avait jamais cessé de diriger les rebelles du cap Fréhel. Elle ne viendrait pas au château ce soir, parce qu'elle était à Ker Keren, dans la grange que quatre-vingts soldats armés s'apprêtaient à attaquer.

Il n'était pas surpris. Il n'était pas furieux, non plus. Il était blessé. Profondément. Et terriblement angoissé pour elle. Y avait-il la moindre chance qu'elle échappe à l'assaut et au maillage serré des gardes dans le bois ? Y avait-il la moindre chance qu'il la trouve avant les autres et puisse lui venir en aide ? Y avait-il la moindre chance qu'elle ne soit pas tuée cette nuit ?

La mort dans l'âme, il rejoignit Pruvost et deux autres officiers supérieurs au point de rendez-vous qu'ils s'étaient fixé.

Des coups de feu claquèrent soudain dans la nuit. Puis quelqu'un, à l'extérieur de la grange, cria entre deux détonations :

— Les soldats !

La porte s'ouvrit brusquement et l'un des guetteurs, le bras droit ensanglanté, hurla :

— Sortez par-derrière, vite ! Les gardes nationaux arrivent !

Un vent de panique souffla sur l'assemblée, et un branle-bas de combat suivit cet ordre. Chacun fonça vers la sortie indiquée, renversant des bancs au passage, et gênant du même coup le mouvement général. Un crépitement de détonations assourdissant accueillit les premiers. Les autres refluèrent aussitôt, pour tenter de s'enfuir par la porte de devant. Un même tir nourri les renvoya à l'intérieur. L'affolement occasionnait un désordre indescriptible, fait de cris, d'injonctions, de déplacements inutiles.

Réajustant son foulard sur le bas de son visage, Anne monta à l'étage par l'échelle de meunier, la rage au ventre, accompagnée de quelques autres, dont Yann. Ils avaient été trahis !

L'ancien plateau fait de planches grossières mal jointes, destiné autrefois à recevoir les balles de foin fraîchement coupé, était vide, mais la glissière pour faire passer le fourrage était encore en place. S'ils parvenaient à la manœuvrer et à la repositionner vers l'extérieur sans attirer l'attention des gardes concentrés sur les deux portes, ils pourraient se laisser glisser jusqu'en bas et s'éparpiller dans le bois.

Le mécanisme était grippé. Yann et deux autres hommes durent forcer pour le débloquer et faire pivoter la glissière vers l'ouverture. Quand elle fut en place, Yann insista pour qu'Anne passe la première : si des gardes se trouvaient de ce côté-ci du bâtiment, elle bénéficierait de l'effet de surprise et aurait la meilleure chance de s'enfuir. Elle refusa.

Il ne lui laissa pas le choix. Il la saisit dans ses grands bras de paysan rompu au dur labeur depuis ses plus jeunes années et, sur le signe d'un autre homme qui fouillait l'obscurité, en contrebas, la jeta plus qu'il ne l'installa dans la glissière. En deux secondes, elle était au pied de la grange, et se précipita à couvert des arbres.

Les autres la suivirent de peu, sans plus attirer l'attention, et Yann lui enjoignit de ne plus se soucier de lui. Ils devaient se fondre aux buissons, aux troncs, à la nuit, individuellement, pour multiplier les chances de chacun de s'en sortir.

Elle le serra dans ses bras, puis, sans plus attendre, se mit à courir.

Partout dans le bois retentissait le bruit des armes, et la fulguration des détonations illuminait la nuit d'éclairs brefs et répétés. Malo entendait de toute part des cris. Des hurlements de haine. Des ordres lancés à la faveur de l'ombre.

« Là ! J'en ai touché un, je crois ! »

« Mort aux Chouans ! »

« Pour le roi, chien de républicain ! »

« Par ici, vite ! »

Son cœur se déchira. Comment retrouver Anne dans cet épouvantable chaos ?

Pistolet au poing, il marchait, sans prendre part à la bataille. Ses yeux balayaient les taillis, les sentiers, ou du moins ce qu'il pouvait en distinguer ; sa main tremblante retournait les morts. Les mâchoires serrées, tendu à l'extrême, c'était à peine s'il s'attardait sur les visages exsangues et les regards désertés par la vie, soulagé, à chaque fois, que ce ne soit pas elle.

Soudain, le vent se leva, agitant les branches au-dessus de lui, et les nuages, qui avaient jusque-là dissimulé la lune, s'éparpillèrent. Une lueur laiteuse perça bientôt leur masse sombre, conférant à la nuit des allures de petit matin. Les contours des buissons se dessinèrent. Les silhouettes des fuyards et de leurs poursuivants se firent plus nettes. La brutalité des corps-à-corps s'accompagnait d'injures et, par moments, de l'éclat de la lame d'un poignard.

Malo redoubla de prudence, conscient de l'inanité de sa démarche : ses chances de tomber sur Anne et de lui venir en aide s'amenuisaient de seconde en seconde.

Tout à coup, la voix de Fournier, glaçante, s'éleva quelque part à sa gauche :

— Là ! Esper !

Un éclair blanc passa alors à l'extrémité du champ de vision de Malo, dans un froissement de feuilles.

Anne !

— Vous êtes sûr que c'est lui ?

L'intonation nasillarde du lieutenant Guyader.

— Certain.

L'ordre fusa aussitôt :

— Vous deux avec moi !

Le galop d'une course sur la terre. L'aigrette rouge et blanche d'un tricorne. Le bleu des uniformes.

Malo s'élança, coupant à travers un bosquet d'épineux, indifférent aux griffures et à la douleur. S'il pouvait la rattraper avant les autres, faire croire qu'il l'avait capturée pour les éloigner…

Il l'aperçut enfin. Elle était tête nue, et son foulard avait glissé de son visage. Son catogan s'était défait et ses cheveux noirs flottaient sur ses épaules. Elle courait, haletante, un pistolet dans une main, un poignard dans l'autre. Il eut envie de l'appeler pour la rassurer, lui faire savoir qu'il était là. Avec elle. Pour elle. Mais c'était impossible. Les autres pourraient l'entendre et son plan tomberait à l'eau.

Elle trébucha soudain, se rétablit de justesse, mais l'incident lui fit perdre le peu d'avance qu'elle avait sur les trois soldats.

— On le tient presque !

Comprenant, sans doute, qu'elle allait être rattrapée, Anne stoppa brusquement sa course et fit face à ses poursuivants.

— Morbleu, c'est une femme !

La surprise pétrifia les hommes une fraction de

seconde, ce qui permit à Malo d'en neutraliser un, le moins rapide des trois, resté légèrement en arrière. Il l'assomma avec la crosse de son pistolet.

Dans le même temps, une détonation retentit. Il tourna la tête, le cœur au bord des lèvres, puis relâcha son souffle en voyant Guyader s'effondrer. Anne l'avait atteint à l'abdomen. Mais le troisième pointait déjà son arme sur elle. Cette fois, ce fut Malo qui tira.

Tandis que le soldat tombait, une nouvelle détonation déchira l'air et Malo, horrifié, vit Anne s'effondrer à son tour. Guyader venait de tirer, y laissant ses dernières forces.

— Anne, non !

Il s'élança et s'agenouilla près d'elle. Elle était allongée sur le dos. Du sang rougissait sa chemise blanche au niveau de l'épaule droite.

— Anne !

— Malo ! Aide-moi à me relever. On ne peut pas rester ici.

Elle amorça un mouvement pour se redresser, puis se laissa retomber avec un gémissement.

— Je n'y arrive pas toute seule. Aide-moi, s'il te plaît.

— Attends. Laisse-moi voir d'abord l'état de ta blessure.

Il la souleva avec précaution et la cala contre lui. Puis il défit les boutons de sa chemise, écarta délicatement le pan de tissu et examina la blessure.

— La balle ne t'a pas traversé l'épaule. Elle a dû riper sur la clavicule.

— Rien de mortel, donc.

— Non, mais la plaie est quand même assez large et profonde.

— Dépêchons-nous de nous en aller !

— Non. Tu saignes beaucoup, il faut comprimer l'entaille.

Il ôta sa veste et déchira une bande de sa propre

chemise pour en faire un bandage serré dont il lui enveloppa l'épaule et le haut du bras. Il replaça la chemise par-dessus.

— Ça devrait suffire jusqu'à ce que nous soyons au château.

— Au château ?

— Tu ne peux pas retourner au manoir. On sait qui tu es, maintenant. On ne viendra pas te chercher chez moi cette nuit, et demain nous aviserons.

Comme elle se mettait à trembler, il l'aida à enfiler sa veste.

— Est-ce que tu vas pouvoir marcher jusqu'au hameau ? J'y ai laissé Astrolabe.

Il n'était pas certain de parvenir à récupérer son cheval sans qu'ils se fassent repérer par d'autres soldats, mais ils ne pouvaient pas non plus rester là. Il la remit sur pied, mais elle vacilla, s'accrochant à son bras.

— Attendons quelques instants. J'ai la tête qui tourne.

Inquiet, il jeta un coup d'œil au bandage qui se teintait déjà de rouge. Elle saignait encore ; à ce rythme-là, elle allait rapidement s'affaiblir.

Elle se redressa et prit une longue inspiration.

— Allons-y !

Mais à peine eurent-ils fait quelques pas qu'elle chancela de nouveau. Il la retint avant qu'elle ne tombe par terre et la souleva dans ses bras.

Il marcha pendant une dizaine de minutes avant d'atteindre la lisière du bois. Les rumeurs des combats s'estompaient, concentrées de l'autre côté des arbres et autour de la grange. Pour autant, ils n'étaient pas encore en sécurité. Pour gagner l'entrée du hameau et l'écurie où il avait laissé son cheval, il lui fallait parcourir un chemin pierreux d'un quart de lieue, et il voulait s'assurer que la voie était libre.

Il s'arrêta, et déposa Anne par terre avec beaucoup de douceur. Elle s'était évanouie. Elle était très pâle et sa respiration altérée.

— Anne, murmura-t-il en lui effleurant la tempe de ses lèvres. Anne, mon amour, ouvre les yeux !

Mais elle demeurait inconsciente.

— Quelle scène touchante ! persifla alors une voix tout près de lui.

Malo leva les yeux. Pruvost se dressait à quelques pas de lui, arme au poing, tandis qu'un soldat le tenait en joue avec son fusil. Lui, son pistolet était vide ; il n'avait pas eu le temps de le recharger, après avoir tiré sur le garde, pas plus qu'il n'avait rechargé celui d'Anne.

— La liste de tes trahisons s'allonge, citoyen Jakez !

Pruvost jubilait manifestement.

— Libération d'un rebelle chouan sans justification… Quoique… Tu avais raison, finalement, Ronan de Keroual n'était pas Esper ! Tir sur un officier de la garde nationale. Assistance à une hors-la-loi. Pour un commissaire de la République, quels exploits !

Chapitre 25

23 prairial (11 juin)
Fort la Latte

Anne ouvrit les yeux dans le noir. Où était-elle ? Que s'était-il passé ? Une douleur lancinante pulsait au niveau de son épaule droite, et sa mémoire n'était plus qu'un terrain vague englouti dans le brouillard. Elle tâta l'endroit endolori. Elle avait un bandage tout raidi de… de sang séché ?

Elle essaya de se redresser, lentement. Elle était encore étourdie et, au moindre mouvement, il lui semblait qu'une lame effilée lui traversait l'épaule de part en part. Elle était sur le sol. Elle sentait la terre battue sous sa main. Et cette odeur putride… Ces relents lourds, comme lorsqu'elle avait parcouru les couloirs souterrains du fort pour parler à Ronan.

La réalité la frappa soudain. Si ses yeux ne pouvaient rien lui apprendre, sa mémoire olfactive si. C'était elle qui était enfermée, à présent ! Elle qui était prisonnière. On l'avait jetée dans un cachot ! À quel moment avait-elle été arrêtée ? Elle ne se souvenait de rien.

Lorsqu'elle se fut habituée à l'obscurité, elle regarda

autour d'elle. Elle se trouvait dans une pièce voûtée, dont la surface ne devait pas excéder trois pieds carrés. Au sommet de l'un des murs, un étroit soupirail laissait passer un peu d'air frais. Elle avisa une couchette faite d'une planche de bois attachée à la paroi par des barres de fer, dont la maigre paillasse était recouverte d'une couverture. Sous la couchette un récipient qui lui servirait de pot de chambre. C'était tout. La lourde porte de sa prison occupait presque toute la surface de l'un des murs. La trappe de surveillance était fermée et l'ouverture, de son côté, comportait une petite grille métallique.

Un long frisson la parcourut. Les murs suintaient d'humidité.

Elle se leva péniblement, et vacilla jusqu'à la couchette sur laquelle elle s'assit, s'enveloppant dans la couverture à l'odeur douteuse. Elle peinait encore à rassembler ses idées, sous le coup de la sidération. C'était bien vrai que l'on se croyait invincible, jusqu'à ce que le réel nous rappelle sans ménagement à notre fragilité et notre faillibilité !

Quelques bribes lui revinrent. Une succession d'images décousues, de bruits. Elle courait dans les bois, des soldats à sa poursuite. Il y avait eu plusieurs coups de feu, et elle avait été blessée. Malo était là, aussi… Il l'avait portée dans ses bras. Et puis… ? Elle avait dû s'évanouir.

Était-ce lui qui l'avait conduite ici inconsciente, puis enfermée ? Il l'avait aidée, pourtant. Avait-il brusquement changé d'avis et choisi son devoir ? Est-ce que c'était parce qu'elle lui avait menti ? Il s'était senti trahi et l'aurait finalement livrée ?

Elle ferma les yeux et serra très fort les paupières pour empêcher les larmes de couler. Elle se sentait si faible, tout à coup ! Si elle avait perdu l'amour de Malo…

À cette idée, une vague de désarroi pareille à une lame de fond la secoua. Elle avait fait face à bien des choses difficiles, ces derniers mois, elle s'était mise en danger, pensant ne rien attendre de l'avenir. Et voilà qu'au moment où un nouvel espoir s'était enraciné dans son cœur comme une jeune pousse de bruyère sur la lande, prête à braver tous les vents, toutes les intempéries pour vivre et croître, cet espoir était piétiné de la plus atroce des manières…

La tête se mit à lui tourner, et elle dut s'allonger sur la paillasse. Comme pour la narguer, sa mémoire, défaillante un peu plus tôt, se complaisait maintenant à faire défiler toutes les étapes de leur relation, comme autant d'armes qu'elle avait données contre elle à Malo, sans le savoir. Chacun de ses baisers, chacune de ses caresses, chacun de ses regards.

Elle ferma les paupières, épuisée par cette douleur à l'épaule qui ne diminuait pas.

Elle avait dû s'endormir car, lorsqu'elle rouvrit les yeux, une lumière blafarde en provenance du soupirail éclairait faiblement la cellule. Le jour se levait.

Elle quitta la couchette, s'approcha de la porte et appela.

— Est-ce qu'il y a quelqu'un ?

La fermeture de la trappe coulissa, et elle aperçut deux yeux sombres surmontés d'épais sourcils broussailleux.

— Son Altesse a terminé sa sieste, à ce que j'vois !

Anne entendit un rire gras derrière lui, et quelqu'un se mit à fredonner : « *Ah, ça ira, ça ira, ça ira… Les aristocrates à la lanterne ! Ah, ça ira, ça ira, ça ira… Les aristocrates on les pendra !* » Elle en eut froid dans le dos.

Elle prit sur elle pour déclarer d'une voix sûre :

— Je veux parler au citoyen Jakez !

Elle voulait connaître le rôle exact qu'il avait joué avec

elle depuis le début. Maintenant qu'elle était prisonnière, il n'avait plus aucune raison de lui mentir.

— Où elle s'croit, la citoyenne, pour dire « je veux » ? À Versailles !

Nouveau rire gras.

— Milady veut p'têt aussi du thé et des p'tits gâteaux ?

Un troisième homme intervint alors d'une voix tranchante :

— Ça suffit, Évrard. Va plutôt t'assurer qu'on lui donne à manger et à boire !

Le dénommé Évrard s'éloigna de l'ouverture. Celui qui venait de parler s'approcha et se présenta.

— Lieutenant Genlis, mademoiselle de Keroual. Je vais prévenir le commandant que vous voulez le voir. Et on va vous apporter un repas et de l'eau.

Anne se sentit soulagée d'avoir affaire à un officier, plus enclin, manifestement, à la traiter correctement. Elle pouvait déjà compter sur lui pour être nourrie. Elle avait craint, en entendant les deux autres, qu'on l'affame.

— Pas le commandant, le citoyen Jakez, corrigea-t-elle avec fermeté.

— Le citoyen Jakez n'est pl… Mais vous saignez ?

Il jura, tandis qu'elle se tâtait l'épaule. Le bandage était de nouveau humide et ses doigts maculés de sang. La blessure avait dû se rouvrir.

— Pagali, pourquoi ne pas m'avoir signalé que Mlle de Keroual était blessée ?

Il ajouta, s'adressant à elle :

— Je vais vous envoyer le chirurgien du fort. Il va vous examiner. Il semble que vous ayez besoin de points de suture.

— Ce n'est pas si grave, la balle n'a pas traversé, lui indiqua-t-elle. Et pour le citoyen Jak…

Mais il avait déjà fait demi-tour et s'éloignait, tandis

qu'une main épaisse aux ongles pas très nets refermait le panneau.

Elle alla se rallonger sur la paillasse et attendit.

Un peu plus tard, la porte de la cellule s'ouvrit et quelqu'un posa sur une tablette, juste à côté, un plateau avec un bol, un morceau de pain, un gobelet et un broc. La porte se referma aussitôt. Anne se leva et s'approcha. Elle n'avait pas faim, mais elle devait manger pour conserver ses forces. Le bol contenait un brouet à peine chaud, dans lequel surnageaient quelques morceaux de carottes et de navets. Elle l'avala et conserva le pain pour plus tard.

Elle espérait que le repas qu'on lui avait servi serait rapidement suivi de la visite tant espérée de Malo, mais la matinée s'étira sans plus d'événements. Par le soupirail, elle eut le temps de voir le jour se lever complètement, puis de deviner le soleil qui succéda à une pluie matinale.

Pourquoi ne se manifestait-il pas, bon sang ? L'avait-il vraiment abandonnée à son sort ? Ou bien la laissait-il croupir là à dessein, pour lui donner une leçon, parce qu'elle lui avait menti à propos d'Esper ? Comment le pouvait-il ? Jamais elle ne lui aurait fait subir une telle inquiétude, une telle épreuve, si les rôles avaient été inversés !

Dans le tourbillon affolant de ses questionnements, elle avait au moins une satisfaction : celle de savoir son jumeau libre, à l'abri en Angleterre, auprès de Ninnen, de son oncle et de sa tante. Puis elle pensa soudain aux autres. Dans son agitation, elle les avait momentanément oubliés. Yaël, Urielle, Aesa devaient être fous d'inquiétude. Et Yann ? Avait-il pu s'échapper ? Était-il libre ou enfermé, comme elle ? Elle ferma les yeux, refusant d'envisager une autre hypothèse.

Soudain, des clés tournèrent dans la serrure.

Malo ! Enfin !

Les nerfs à fleur de peau, elle se leva d'un bond, réveillant une douleur qui s'était un peu calmée, et se précipita vers la porte.

Ce ne fut pas celui qu'elle attendait qui entra, mais le commandant Pruvost.

— Bonjour, citoyenne !

Elle s'arrêta net dans son élan et ne put masquer sa profonde déception, ce qui sembla réjouir son visiteur.

— Oh ! je ne suis pas celui que tu attendais, peut-être ?

— Commandant, se contenta-t-elle de le saluer, tandis que la bile lui montait à la gorge.

Il fit quelques pas, les mains derrière le dos, parcourant la geôle du regard, comme s'il était en train de visiter la chapelle Sixtine à Rome.

— Ton logement te convient ?

Elle ne répondit pas, s'efforçant de ne pas perdre pied. Pourquoi ce n'était pas Malo qui se trouvait devant elle ? La question lui brûlait la langue, mais elle préférait attendre de voir où cet homme voulait en venir.

— On m'assure, cette fois, que c'est toi, Esper. Décidément, c'est une histoire de famille !

Elle ne releva pas le sarcasme, mais demanda :

— Qui vous l'assure ?

— Quelqu'un que je suis tout à fait enclin à croire. Tu nies ?

— Absolument !

Il ricana.

— Je me demande bien pourquoi ton frère, lui, a avoué avec autant d'empressement… Pour détourner l'attention d'un être cher, peut-être ?

— Je souhaite voir Malo Jakez dès que possible ! Il est votre supérieur. Vous devez lui rapporter ma demande ! Il serait très contrarié d'apprendre que vous ne l'avez pas fait immédiatement.

Pruvost arbora alors un air si méchamment triomphant qu'Anne en eut des sueurs froides. Il s'était produit quelque chose de grave. C'était obligé. Il avait l'air beaucoup trop sûr de lui. L'espoir qu'elle avait nourri jusque-là, dans l'attente de l'apparition de Malo, s'éteignit aussi brusquement que la flamme d'une bougie sous l'effet d'un puissant courant d'air.

— Quel supérieur ? lâcha-t-il après quelques secondes de silence.

Il s'était mis à lui tourner autour, comme un prédateur sur le point de fondre sur sa proie. Il avait toujours les mains derrière le dos et la fixait, la tête penchée sur une épaule et l'air sournois. Luttant contre la panique, Anne suivait sa rotation. Il jubilait. Ce qu'il s'apprêtait à lui asséner ne la rassurerait pas, elle en avait la conviction.

— Oh ! tu veux peut-être parler du traître à la République, qui a ordonné la libération d'un criminel pourtant passé aux aveux ? Et qui, non content de cela, a récidivé en s'attaquant aux gardes qui tentaient de l'arrêter ?

— Où est-il ? demanda-t-elle d'une voix chevrotante, honteuse de lui montrer ainsi sa vulnérabilité, et horrifiée à l'idée d'apprendre que Malo pouvait avoir été arrêté, lui aussi.

— Aucune idée, mais le Comité de salut public lui fera passer un sale moment, quand on lui mettra la main dessus…

Donc Malo était libre ! Elle chancela, cherchant autour d'elle à quoi se retenir. Comme il n'y avait rien, elle se traîna jusqu'à la couchette, sur laquelle elle se laissa tomber.

— Il est donc inutile que tu espères de ce fuyard le moindre secours, poursuivit Pruvost, croyant sans doute lui annoncer une nouvelle plus mauvaise encore. N'oublie pas que plusieurs soldats de confiance pourront témoigner devant le tribunal que tu te trouvais sur les lieux d'une réunion secrète, et que tu as été appréhendée à l'issue d'une poursuite sans ambiguïté. Tu seras transférée à la prison de Fougères après-demain. Salutations, citoyenne !

Anne ne lui répondit pas. À quoi bon ? C'était terminé pour elle, mais Malo pouvait encore fuir loin de la Bretagne, et retourner à cette vie de marin qu'au fond de lui il n'avait jamais vraiment abandonnée.

Lorsque le médecin du fort vint la soigner, un peu plus tard, elle se laissa faire sans un mot. Épuisée physiquement et malmenée par tant d'émotions contradictoires, elle se coucha, se couvrant de la maigre couverture. Très vite, elle sombra dans le néant plus qu'elle ne s'endormit.

La journée s'étira ainsi, entre moments de conscience et d'inconscience, puis la nuit arriva. Elle avait perdu la notion précise du temps, le soupirail ne lui étant que de peu d'utilité pour compter les heures. Les points que le médecin lui avait faits à l'épaule la tiraillaient, elle grelottait – sans doute avait-elle de la fièvre. Seule l'idée que Malo avait échappé à une arrestation l'empêchait de toucher le fond.

Elle fut tirée de l'une de ses périodes de somnolence par un chuchotement répété.

— Mademoiselle Anne ! Mademoiselle Anne !

Elle crut qu'elle l'entendait en rêve, mais la voix persista :

— Mademoiselle Anne, vous m'entendez ?

Elle se força à ouvrir les yeux. La glissière de surveillance était ouverte et la lueur d'une lampe dessinait un rectangle jaune sur la terre battue de la cellule. Elle se leva et s'approcha, les yeux fixés sur la tache de lumière pour se diriger dans le noir.

— Oui, chuchota-t-elle.

— C'est Mathéo Le Bihan.

— Mathéo !

Les yeux ronds du jeune homme et un bout de son front, sur lequel dansaient des boucles blondes sous le tricorne poussé en arrière, s'encadrèrent dans la petite lucarne. Elle en aurait sangloté de bonheur !

— Chut ! lui intima-t-il soudain.

Puis il referma brusquement le panneau. Elle entendit alors la voix d'un autre soldat. Ainsi que ses pas résonner sur les dalles en pierre. Il s'approcha de la porte, la dépassa et s'éloigna. Le panneau se rouvrit.

— Mademoiselle, écoutez-moi. Pardon si j'y mets pas les formes, hein, mais j'ai pas le temps.

Elle comprit qu'il profitait de la ronde de son camarade pour lui parler.

— M'sieur Jakez, il est plus là. Il a d…

— Je sais, Mathéo, dit-elle précipitamment, afin qu'il ne gâche pas de précieuses secondes en explications inutiles.

— C'est lui qui m'envoie. Il vous fait dire qu'il ne faut pas vous inquiéter. Vous resterez pas là longtemps.

Le panneau glissa une fois encore. Le cœur battant furieusement, Anne trépigna, en attendant que l'autre garde passe en sens inverse.

À deux reprises, Mathéo renouvela la manœuvre pour lui parler. Il ignorait encore quel était le plan de Malo, mais lui assurait que quelque chose se produirait bientôt.

— J'peux plus vous parler, là. C'est mon tour de faire le couloir. Perdez pas courage !

Elle retourna s'allonger, l'esprit plus léger, mais elle ne parvint pas à se rendormir, ou quel que soit le nom de l'état second qui lui avait permis de traverser les heures jusque-là.

Malo ne l'avait ni trahie ni abandonnée ! C'était tout ce qui comptait.

Chapitre 26

Nuit du 24 au 25 prairial (12 et 13 juin)
Fort la Latte

Les gardes de nuit faisaient leur ronde. Anne reconnaissait le trajet invariable de leurs pas. Deux hommes, affectés à la surveillance de sa cellule. L'un, immobile à l'entrée, l'autre, arpentant le couloir. Toutes les demi-heures environ, ils inversaient. Puis, au bout d'un temps qu'elle avait du mal à déterminer, il en arrivait deux autres, pour remplacer les premiers.

Depuis que Mathéo lui avait annoncé une intervention de Malo, elle n'avait cessé d'y réfléchir. C'était un fugitif désormais, comme Pruvost avait pris plaisir à le souligner. Que pourrait-il bien tenter ?

Elle entendit soudain des voix derrière la porte. Des piétinements. Des saluts. Quelques plaisanteries. C'était la relève. Puis le silence retomba, entrecoupé seulement du bruit des talons du garde en mouvement, lorsqu'il passait tout près de la porte.

Alors qu'il en était à son troisième passage, elle perçut nettement le bruit sourd d'un coup, suivi de l'impact sur le sol de quelque de chose de lourd.

Elle se redressa sur sa couchette, le cœur battant. Est-ce que c'était Malo ?

Non… Un bruit de course – quelqu'un s'éloignait en courant cette fois –, puis de nouveau le silence. Elle s'approcha de la porte, tendit l'oreille. Il lui semblait qu'il n'y avait plus personne dans le couloir menant à la cellule.

Bientôt, d'autres pas précipités résonnèrent, accompagnés de chuchotements.

Ce n'était pas habituel…

La clé tourna alors dans la serrure, le battant pivota et Malo fut devant elle.

— Anne !

Elle se jeta dans ses bras, et il la serra contre lui à l'étouffer.

— Malo, tu vas bien ? Pruvost m'a dit que tu étais en fuite.

— En t'abandonnant ici ? Jamais, mon amour, jamais !

— Comment est-ce que tu as fait pour entrer ?

Au moment où elle posait la question, Mathéo Le Bihan sortit de l'ombre, où il était resté jusque-là. Son air déterminé, tendu, le faisait paraître plus vieux.

— Grâce à lui, répondit Malo. Il m'a ouvert la grille du sous-sol. Mais les explications attendront. Le temps presse.

Elle sortit de sa geôle. Un homme gisait par terre, un peu plus loin dans le couloir : le bruit de chute qu'elle avait entendu.

Elle interrogea Malo du regard, mais ce fut Mathéo qui prit la parole.

— C'est moi qui l'ai assommé, mademoiselle, quand j'ai pris mon tour de garde avec lui. J'espère que l'bon Dieu, il me pardonnera.

— Il le fera, Mathéo ! Il le fera ! Mille mercis pour ton aide.

— Les mille mercis, c'est plutôt nous qu'on devrait vous les dire ! Et à vot' père aussi, bien sûr, que le bon Dieu ait son âme !

Il se signa, puis se tourna résolument vers Malo.

— Et maintenant, citoyen Jakez, va falloir frapper fort !

— Frapper quoi ? demanda Anne.

— Frapper « qui », mademoiselle. Moi !

Puis, revenant à Malo, il ajouta :

— Faut pas qu'ça ait l'air d'un coup monté, sinon j'suis bon pour la Veuve[1]. Et ma pauv' mère qu'est-ce qu'elle fera...

Malo lui serra la main.

— Je n'oublierai jamais, Le Bihan.

Anne, elle, le serra dans ses bras, les larmes aux yeux. Dire qu'elle avait pensé qu'il pourrait tirer sur Esper !

— Moi non plus, Mathéo, je n'oublierai jamais ce que tu as fait pour moi. Que Dieu te bénisse, ainsi que toute ta famille !

Malo le frappa alors juste ce qu'il fallait pour l'étourdir de la crosse de son pistolet, et le retint dans sa chute pour qu'il ne heurte pas trop violemment le sol.

— Vite ! dit-il ensuite en prenant la main d'Anne et en l'entraînant dans le couloir.

Ils se glissèrent à l'extérieur de l'enceinte fortifiée telles des ombres, évitant les soldats dans leurs rondes, grâce à la bonne connaissance de leur trajet, toujours le même, qu'avait Malo. Ils coururent jusqu'à l'orée des bois sans un mot, sans s'arrêter. Là, Jousserand les attendait avec trois chevaux.

Ils suivirent le sentier au-dessus de la côte, jusqu'à l'estuaire du Frémur, puis continuèrent par les terres en

1. Surnom donné à la guillotine.

direction de Saint-Malo, qu'ils atteignirent en un peu moins de trois heures.

Saint-Malo

Le jour commençait à se lever lorsqu'ils arrivèrent aux portes de la ville. Anne était épuisée par cette chevauchée au cours de laquelle ils avaient à peine pris le temps de s'arrêter pour faire boire les chevaux, par les nuits de mauvais sommeil dans la cellule et la nourriture plus que chiche. Mais elle avait puisé dans son bonheur d'être avec Malo, dans l'exaltation de cette nouvelle aventure qui commençait, la force de poursuivre sans faiblir.

Ils mirent pied à terre et, tandis que Jousserand se chargeait de conduire leurs montures à un endroit convenu d'avance, Anne et Malo s'enfoncèrent à pied dans les rues et les ruelles. Il y avait déjà un peu d'agitation dans la cité malouine. Des portefaix, le visage crispé sous l'effort, les croisèrent sans leur prêter plus d'attention que cela. Quelques femmes se hâtaient. Deux chiens errants s'approchèrent d'eux, en quête d'un peu de nourriture.

Ils arrivèrent bientôt devant une porte cochère, dans laquelle une autre porte, plus petite, était découpée. Ils traversèrent une cour encore noyée d'obscurité, et frappèrent à une porte vitrée au-dessus de laquelle Anne distingua une enseigne. Les mots « Le Guennec Fret Compagnie » y figuraient, ainsi que le dessin d'un trois-mâts, les voiles déployées.

L'homme qui leur ouvrit n'était pas très grand, mais assez charpenté. Il avait le teint fleuri et l'air jovial.

— Capitaine, vous voilà ! Dieu soit loué ! Entrez ! Entrez vite !

Ils pénétrèrent dans un bureau, en traversèrent un second, tandis que l'homme, qui les précédait, ne cessait de se retourner pour questionner Malo à propos de leur équipée nocturne.

Ils montèrent un escalier étroit qui les conduisit dans un petit salon éclairé d'une seule lampe à huile, réduite à sa plus faible intensité.

— Anne, enfin !

Reconnaissant la voix, Anne fouilla du regard la pièce plongée dans une demi-pénombre, le cœur battant.

— Urielle ?!

Urielle se leva alors du fauteuil dans lequel elle était installée, et où elle s'était probablement endormie en les attendant. Elle se précipita vers elle. Elle avait de petits yeux ensommeillés et le chignon de guingois.

— Urielle ! Mais comment… que…

Anne en bredouillait. Tout s'était passé dans une telle urgence, depuis que Malo et Mathéo l'avaient fait sortir de sa cellule, qu'elle s'était contentée de suivre le mouvement, s'en remettant à la promesse de Malo de lui fournir plus tard des explications.

Urielle gloussa. Anne songea qu'elle devait avoir l'air effaré. Sans parler de ses vêtements sales, de sa chemise ensanglantée. Et que dire de son visage grossièrement passé à l'eau froide, alors qu'ils s'étaient arrêtés près d'un ruisseau pour les montures, de ses cheveux emmêlés, et de la forte odeur de cheval qu'elle devait dégager ?

— Comment te sens-tu, Anne ? Malo m'a appris que tu avais été blessée.

Urielle la dévisageait à présent d'un air à la fois chargé de reproches et soucieux, et Anne lisait dans ses yeux toute l'inquiétude qu'elle lui avait causée ces derniers jours. Et qu'elle avait dû causer à Yaël et Aesa. Quant à

Yann… Elle espérait du fond du cœur qu'il se cachait quelque part, sain et sauf.

Mais la bonté naturelle de sa sœur de lait reprit bien vite le dessus, et c'est d'une voix pleine de sollicitude qu'elle ajouta :

— Viens vite t'asseoir, tu dois être épuisée !

Elle la conduisit jusqu'au fauteuil qu'elle venait de quitter. Anne s'y laissa tomber avec un immense soupir de bonheur.

— Après deux jours et deux nuits de prison, et trois heures en selle, voilà qui est plus que bienvenu ! Et maintenant, Malo, il me semble que l'heure des explications est venue…

— Nous y arrivons, Anne, nous y arrivons. Mais avant, permets-moi de te présenter Ivon Le Guennec, qui a été, des années durant, mon lieutenant à bord du brick *La Belle Dame sans merci*, que j'ai eu le grand honneur de commander. Sans lui, nous ne serions pas ici ce matin, à l'abri.

Anne, Urielle, Malo et Jousserand qui les avait rejoints passèrent quatre jours et trois nuits dans le petit logement au-dessus des bureaux de la compagnie maritime d'Ivon. Il n'était pas possible à Anne et Malo de rester en Bretagne, ni même en France métropolitaine. Ils étaient recherchés, et la gravité des manquements de Malo aux ordres de la Convention ferait qu'on les traquerait sans répit. La seule issue possible pour eux était la fuite hors du pays, pour un temps indéterminé.

C'est pourquoi ils embarqueraient pour les Caraïbes le 29 prairial au matin sur *Le Fulmar des mers*, un bateau de commerce affrété par Ivon. Ils y voyageraient sous la protection du capitaine Bonaventure. Destination la

Martinique : Fort-Royal, tout d'abord, où *Le Fulmar des mers* ferait escale, puis Rivière-Salée, où Malo possédait une maison.

Ces trois jours d'attente, au cours desquels, par prudence, ils ne mirent pas le nez dehors, furent ceux de tendres retrouvailles pour Anne et Malo, après les craintes qu'ils avaient nourries mutuellement. Ils furent aussi l'occasion de revenir en détail sur le déroulement des événements. Tous avaient participé, à leur manière et à leur mesure, à assembler le puzzle qui les avait réunis ici, à soixante-douze heures de l'embarquement, et chacun voulait connaître quelles pièces les autres avaient apportées à l'ensemble.

Malo raconta à Anne comment Pruvost l'avait chargée en travers de sa selle, pour l'emmener au fort.

— Au cours de ma vie de marin, puis de corsaire, j'ai souvent dû faire face à des situations difficiles, où tout espoir semblait perdu. Mais jamais, Anne, lui avait-il confié, la voix éraillée par l'émotion, jamais je ne m'étais senti aussi impuissant et aussi désespéré de l'être ! Ta plaie s'était rouverte et tu saignais. Tu étais toujours évanouie. Et si pâle ! Un homme me tenait en joue, avec ordre de m'abattre, si je tentais quoi que ce soit. Mort, de quelle utilité aurais-je été pour toi ? Vivant, je pouvais peut-être encore te sauver, même si la situation ne se présentait pas de la meilleure façon pour moi ! J'ai dû regarder Pruvost te hisser sur son cheval comme une marchandise et t'emmener, la rage au ventre, tandis qu'il prévenait le soldat qu'il lui envoyait du renfort pour me ficeler et me conduire au fort également.

Il n'avait pas attendu que l'autre garde arrive. Il avait saisi l'occasion d'affronter l'homme seul à seul, comptant sur sa rapidité et l'effet de surprise. Peut-être aussi sur la très brève hésitation que l'autre avait montrée, au moment où il aurait dû appuyer sur la détente. Il avait désarmé le soldat, l'avait assommé d'un coup de crosse de fusil, puis il avait couru vers son cheval.

Il n'était pas repassé au château, craignant que Pruvost n'y ait envoyé un détachement de la garde nationale. Il s'était rendu directement à Pléneuf, chez Ivon, pour lui demander son aide.

De là, il avait fait prévenir Jousserand, qui l'avait retrouvé avec quelques-uns de ses effets personnels. Jousserand avait également été son messager à Keroual, où il était allé donner des nouvelles d'Anne à ses proches, dans la plus grande discrétion. De même qu'il avait contacté Mathéo Le Bihan pour l'organisation de sa libération. Pendant ce temps, Ivon négociait avec le capitaine Bonaventure leur passage sur *Le Fulmar*.

Tous ces récits furent ponctués de rires et de larmes, mais ce qui émut le plus Anne fut la décision d'Urielle de les accompagner. Une décision courageuse et radicale : elle voulait se donner une chance d'oublier Yaël en partant très loin de la France, là où rien ne serait susceptible de lui rappeler les moments qu'ils avaient partagés. Elle lui avait préparé une petite malle de vêtements et d'affaires personnelles, auxquels Yaël avait joint l'autre moitié de l'argent provenant de la vente des collections du cabinet de curiosités.

La malle contenait également deux lettres, qu'Anne s'était empressée de lire, et qu'elle n'avait cessé de relire depuis.

Ma très chère Anne,

Que va-t-il rester du Keroual d'autrefois, ce Keroual qui nous a vus grandir, qui a nourri nos rêves et nos espoirs, maintenant que, toi aussi, tu t'en vas ? Que va-t-il rester de nos jeunes années, de nos jeux et de nos rires ?

Sois tranquille, je comprends la nécessité vitale de ton

départ, de cette fuite qui ne nous laisse pas la possibilité de te serrer dans nos bras une dernière fois avant longtemps, je le crains. Je suis heureux et rassuré de savoir que tu ne t'aventures pas seule au-delà des mers, ma si courageuse, si intrépide grande sœur, mais que l'homme que tu aimes sera avec toi. Que la destinée ne vous a pas séparés, malgré les circonstances si particulières de votre rencontre et de la naissance de votre amour. J'en suis vraiment ravi pour toi, pour vous deux, crois-moi ! Simplement, je me sens un peu orphelin, même si ce mot n'est pas approprié, sans Ronan et sans toi. Vous étiez mes repères, mes axes.

Je sais, je vais être père, et c'est à mon tour, à présent, de devenir le repère et l'axe de cet enfant à naître. Je ne l'oublie pas. J'ai conscience de mes devoirs, même si tu as pu en douter, à juste titre, durant ces derniers mois. Je ne suis plus le même, Anne. Les événements de ces dernières semaines, de ces derniers jours, ont déchiré quelque chose en moi. Je me sens un homme nouveau, plus raisonnable. Plus solide. Je saurai prendre soin de mon épouse et de mon enfant, comme je prendrai soin du manoir et du domaine, de tous ceux qui dépendent de sa prospérité. Keroual demeurera toujours ta maison, quoi qu'il advienne, le lieu où tu pourras toujours revenir.

Mon affection, mes pensées t'accompagnent. J'espère que votre traversée sera sereine et qu'à l'autre bout de l'océan, la félicité t'attend, auprès de celui que ton cœur a choisi.

Écris-moi dès que tu le pourras. Ne cesse jamais de m'écrire, Anne, jusqu'au jour où nous nous retrouverons.

Ton frère qui t'aime.

Ils ne quittaient pas la Bretagne pour toujours. Ce n'était pas un exil définitif, seulement temporaire et nécessaire. Ils y reviendraient, lorsqu'ils ne seraient plus recherchés. Car ce jour-là arriverait.

C'est ce qu'elle écrivit à son tour à Yaël, même si elle ignorait encore par quels détours et à quel moment cette lettre lui parviendrait. Elle y parlait de Malo, des relations et des biens qu'il avait conservés à la Martinique. Elle voulait qu'il sache qu'ils ne seraient pas démunis. Qu'il existait, sur terre, un endroit autre que le manoir pour les accueillir et les protéger.

En réalité, elle était bien incapable d'affirmer de quoi seraient faits les semaines, les mois, les années à venir. Quelque chose était en marche, avait dit Malo. Ce quelque chose avait peut-être pour nom, tout simplement, le destin.

La lettre d'Aesa lui tira des larmes de tendresse et d'amusement. Fidèle à elle-même, son ancienne nourrice l'abreuvait de recommandations pour la nourriture, et lui disait son inquiétude de la savoir voguer vers un endroit où il n'y avait certainement « ni crème fraîche, ni pommes, ni fraises », où personne ne lui ferait, comme elle-même, « ces galettes au sarrasin » qu'elle aimait tant, et l'indispensable kouign-amann du dimanche midi.

Elle mentionnait aussi Yann, qui avait pu s'échapper de Ker Keren, le jour de l'attaque de la grange.

> *... Ne te fais pas de souci pour lui, ma chère petite. Il se cache pour le moment. Des soldats rôdent autour du manoir, depuis trois jours, mais ils peuvent bien traîner tant qu'ils veulent, Yann n'est pas si bête !*
>
> *Pour ce qui est de Yaël, je serai la voix de sa raison, comme tu m'as dit, même si je dois lui botter les fesses comme lorsqu'il était encore un petit garçon ! Sois tranquille sur ce plan-là. J'ai fait cette promesse à ta mère, il y a longtemps. Je te la fais maintenant.*

Et toi, promets-moi de bien prendre soin de toi. Écris-moi dès que tu pourras pour tout me raconter de ta vie là-bas, au bout du monde.

Oh ! je voudrais être déjà plus âgée de quelques années pour pouvoir te serrer de nouveau dans mes bras. Ne tarde quand même pas trop à me revenir, ma petite Anne, ou je pourrais bien être une vieille femme, lorsque ce moment arrivera.

Je t'embrasse,

Ta dévouée Aesa.

Chapitre 27

29 prairial (17 juin)
Port de Saint-Malo

Le jour se levait à peine, mais le port de Saint-Malo était déjà en pleine effervescence. Il fourmillait de matelots, de voyageurs en attente du départ, de curieux venus assister au chargement des bateaux. Des marins chargeaient les navires amarrés, ou les chaloupes destinées à transporter les marchandises sur les gros tonnages, à l'ancre, un peu plus loin. De vieux loups de mer, usés par des décennies de traversées maritimes, certains arborant une jambe de bois comme on aurait affiché une médaille de guerre, arpentaient les quais en connaisseurs. Ils s'arrêtaient parfois pour observer les calfateurs qui introduisaient, à violents coups de maillet, de grosses bourres d'étoupe entre les bordages. Tout ce bruit, ainsi que les cris, les interpellations, les lourdes caisses de bois que l'on raclait sur les pavés, enveloppait Anne, Malo, Urielle et Jousserand d'un brouhaha incessant, et c'était à peine s'ils s'entendaient les uns les autres.

Anne, le tricorne rabattu sur les yeux, avait opté, cette fois encore, pour sa tenue masculine, afin de circuler plus aisément qu'avec une robe et des jupons, des souliers fins, mais aussi plus discrètement parmi la faune cosmopolite des quais. Urielle l'avait imitée.

Elle sentait Malo nerveux. Il ne pouvait pas la tenir par le bras, encore moins par la taille, compte tenu de l'apparence qu'elle s'était donnée, mais il marchait aussi près d'elle que possible. Ses yeux furetaient partout. Il avançait à grands pas, les entraînant, Urielle et elle, dans un rythme qu'Urielle avait du mal à suivre. Elle avait dissimulé ses longs cheveux blonds à l'intérieur de sa veste et dévorait d'un regard anxieux et fasciné toute l'agitation autour d'eux.

Ils avaient tous les trois hâte d'atteindre la protection du *Fulmar des mers*. Ils ne se sentiraient en sécurité qu'une fois montés à bord. Malgré tout, Anne appréciait la forte senteur saline de l'air sur ses lèvres, les odeurs mêlées, familières, et pourtant déjà exotiques… Autant de promesses de cet inconnu dans lequel elle se jetait avec toute la force de son amour pour Malo, et le poignant regret de ce qu'elle laissait derrière elle.

Sûrement pas pour toujours. Elle avait besoin de se le répéter.

Le Fulmar des mers apparut enfin devant eux, ses voiles encore repliées, les lettres de son nom peintes en cursives élancées. C'était une belle flûte de six cents tonneaux. De ces bateaux de commerce importés de Hollande, qui tenaient bien les flots. Elle ne manquait pas d'allure, avec ses trois mâts et sa figure de proue représentant l'oiseau dont elle tirait son nom, les ailes déployées comme en plein vol. Elle n'en était pas moins équipée de vingt canons, pour dissuader les pirates durant la traversée. La mer était calme, le ciel dégagé et de ce bleu-noir profond qu'Anne aimait à contempler, quelquefois, depuis la lande.

Comment pouvait-elle être à la fois si triste et si heureuse ?

Le capitaine Bonaventure les accueillit en personne au sommet de la passerelle. Contrairement à ce que son patronyme aurait pu laisser supposer, il n'avait en rien l'air d'un aventurier. C'était un gentleman qui parlait le français de la province du Canada. Il leur montra aussitôt leurs quartiers : il cédait sa propre cabine, la plus grande et la mieux meublée, à Anne. Le chirurgien du bord cédait la sienne à Urielle, et le second la sienne également à Malo. Celui-ci déclina, déclarant qu'il dormirait dans un hamac, comme les autres membres de l'équipage et Jousserand. Anne sourit à part soi, pariant intérieurement qu'un des hamacs resterait vide.

Elle trouvait son bien-aimé transfiguré depuis qu'il avait mis les pieds à bord. Tandis que les hommes d'équipage finissaient de superviser le chargement des marchandises, puis se préparaient à l'appareillage, il lui fit visiter le navire, lui expliqua la fonction de chaque recoin, de chaque équipement, prenant un plaisir manifeste à dévider pour elle la longue liste du glossaire maritime. Heureux comme un homme qui retrouverait sa patrie après un très long exil.

Le début de la soirée les surprit sur le gaillard d'arrière, le visage offert aux embruns. Anne s'était changée pour assister au dîner, qu'ils avaient pris dans le carré des officiers. Elle avait opté pour une robe assez simple, mais taillée dans une belle indienne aux motifs chatoyants, portée sur un jupon jaune d'or. Dans sa hâte à lui rassembler quelques affaires et à préparer son propre départ, Urielle avait oublié les bijoux. Elle n'avait joint que le précieux petit médaillon renfermant les portraits de Ronan et elle enfants, peints par leur mère.

Ses quelques jours d'emprisonnement et sa blessure à l'épaule qui la faisait encore souffrir par moments lui avaient un peu creusé le visage, mais l'excitation du départ, le bonheur de savoir Malo avec elle, alors qu'elle avait cru le perdre pour toujours, lui rosissaient les joues aussi sûrement que si elle avait usé de fards.

Les falots que les matelots avaient suspendus sur le pont lançaient par instants des éclairs sur l'eau. Au-dessus d'eux, la voûte étoilée se distinguait à peine, il était encore un peu tôt. Seule Vénus brillait. Quelques oiseaux jouaient encore avec les courants aériens qui les poussaient entre les mâts, en un ballet improvisé.

Pour Anne, aucun moment n'aurait pu être plus parfait que celui-ci. À présent qu'ils avaient quitté le port et faisaient route vers la Martinique, ils se détendaient, pouvaient se laisser aller à imaginer le lendemain.

— Cette nuit est magnifique, dit-elle. L'air est doux. Tu es là, tout près de moi, et tu m'aimes ! Que pourrais-je demander de plus ?

Si elle avait soigné sa toilette, elle s'était contentée d'une coiffure plus sommaire. Elle avait rassemblé ses cheveux en une courte natte, que Malo lissait d'un geste lent, plein de douceur, lui procurant dans le cou une myriade de frissons délicieux.

Ils avaient dû passer leurs nuits séparés, durant leur court séjour au-dessus des bureaux d'Ivon Le Guennec, mais elle savait que la cabine du capitaine leur offrirait en secret, plus tard, une intimité qu'elle appelait de toute son impatience.

— Peut-être de profiter, demain, d'une nuit tout aussi magnifique… avec ton mari ? répondit-il.

Elle se tourna et posa sur lui des yeux effarés. Est-ce qu'il venait de…

Il lui caressa le visage, le regard plongé dans le sien.

— Je te demande de m'épouser, Anne… Pardon si je le fais d'une manière aussi prosaïque. Je sais que les jeunes filles espèrent de l'homme qui leur fait une demande en mariage un genou à terre, un compliment bien tourné et une belle bague, mais, comme je te l'ai dit la première fois que je suis venu à Keroual, j'ai beaucoup plus fréquenté les ponts des bateaux et les carrés d'officiers que les salles de bal…

Elle voulut l'interrompre, pour lui rappeler qu'elle avait vingt-sept ans et qu'à cet âge on était revenu de bien des rêves et des attentes. Pour le rassurer aussi – elle l'aimait justement parce qu'il n'était pas une copie de ces caniches de salon qu'elle avait rencontrés à l'époque où Ninnen et elle étaient encore des demoiselles à marier et des partis convoités, mais il enchaîna :

— Sois sûre, cependant, que je t'aime, comme jamais je n'aurais pensé que j'aimerais un jour ! J'aime tout chez toi, ton visage, tes yeux, ta bouche, ta peau, tes formes adorables, même si c'est bien loin d'être le principal.

— Malo…

Il pressa doucement le bout des doigts sur ses lèvres pour lui enjoindre le silence.

— J'aime ton courage, ton audace. J'aime ta générosité, ton énergie. J'aime ta façon de te donner à moi, mais j'aime aussi le soin que tu prends de ceux qui te sont chers. Je veux que tu sois ma femme.

Elle prit son visage en coupe et, se hissant légèrement sur la pointe des pieds, elle murmura contre sa bouche :

— Moi aussi, Malo, je t'aime comme je n'aurais jamais pensé aimer un jour.

— Avant que tu me répondes, je dois t'avouer quelque chose… Il y a un aspect de moi que tu ignores encore.

— Malo, je sais déjà tout ce que j'ai à savoir. Rien ne t'a été donné, à la naissance. Pourtant, tu as accompli de grandes choses. Ce que tu as acquis, tu ne le dois qu'à toi-même, à ta force de caractère, ta détermination. Tu es un homme de conviction, même si nos convictions nous ont séparés, au début. Tu es un homme qui s'engage pour ce en quoi il croit, pour ceux et celles auxquels il tient. Qu'ai-je à apprendre de plus, puisque c'est ainsi que je t'aime ?

Il secoua la tête, la mine plus sombre.

— J'aurais dû te révéler cela il y a des semaines déjà.

Elle lui saisit les mains et, mutine, demanda :

— Bien… Quel est donc ce secret si terrible que dissimule M. Malo Jakez ?

— Ne te moque pas. Je suis très sérieux, Anne.

— Pardon. Je t'écoute…

— J'ai grandi au cap Fréhel, tout comme toi. Dans le hameau de Ker Aven.

— Je ne vois là rien qui soit…

Une fois encore, il lui imposa le silence d'un doigt doucement pressé sur ses lèvres.

— Et mon père était le jardinier du comte d'Aubin. Je suis souvent venu à Keroual porter des fruits ou des légumes, dans une vieille carriole dont tu te souviens peut-être. Je vous voyais jouer de loin, tes frères et toi.

Anne resta un moment silencieuse, le temps que les informations se déploient entièrement dans son esprit.

— Alors, le château…

— Je l'ai exigé de la Convention pour accepter la mission qu'on me proposait en Bretagne. J'étais si loin d'imaginer que je tomberais amoureux de toi, Anne ! Il y avait en moi une soif de revanche inextinguible.

Contre ton oncle, qui s'était montré brutal avec moi, contre la vie… Et puis, j'ai été attrapé à mon propre jeu.

— Non, Malo. Pas à ton propre jeu, à ton altruisme.

Elle l'enveloppa d'un regard plein de tendresse.

— Ta nature a vite repris le dessus, et, au-delà de ton ressentiment, tu as imaginé ce projet si généreux, cette école gratuite pour les enfants pauvres.

— Tu ne m'en veux pas de t'avoir dissimulé cela ?

— Tu ne m'as jamais caché la modestie de tes origines. Et qu'ai-je de plus que toi, aujourd'hui ? Je suis une fugitive qui ne possède, pour toute richesse, qu'un peu d'argent, une malle de vêtements, un habit d'homme, une bonne paire de bottes en cuir et ce médaillon en argent ayant plus de valeur sentimentale que monétaire ! Ce que tu viens de me confier te donne plus de valeur encore à mes yeux. Alors oui, j'accepte d'être ta femme, Malo. Si tu savais comme je le veux !

Tandis que les étoiles s'allumaient une à une dans le ciel, ils restèrent enlacés. Longtemps.

Par moments, poussées par l'air du soir, leur parvenaient les paroles d'un vieux chant traditionnel.

Dans la ville des Sables
Vogue, vogue, marinier, vogue
Y a-t'une fille à marier
Vogue, beau marinier, y a-t'une fille à marier.

Épilogue

1er messidor (19 juin)
À bord du Fulmar des mers,
quelque part entre ciel et eau

Ma très chère Ninnen,

Le temps qu'elle te parvienne, cette lettre te trouvera certainement jeune mariée heureuse depuis quelques semaines déjà. Sache que je penserai très très fort à toi demain, même si cette phrase n'aura plus guère d'actualité lorsque tu me liras !

L'hôtel particulier de Lord Gregson, tel que tu me l'as décrit, m'a tout l'air d'un palais de maharaja ! Quel exotisme ! On voit qu'il a vécu aux Indes.

De mon côté, je ne suis pas en reste, question exotisme. Comme te l'indique l'en-tête de ce courrier, je vogue vers les Caraïbes. Oui, les Caraïbes !

Tant d'événements se sont précipités, ces derniers jours, que je sais à peine par où commencer. Peut-être par la nouvelle la plus incroyable et la plus merveilleuse : c'est une jeune mariée qui t'écrit !

Lorsque ce courrier te parviendra, tu auras reçu

le précédent, où je te parlais du mariage de Yaël, du désespoir d'Urielle et de mon amour pour Malo. Tu sais tout, à présent, de notre rencontre, de l'évolution de nos sentiments en dépit de ce qui nous opposait, et ton art de lire entre les lignes t'aura sans doute renseignée sur l'aspect le moins platonique des choses.

Si ton futur palais des mille et une nuits bat, et de très loin, la maison où je vivrai, lorsque je serai arrivée à destination, je peux me flatter d'avoir repris la main, en matière de demande en mariage. À toi, la barque et le lac de Kensington Gardens, à moi l'océan Atlantique et la dunette d'un trois-mâts, où Malo m'a fait sa demande en mariage, sous les soupirs des étoiles.

Tu devras patienter jusqu'à ma prochaine missive pour comprendre comment j'en suis venue à voyager sur ce brick de commerce, et pourquoi nous sommes en route pour les colonies. T'en donner les raisons maintenant me replongerait dans des heures bien sombres, alors qu'elles sont derrière moi, déjà oubliées ou presque, et que je ne suis que lumière et joie.

Le capitaine Bonaventure – quel nom merveilleusement prometteur ! – nous a mariés, hier, en fin d'après-midi.

Imagine ce qu'a été notre église… Un navire briqué du fond des cales jusqu'aux hunes, tous ses cuivres rutilant. L'autel ? Le pont supérieur, aux planches de bois fraîchement lessivées, qui sentaient encore le savon noir. Les colonnes et les croisées d'ogives ? Les mâts et leurs voiles déployées claquant au vent. Et puis, au-dessus de nous, un ciel d'un bleu si profond qu'on aurait voulu s'y baigner ! Point d'orgue, ni de chorale, mais les cris des oiseaux dans le sillage du bateau.

J'ai même eu droit à un bal, qui s'est terminé fort tard dans la nuit. Pas de robes de soirée, pas d'habits, pas d'aigrettes, d'éventails, ou de bijoux étincelants sur des gorges blanches et autour de poignets gracieux, mais les trognes taraudées de solides marins dans leurs vareuses, le bonnet enfoncé sur le crâne. Des officiers et sous-officiers nous ont cependant fait l'honneur de leurs uniformes d'apparat.

Un mousse joueur de flûte traversière ainsi qu'un gabier joueur de mandoline nous ont fait danser.

Et, au milieu de cette compagnie hétéroclite, moi, chère Ninnen, mariée comblée, tournoyant au bras de celui que j'adore, vêtue de mousseline claire à bouquets de roses.

Seule ombre au tableau, la petite mine d'Urielle, dont la tristesse est palpable. Oui, tu as bien lu, Urielle est à bord. Elle fait route avec nous. Elle espère que la nouveauté de la vie dans les colonies lui permettra d'oublier, peu à peu, son chagrin et celui qui le lui inflige, même si c'est bien involontairement. Comme je te l'ai écrit dans ma précédente lettre, et comme tu as pu toi-même t'en rendre compte ces dernières années, jamais Yaël ne l'a regardée autrement que comme la compagne de jeu de notre enfance, presque une sœur.

La fête s'est terminée sur des chants malouins, entonnés par tous, matelots et officiers. Des chants qui parlaient de bien-aimées restées à terre, de marins perdus, d'absences bien trop longues, d'amours clandestines ou de retours triomphants, les poches débordant d'or et de pierreries. J'ai surpris des larmes de nostalgie chez certains, pas forcément les moins « patibulaires », et chez notre petit mousse musicien, dont c'est le premier voyage en mer et le premier éloignement d'avec sa famille.

Je suis heureuse de savoir Ronan auprès de vous. C'est un baume pour moi. J'espère que, s'il décide de voyager dans les îles françaises du Nouveau Monde, nos routes se rejoindront bientôt.

Tu demeures et demeureras dans mon cœur, Ninnen, quoi que je fasse, où que mes pas me portent. De même que mon cher Keroual, ses habitants actuels et mes disparus, que je n'oublie pas.

J'ignore ce que sera demain, quel coin de la terre nous accueillera durablement, Malo et moi. Mais ce que je sais, c'est que je porte en moi, et pour toujours, le chant du vent sur la lande, le vol des oiseaux au-dessus du cap Fréhel, de même que je garde sur les lèvres le goût de l'air et de la mer de ce morceau de Bretagne où j'ai grandi.

Je t'envoie mille baisers devant un soleil levant magnifique, bercée par les vagues et la douce certitude d'être tendrement, follement, divinement, magiquement aimée par celui que j'aime.

Ta Anne dévouée

Composé et édité par HarperCollins France.

Achevé d'imprimer en mars 2020.

CPi
BLACK PRINT

Barcelone

Dépôt légal : avril 2020.

MIXTE
Papier issu de
sources responsables
FSC® C108412

Pour limiter l'empreinte environnementale de ses livres, HarperCollins France s'engage à n'utiliser que du papier fabriqué à partir de bois provenant de forêts gérées durablement et de manière responsable.

Imprimé en Espagne.